当代陕西文学评论文丛 | 编委会

主　编　贾平凹　齐雅丽

副主编　韩霁虹　李国平　李　震

编　委　（按姓氏笔画排序）

　　　　仵　埂　齐雅丽　李　震

　　　　李国平　杨　辉　段建军

　　　　贾平凹　韩霁虹

当代陕西文学评论文丛

接续中坚

批评的温度

李国平 著

陕西师范大学出版总社　西安

图书代号　WX24N2330

图书在版编目（CIP）数据

批评的温度 / 李国平著. -- 西安：陕西师范大学出版总社有限公司，2025.6. --（当代陕西文学评论文丛 / 贾平凹，齐雅丽主编）. -- ISBN 978-7-5695-4812-9

Ⅰ．I206.7-53

中国国家版本馆CIP数据核字第2024L4X591号

批评的温度
PIPING DE WENDU

李国平　著

出版统筹	刘东风　刘　定
策划编辑	马凤霞
责任编辑	邢美芳
责任校对	马凤霞
封面设计	周伟伟
出版发行	陕西师范大学出版总社
	（西安市长安南路199号　邮编 710062）
网　　址	http://www.snupg.com
印　　刷	中煤地西安地图制印有限公司
开　　本	720 mm×1020 mm　1/16
印　　张	19.25
插　　页	2
字　　数	276千
版　　次	2025年6月第1版
印　　次	2025年6月第1次印刷
书　　号	ISBN 978-7-5695-4812-9
定　　价	69.00元

读者购书、书店添货或发现印装质量问题，请与本公司营销部联系、调换。
电话：（029）85307864　85303629　　传真：（029）85303879

文脉陕西，评论华章（序）

贾平凹

从延安文艺的烽火岁月，到新时代的文学繁荣，陕西文学以其独特的风格和深邃的内涵，赢得了国内外的广泛赞誉。在中国当代文学史上，陕西不仅拥有一支强大的文学创作队伍，同时也拥有一批占领各个历史阶段文学批评潮头的评论骨干。他们以敏锐的洞察力剖析文学现象，参与文学现场，解读作品内涵，为陕西文学的发展注入了源源不断的活力。在新时代文化浪潮中，文学评论作为党领导文学事业的重要途径和方式，作为文学繁荣发展的重要推动力和引导力，正凸显着越来越重要的作用。

为了贯彻落实习近平总书记关于文艺工作和文艺批评的重要论述，以及中宣部等五部门联合印发的《关于加强新时代文艺评论工作的指导意见》，进一步加强和改进陕西文学批评工作，打磨好批评这把利剑，把好文艺的方向盘，同时也为深入总结和发扬陕派文学批评的历史经验，全面呈现陕西当代评论家队伍及其丰硕成果，推动陕西文学批评再创佳绩，助力陕西乃至全国文学发展，陕西省作家协会精心策划并编辑出版了"当代陕西文学评论文丛"。

在选编过程中，丛书编委会始终遵循着精编细选的原则，力求每篇文章都能代表作者个人的最高水平，同时也能反映出陕西文学评论的独特风格和时代特征。所选文章以研究和评论承续延安文艺传统的陕西作家、作品为主，也不乏对中国文坛或域外文学研究的独到见解。丛书汇聚了三代文学批评家中三十位代表批评家的学术成果。他们或生于陕西，或长期在陕工作。他们以笔为剑，以墨为锋，用睿智深刻的见解，共同书写了陕西文学批评的辉煌华章。他们的评论文章，或激情洋溢，或理性严谨，或高屋建瓴，或细腻入微，共同构筑了这部丛书的独特魅力与丰富内涵。

丛书将陕西老中青三代评论家分为"笔耕拓土""接续中坚""后起新锐"三个系列。三代评论家有学术师承，亦有历史代际。每个系列都蕴含着不同的时代气息和文学精神："笔耕拓土"系列收录了陕西文学评论界先驱和奠基者的成果，他们如同手握犁铧的开垦者，为陕西文学评论的沃土播下了希望的种子；"接续中坚"系列展现了新一代批评家中坚力量的风采，他们的评论既有深厚的理论功底，又有敏锐的时代洞察力，为陕西文学评论的繁荣发展注入了新的活力；"后起新锐"系列则汇集了新一代批评家的文章，他们敢于创新，勇于探索，为陕西文学评论的未来开辟了广阔的空间。

"当代陕西文学评论文丛"的出版，不仅是对陕西文学批评历史的一次全面总结和回顾，更是对未来陕西文学发展的有力推动和期待。相信这部丛书的问世，将激发更多文学评论家的创作热情，使陕西文学创作与批评携手并进，比翼齐飞，为推动陕西文学批评事业的繁荣发展，为陕西乃至全国文学的发展贡献新的智慧和力量。

2024年11月8日

目 录

001　马克思主义美学的和历史的批评三题
012　艺术家的创作个性与美的本质问题
023　提升文学批评的理论自觉
029　常态的批评和理想的批评
032　批评的媒体化与媒体化批评
036　批评也需要温度
039　批评是缄默的
　　　——读刘建军《换一个角度看人生》
048　批评的命运与批评家的品格
　　　——读《王愚文学评论选》有感
054　《王愚文集》序
061　小说的形态学批评
　　　——评张韧的中篇小说评论
071　柳青和严家炎在什么意义上被称为诤友
077　写给当代文学的情书
081　赞美是一种美德
086　关于茅盾文学奖答《华商报》记者问
092　"鲁奖"归来话"鲁奖"
096　八届"茅奖"一二三

101　"陕军东征"及其他
105　答《贵州民族报》记者问
108　"茅奖"视域里的陕西文学
113　路遥：一个作家与时代的命题
117　路遥研究的史料问题
　　　——兼议姜红伟的路遥考
136　路遥的创作生涯
149　伟大的作家都是思想家
152　陈忠实的精神遗产
156　陈忠实：将自己滚烫的手指按在时代的脉搏上
161　贾平凹：一个具有国际影响的作家
163　贾平凹研究的新命题
167　胡采的遗产
170　陕西的两代作家
174　阎纲：家乡之子、文学之子
177　雷抒雁：变革时代的抒情诗人
183　作家高建群
186　关于冯积岐
190　和谷是陕西文学的兄长
193　阿莹的文学品貌
198　工业文学的思考、书写和收获
　　　——评阿莹的长篇小说《长安》
203　吴克敬的时代认知
208　一部直面现实的力作
　　　——读文兰长篇小说《丝路摇滚》

214 至情至善的理想主义者
　　　　——读常智奇《哲思灯下的意蕴》
221 饱含深情的故乡回望
　　　　——评陈玺《塬上童年》
226 与孤独共情的书写
230 儿童世界里更广阔的生活
　　　　——评孙卫卫《装进书包的秘密》
232 转型时期的乡村雕像
238 直面灵魂的写作
242 打开另一个世界
245 短线时论　卷入今天
　　　　——读李浩《行水看云》
249 1966年的散文
　　　　——读刘小荣《冬夜如香》
252 大学教育与文学创作
255 跨越国界的纽带
259 现象级的写作
　　　　——评《牵风记》
264 极致环境下的极致爱情
270 中正大气之作
273 熊育群的"大心脏"
276 郭文斌的"安详说"
280 超越命名的写

283 答姜广平先生问（代后记）

马克思主义美学的和历史的批评三题

一

  批评（更确切些说，美学的科学理论）只要依据唯物史观就能向前迈进。

——普列汉诺夫

  近年来，随着对文学批评本身探究、研讨的兴盛，曾经被长期遗忘了的马克思、恩格斯倡导的美学的和历史的批评的命题，得到了广泛的确知和引用，然而普遍的阐释仍是令人不尽满意的。在许多文章中，或者是将美学的观点和历史的观点割裂开来；或者是将美学的方法等同于艺术分析；或者是肤浅地用真实性、倾向性一类概念去机械地、外在地套释美学的和历史的批评。不难看出，上述平面的、狭窄的方法所缺少的，正是马克思主义批评方法本身所具有和要求的开阔的美学视野和纵深的历史意识。我以为，改变和克服上述状况的首要一点，就是要在整体上把握经典作家的批评思想，在历史唯物主义美学思想的广阔背景上来认识和把握美学的和历史的批评。

  诚如人们所熟知的那样，美学的和历史的批评的提法，仅有两次出现在恩格斯一人所写《诗歌和散文中的德国社会主义》一文和致斐·拉萨尔的书信中。然而从方法论来要求，就不能仅仅拘泥于哪一位经典作家的具体词句，而更要从马克思主义一体化哲学的思想体系中来看待这个问题。事实上，马克思主义美学的和历史的批评，是以文学创作的审美规律和历史唯物主义思想为基础的。马克思、恩格斯创立的历史唯物主义美学观，是人类美学发展史上的革命性变革，它科学地揭示了文学创作的历史规律和审美本质。他们所倡导和阐明的美学的和历史的批评方法，是历史唯物主义美学思想在文学批评领域中的具体体现。

当然，所谓美学的和历史的批评并不是马克思、恩格斯创设的新概念。在马克思、恩格斯的时代，这种方法已经被广泛采用着，但它在总体上还缺乏科学性。正因为如此，马克思、恩格斯在进行批判更新工作的时候，把它置放在了坚实的历史唯物主义美学的地基之上。在马克思、恩格斯的时代，运用历史的方法分析文学现象的典型代表是黑格尔。恩格斯指出："黑格尔的思维方式不同于其他哲学的地方，就是他的思维方式有巨大的历史感作基础。……他是第一个想证明历史中有一种发展、有一种内在联系的人，……在《现象学》《美学》《哲学史》中，到处贯穿着这种宏伟的历史观，到处是历史地、在同历史的一定联系中来处理材料的。"[1]黑格尔的这种"宏伟的历史观"反映于他的批评思想中，就是把文学艺术的发展放在"一般世界情况"的历史背景下进行考察，把文学的发展状况和具体时代、社会的经济、伦理、宗教等联系在一起进行研究，阐明在社会、时代、民族制约下的文学发展的历史规律。黑格尔在《历史哲学》中说："只有在一定的国家结构下，才能存在一定的哲学和一定的艺术。"他在《美学》中写道："艺术是和整个时代与整个民族的一般世界观和宗教旨趣联系在一起的。"

然而，黑格尔的唯心主义哲学体系把他的历史视野禁锢在了人类精神意识自我发展之内。他"不仅把整个物质世界变成了思想世界，而且把整个历史也变成了思想的历史"[2]。黑格尔虽然认识到了美是人的"自我创

---

[1] 马克思、恩格斯：《马克思恩格斯选集》第3卷，人民出版社，1972年，第121页。
[2] 马克思、恩格斯：《马克思恩格斯全集》第3卷，人民出版社，1956年，第16页。

造"的结果，但是他"只知道并承认一种劳动，即抽象的精神劳动"①。费尔巴哈虽然把艺术从天上降到了尘世，但是他的美学思想是自然主义的、人本主义的，因此，当他分析文学这种社会现象时，历史也被排斥"在他的视野之外"②。历史唯物主义的美学观与黑格尔、费尔巴哈的美学观有着根本的区别。马克思、恩格斯揭示出美是人的本质的对象化，而人的本质是"社会关系的总和"，"社会生活在本质上是实践的"。人在长期的改造客观现实的社会实践中，实现了自我确立。自然人化了，人的本质对象化了，人在自己本质的对象化中创造了美的世界，"享受了生活的愉快"，锤炼和发展了自己的审美能力。马克思、恩格斯揭示出，在一定的社会历史条件下产生、形成、发展的人的审美感官和审美能力，能够根据实践需要和生活目的，按照美的规律去进行创造。这就是马克思主义批评方法的科学的理论基础。

很显然，当马克思、恩格斯把文学创作、审美欣赏放在历史唯物主义基础之上的时候，当他们用历史唯物主义的方法看待文学创作、把历史的发展和美的创造纳入同一进程的时候，就不仅把黑格尔等人的历史方法远远地抛在了身后，而且，他们的美学批评也就同历史上的美学批评产生了根本区别。差不多和马克思、恩格斯同时代，丹麦评论家勃兰兑斯曾用美学的和历史的方法研究文学现象。但是他把这两种方法割裂开来，把美学的方法理解为一种纯艺术的方法。他说："一本书，如果单纯从美学的观点看，只看作是一件艺术品，那么，它就是一个独自存在的完备的整体，和周围的世界没有任何联系……从美学上考虑，它的内容，它创作的主导思想，本身就足以说明问题，无须把作者和创作环境当作一个组成部分来加以考察。"③马克思主义的美学批评不是闭锁的"纯"美学方法。在马克思、恩格斯看来，美的创造无法离开社会历史的发展，因而，他们丝毫

---

① 马克思：《1844年经济学—哲学手稿》，人民出版社，1983年，第117页。
② 马克思、恩格斯：《马克思恩格斯全集》第3卷，人民出版社，1956年，第51页。
③ 勃兰兑斯：《十九世纪文学主流》第一分册，人民出版社，1981年，第12页。

不轻视艺术技法的缜密和美学构图的完备，但是他们认为，就是从相对单一的美学观点看待文学创作，也绝不应该忽视考察作家的审美意识、审美理想与现实生活的审美关系。和历史上许多批评家一样，如果说勃兰克斯的方法的错误原因在于其世界观的局限的话，那么，我们今天的一些文章中还常常将美学的批评和历史的批评割裂开来，将美学的方法和艺术的分析等同起来，缺少的正是马克思主义开阔的美学观和对马克思主义批评方法论的深入理解。因此，历史地考察马克思主义的美学的和历史的批评，其意义就不仅在于认识它在批评历史上迈进的伟大的一步，更在于它在方法论的高度所给予我们的宝贵的启示。

二

> 当一部作品经受不住美学的评论时，它就已经不值得加以历史的批评了。
>
> ——别林斯基

马克思、恩格斯指出，他们的"历史观首先是进行研究工作的指南"，而不是"当作标签贴到各种事物上去"的"套语"①。尊重研究对象的客观规律，对具体情况作具体分析，是历史唯物主义的精髓。在马克思、恩格斯看来，文学创作是"受生产的普遍规律支配"的一种"特殊的形态"，是对生活的"一种特殊的、现实的肯定方式"。②文学创作的特点就在于它是对生活的审美反映，它以对生活的感受和体验为基础，以在感受和体验基础上产生的感情为动力，它对人生的认识意义蕴含在它的审美价值之中。批评的基本要求是要尊重和把握批评对象的质的规定性。文学创作反映现实的特征，决定了美学批评在文学批评中具有特殊的重要意

---

① 马克思、恩格斯：《马克思恩格斯选集》第4卷，人民出版社，1972年，第475页。
② 马克思：《1844年经济学—哲学手稿》，人民出版社，1983年，第74页。

义。文学创作是生活的审美反映，因而作为对文学创作进行判断和评价的理论批评也应该以对批评对象的审美感受、审美欣赏为出发点，也应该是一种审美判断和审美评价。马克思、恩格斯认为，如果一个批评者不具有一定的审美感受能力和审美欣赏水平，就很难对作品产生具体的感受和深刻的认识，也就很难作出中肯恰切的批评。"对于不辨音律的耳朵说来，最美的音乐也毫无意义。"[1]而且，文学创作的特点也决定了审美感受是溶渗于批评整体的肌质的。如果说审美欣赏是文学批评的必经层次并且始终贯穿于批评活动之中的话，那么文学批评就首先是一种美学批评。别林斯基说："确定一部作品的美学优点的程度，应该是批评的第一要务。"[2]"研究一个诗人，——这意味着不仅需要反复地仔细阅读，以期熟悉他的作品，而且要通过感情去感受它……感受诗人的作品——这意味着要在自己心中体验和感到作品内容的一切富藏、一切深度。"[3]经典作家十分重视对作品的审美感受，他们认为文学批评是对文学作品审美体验之后的产物，批评必须建立在审美欣赏的基础之上。他们的许多评论都是在强烈的感情激发下挥笔的。马克思在1859年《致斐·拉萨尔》的信中说，"在我读第一遍的时候，它强烈地感动了我"，这是他所以"谈谈《弗兰茨·冯·济金根》"的"非常重要的方面"。恩格斯也在《致斐·拉萨尔》的信中写道："第一二遍读您这部从题材上看，从处理上看都是德国民族的戏剧，使我在情绪上这样地激动。"恩格斯谨严而不无遗憾地谈道："我的判断能力由于这样久没有运用，已经变得很迟钝了，所以需要比较长的时间，我才能发表自己的意见。"这里，审美感受之于文学批评的重要性是不言而喻的。正是在这封信中，恩格斯第二次提出了美学的和历史的批评方法。同在《诗歌和散文中的德国社会主义》一文中一样，恩格斯谈到文学批评的方法问题时，依然把美学批评置于历史的批评

---

[1] 马克思：《1844年经济学—哲学手稿》，人民出版社，1972年，第79页。
[2] 别林斯基：《别林斯基选集》第3卷，中华书局，1953年，第595页。
[3] 别林斯基：《别林斯基论文学》，梁真译，新文艺出版社，1958年，第226页。

之前，这绝非文字排列上的偶然，它体现了经典作家对文学批评内在特质的精确把握。这一点，西方的某些严肃的资产阶级学者也是不得不承认的。英国当代美学家希·萨·柏拉威尔在评价马克思主义的批评方法时说，马克思"努力注意到富有想象力的文学作品所具有的和应该具有的感情上和内心上的吸引力，……对于主题、形象、声音，人们产生一种直接刺激，一种似曾相识的感受，批评便是要在事后说明这种感受"。[①]我以为，这种评价应该说是贴切的。

长期以来，马克思主义的美学批评得不到人们的注意和重视，其中重要的原因之一，在于我们对马克思、恩格斯批评思想中的美学内容挖掘不够，缺乏对他们的丰富的美学思想的深刻理解。在当代西方，有不少资产阶级批评家认为，马克思主义的文学批评是一种宽泛的艺术社会学批评，它与文学创作的内在规律，例如审美的心理学，是绝缘的。而我们的批评理论也有意无意中忽略了心理学的内容在马克思主义批评思想中的地位。然而事实上，马克思主义的美学思想有着丰富的心理学内容。比之现代狭窄化的、于创作的指导意义日见其渺的"纯"心理学研究，它是一种泛心理学，然而对于审美的文学创作来讲，它是一种准心理学，是一种科学的现代意义上的审美心理学。马克思主义美学的一条基本原理是，文学艺术是社会生活在作家头脑中反映的产物。而窄化的心理学认为，人脑是心理的器官，心理是头脑的机能，在人的头脑中活动着的是人的心理，因此得出在作家头脑中的反映是心理的反映。心理学是研究人的感受过程和心理特征的科学。正是基于这一点，马克思、恩格斯将审美地、"艺术地掌握世界"的方式和"理论地掌握世界"的方式作了区别。马克思说："人不仅在思维中，而且以全部感觉在对象世界中肯定自己……对我说来任何一个对象的意义（它只是对那个与它相适应的感觉说来才有意义）都以我的感觉所能感知的程度为限。"[②]马克思所说的感觉，就是"人的感性的丰

[①] 柏拉威尔：《马克思和世界文学》，生活·读书·新知三联书店，1980年，第553页。
[②] 马克思：《1844年经济学—哲学手稿》，人民出版社，1983年，第80页。

富性","能感受人的快乐和确证自己是属人的本质力量的感觉"。[1]这里,马克思是从心理的审美意义上论述"能感受人的快乐"的感觉的。对于进行审美创造的作家来讲,他所选取的生活形象,都是基于他对这一对象的心理感受和体验。所以从美学的意义上理解,文学创作就是"人的本质力量打开了的书卷,是感性地摆在我们面前的、人的心理学"[2]。马克思在为《新亚美利加百科全书》所写的"美学"条目中,更为明确地、肯定地论述了感受、情感和美学的关系,论述了美学中的心理学内容。马克思说:"人类的天性可分作认识、行为和情感,或是理智、意志和感受三种功能,与这三种功能相对应的是真、善、美的观念。美学这门科学和感受的关系正如逻辑学和理智、伦理学和意志的关系一样。逻辑学确定思想的法则;伦理学确定意志的法则;美学则确定感受的法则。真是思想的最终目的;善是行为的最终目的;美则是感受的最终目的。"[3]事实上,马克思主义经典作家无不重视对文学创作的审美把握和对创作中心理内容的研究与揭示。列宁说:"在小说里面,全部的关键,在于个别的环境,在于分析这些典型的性格和心理。"[4]毛泽东同志也指出过:"文艺工作者要研究社会上的各个阶级、研究它们的相互关系和各自状况,研究它们的面貌和它们的心理。"[5]马克思主义经典作家历来强调对现实生活的实践的、能动的和感性的理解,他们科学地把握了文学创作的特殊规律,充分注意到了文学创作者的审美能动性,由此升华出了他们美学的批评理论。这一点,在他们丰富的美学思想明朗地呈现在我们面前的时候,我们无疑是会获得一个更加透彻、更加深刻的认识的。

---

[1] 马克思:《1844年经济学—哲学手稿》,人民出版社,1983年,第80页。
[2] 同上。
[3] 中国社会科学哲学研究所美学研究室、上海文艺出版社文艺理论编辑室合编:《美学》第2期,上海文艺出版社,1980年,第251页。此文是否为马克思所作,国内外尚有争议,本文从李泽厚说,认为基本上是马克思所写。
[4] 列宁:《列宁论文学与艺术》第二分册,人民文学出版社,1960年,第711页。
[5] 毛泽东:《毛泽东选集》第3卷,人民出版社,1966年,第809页。

三

在一般批评达到某个完善境界，在它发展到某个高级阶段的时候，美学批评和社会批评是彼此一致，互相补充的。

——卢那察尔斯基

文学批评的完善境界和最高尺度——这在我们考察了马克思主义批评的历史基础和美学肌质之后已经可以见出它所蕴含和导出的必然结论——美学的和历史的统一。从宏观的角度看，就像马克思和恩格斯所揭示的那样，历史和审美，两者是无法分割的统一体。美是历史积淀的产物，是人类社会实践、创造的结晶。人类的审美意识是社会历史发展的充满活力的有机结构之一。如果排除掉历史，美学将失去它所存在的依据；如果排除掉美学内容，历史将成为失去血肉的抽象逻辑。对于具体的文学批评来讲，当我们进行历史评价时，我们不会忘记我们是在评价审美的文学创作，因此我们所依据的标准和方法必然是一定历史条件下形成的社会的与时代的审美需要和审美理想。"如果某一阶段的历史和当时的状况必然在这个阶段产生这些或那些审美趣味和爱好，那么科学的批评家也会产生他们自己的一定的趣味和爱好，因为这些批评家不是从天上掉下来的，因为他们也是历史所产生的。"[①]当我们进行美学的批评时，我们也不会忘记我们所分析的艺术对象所映射的社会和时代色泽，因此我们也必须以对批评对象所反映的社会生活的深刻感受和精确把握为依据。明确了这一点，也就看清了我们通常在理解美学批评时的失误。美学批评的根基是对社会生活的感受和认识，所以它绝不仅仅简单地是对艺术技巧一类形式问题的鉴赏分析。所谓审美感受和审美欣

---

① 普列汉诺夫：《俄国批评的命运》，载《世界文学》1960年11月号。

赏，则是批评家运用他的审美能力对批评对象的具体体验和理解——审视艺术对象所反映的社会生活，体察艺术对象所蕴含的作者的审美情感和社会理想。历史批评中融渗着审美的内容，美学批评中寓涵着历史的尺度，这种方法之于文学批评犹如审美的意识和社会的内容之于文学创作一样，应该是完美统一的。

这里，需要更深入探讨的是，美学的和历史的批评相统一的基点在哪里？我以为，它统一在美学批评中。因为文学创作的特点就在于它是对社会生活的审美反映，当作家把社会的历史的内容化为美的形态呈现出来的时候，它所要求的必然是一种审美评价。对这个问题，别林斯基在有关文学批评方面曾有过许多精彩的论述，他的"批评是哲学意识，艺术是直接意识"这句话也颇得人们的赞赏，然而从辩证的观点看，别林斯基的这种观点不能不说还存在着机械的成分。倒是黑格尔在这一点上隐约地见出了更深的东西。黑格尔说："理性的最高行动是一种审美行动"，"哲学家必须和诗人具有同等的审美力……精神哲学是一种审美的哲学"。[①]而只有马克思、恩格斯站在历史唯物主义的高度揭示了两者的统一，在科学的方法论意义上指出了运用这种批评时所应该遵循的规律。在这方面，李泽厚的观点是深得马克思主义美学思想的精蕴的。他认为对文学创作进行判断的社会的历史的批评应该包含在美学批评中，它应该是渗透于美学批评中的一个有机部分。李泽厚是从一种广阔的哲学——美学背景上论述这个问题的：

> 作为今天的自觉的美学组成方面、部分或内容的艺术社会学，它的特点是怎样的呢？我以为，这个特点便是围绕或通过审美经验这个中心来展开自己的研究。它不是外在地去描述或规定艺术，……而是恰恰要将所研究的对象（艺术）作为审美对象而提出、研究一系列根本问题，将艺术品、艺术史和艺术批评作为

---

① 转引自阿尔森·古留加：《黑格尔传》，商务印书馆，1978年，第20页。

审美对象的存在、历史和鉴赏来对待和研究。

研究作为审美对象，即与人们审美经验、审美理想攸关的艺术品的各个方面，或者说，不离开审美经验而是从审美经验出发或以之为中心来研究、对待、探索现时代的艺术作品（文艺批评）或古代的艺术作品（艺术史），从中建立起关于艺术的审美原则（艺术理论、文艺学），这就是属于今天美学领域内的艺术社会学的部分。[①]

从马克思主义文学批评的科学理论出发，考察我们当代的文学批评，诚如人们今天清楚而强烈地意识到的那样，过去不但产生过将历史的批评庸俗化、政治化的做法，而且更突出的是存在着忽视美学批评的普遍倾向。新中国成立以来，我们的批评就表现出一种与美学分道扬镳的倾向。一方面，我们基本上接受了苏联当时的文学理论体系——这种体系有着不少庸俗社会学的成分，我们的批评多是从一般社会学的角度来要求、评价、解释创作，而忽视了美学方法；另一方面，作为对文学创作规律性的概括和总结的美学理论，却居于高高的瞭望塔顶，不肯"屈就"于现实的文学运动。我们的美学研究或者是在一些抽象的概念上争吵不休，或者是在古人那里流连忘返，做大学问的美学研究者似乎不屑于一瞥当代具体的文学现象。而当代的某些文学批评似乎也满足于对作品就事论事的重复和解说，轻易地把美学拒之门外。本来浑然一体的美学的和社会历史的批评在我们当代却惊人地脱节了，忽视了彼此应有的联系。

今天，我们欣喜地看到，新时期的文学批评日益呈现出一种开阔和丰富的景象，人们逐渐意识到美学的和历史的批评融会于一起应该成为自己追求的目标。当然，必须明确的是，进行这种追求的首要前提，是与对

[①] 李泽厚：《美学的对象与范围》，见中国社会科学院哲学研究所美学研究室、上海文艺出版社文艺理论编辑室合编：《美学》第3期，上海文艺出版社，1981年，第28页。

马克思主义美学的和历史的批评的深刻认识和科学把握分不开的。文学批评和任何科学一样，方法论具有重大的指导意义。从这个角度看问题，如果我们领会了马克思主义文学批评的精神特质，那么，在文学批评的方法上，是否也会对"同行们据以确定什么是可以采纳或怎样才算是合理地解决问题的标准"的观念以启示呢？

原载《西北师大学报》（社会科学版）1985年第3期

艺术家的创作个性与美的本质问题

一

我们首先遇到的是一个最基本、最普通的命题：文学艺术是社会生活在作家头脑中反映的产物。人脑是心理的物质基础，心理是头脑的机能。作家头脑中的反映，毋宁说是心理的反映。心理学是研究人的行为和心理、精神过程的科学。任何一个人对生活的每一种感受，都同他自己在长期的实践中形成的个性心理特征相联系，都是在他的一定心理状态制约下的反映。每一个人的个性心理都有着不同于其他人的个性心理的独特性，因而任何一个人对现实所作出的心理反应都不同于其他人的反应。艺术是生活经过艺术家心灵创造的产物，它反映艺术家对待生活、对待人生、对待自己的不同态度。因此，可以说艺术创作在最内在的意义上是一部心理学——体验、感受、分析、提炼、再现自己个性的心理学。一切伟大的艺术作品都是艺术家独特的心理活动的产物，都是作家个性的结晶。列夫·托尔斯泰说："一切作品要写得好，它就应当……是从作者的心灵里歌唱出来的。"[1]福楼拜说："艺术是个性的结晶。"[2]什么是人的个性呢？所谓个性，就是一个人在活动中表现出来的稳定的、独特的、与众不

---

[1] 文艺理论译丛编辑委员会编：《文艺理论译丛》第1册，人民文学出版社，1957年，第190页。

[2] 李健吾：《福楼拜评传》，湖南人民出版社，1980年，第46页。

同的心理特征。人的一切心理现象，感受、知觉、想象、思维、兴趣、情感、意志等等，都是对客观事物的简单或复杂、浮浅或深刻的反映。人的个性，是这些心理过程的有机综合，是这些心理过程的集中体现。人的各种心理过程都在不同时间不同情况下呈现出不同的心理状态，表现出一定的结构特征，从而构成性格的一个独特方面。人的心理活动是其全部心理过程都参加的活动，这些心理过程由千差万别的结构组合，使得人的个性具有无限的丰富性和复杂性。人的认识、情感、意志等不同的心理过程，反映着人们对待现实的不同态度、倾向、目的、意愿和理想。所有这些因素密切相关，浑然一体，凝聚在性格上，通过人的完整独特的个性表现出来。黑格尔说："把一切结合成一体的绳索以及结合的力量在于主体性，统一，灵魂，个性。"[1]人的个性是复杂丰富的，但又是完整统一的，是一个有机的整体。"这种整体就是具有具体的心灵性及其主体性的人，就是人的完整的个性，也就是性格。"[2]我们通常在艺术创作中把人和个性作为同义语来理解和使用，这恰恰符合心理学的界定。我们这里所指的个性，亦即人——作为生活主体的、完整的、独特的人，这个人，也就是完整的，独特的，包含着他的全部思想、感情、趣味、倾向等一切心理因素的性格。

因此，当社会生活反映在具体的个人身上时，它就被心灵化、个性化，因而也独特化了。不仅如此，当艺术家对客观现实从心理上加以审美地、"艺术地掌握"的时候，艺术创作活动就获得了一种不同于"理论地掌握世界"的新的性质。艺术创作是心理学的对象，是一种个性化的心理活动。它的特殊性就在于是一种不同于哲学上一般认识论的心理过程——情感过程。认识过程是人对客观事物本身的反映，而情感过程则是人对事物的态度的反映，它表现人对客观事物的一种好恶、爱憎等复杂的倾向。正是艺术创作的情感特征，成为艺术家的创作个性中表现突出和起

---

[1] 黑格尔：《美学》第1卷，商务印书馆，1979年，第292页。
[2] 同上。

主导作用的因素，成为艺术家性格的核心，成为艺术创作的动力。艺术家的感情必然渗透于他的全部个性——思想、倾向、意志、愿望、理想之中。苏联心理学家乌申斯基说，任什么东西，无论是语言也好，思想也好，甚至我们的行动也好，都不能像我们的情感那样鲜明而确切地表现出我们自己和我们对待世界的态度；在我们的情感中所流露出来的性格，不是个别决心的性格，而是我们的灵魂及其结构的全部内容的性格。别林斯基说："任何个性都是一个统一体；……一个诗人的所有作品必然烙有同一精神的印记，贯穿着统一的热情。就是这种充溢在诗人全部创作中的热情，成为他的个性和诗底钥匙。"①人们常说文以情动人，为什么以情动人呢？若不是因为它是发自创作者内心深处的感情力量，又如何打动人呢？

艺术家的感情、个性，是艺术创作中最重要的心理要素，艺术创作的每一环节，从创作欲望的产生到艺术形象的完成，都离不开它。尽管艺术创作在创作方法、体裁种类等许多方面千差万别，但其本质却有一个共同点，这就是鲜明的个性表现，都表现出一个独特的"我"来。"无论是一幅画，一个短篇，一部音乐作品都必然反映出作者本人，他会身不由己地，甚至违心地反映出自己的全部观点、自己的性格和发展水平。"②这一点，在艺术家的典型创造中，体现得最为鲜明。典型是艺术家倾注感情，以其全部心血创造的，因此，在典型人物身上，集中体现着作家的创作个性。——不但对于那些把自己作为精心塑造的艺术典型的原型的作家是如此，而且对于所有塑造出了艺术典型的作家都是如此。曹雪芹之于贾宝玉犹如莎士比亚之于哈姆莱特，鲁迅之于愚昧麻木的阿Q犹如福楼拜之于生活放荡的包法利夫人，艺术典型都是作家个性的结晶。鲁迅说他塑造阿Q是"依了自己的观察""在我的眼里所经过"而写出的，他正是从自己的创作实践中总结出了理论的真谛："看人生是因作者不同，看作

---

① 别林斯基：《别林斯基论文学》，梁真译，新文艺出版社，1958年，第55页。
② 陀思妥耶夫斯基：《论文学创作》，冯增义译，载《文学理论研究》1980年第3期。

品又因读者不同。"福楼拜高叫道:"包法利夫人,就是我!根据我来的!"①莎士比亚创造的人物的丰富性和典型性令人惊叹不已,他作品中的每一个典型,都烙印有莎士比亚自己鲜明的个性。恩格斯在评论莎士比亚时指出:"在他的剧本里,情节不管发生在什么地方——在意大利也好,法兰西也好,或者在纳伐尔也好——实际上出现在我们面前的,不外是快乐的英格兰,是他的奇形怪状的普通老百姓,是他的自作聪明的学校教师,是他的可爱而又古怪的妇女们的祖国。"②文学史上以创造典型人物众多而能和莎士比亚媲美的恐怕只有巴尔扎克了。这位丰产的作家的性格的独特和丰富几乎是人类少有的。他说:"就我所知,我的性格最最特别。我观察自己,如同观察别人一样:我这尺二寸的身躯,包含一切可能有的分歧和矛盾。有些人认为我高傲、浪费、顽固、轻浮……另一些人却说我节俭、谦虚、勇敢、顽强……其实都有道理。"③和莎士比亚一样,巴尔扎克创造的每个人物,都倾注着他自己的感情,都带有他的个性色彩,都是他的人物。他在给韩斯卡夫人的信中写道:"《路吉艾家族的秘密》是我一个夜晚的工夫写成的,您将来读到的时候,就请记住这一点吧。《老姑娘》是三个夜晚写成的。《珍珠碎了》总算完成了,《该死的孩子》是在我身心痛苦的几个钟头之内写成的。它们是我的布里艾纳、我的莎普拜尔、我的蒙米拉伊,它们是我的法兰西战役。"④艺术家个性化创作的甘苦在巴尔扎克的这段话里典型地表现了出来。

没有个性的作家是平庸的作家,没有个性的作品是无生命力的作品。艺术作品缺乏个性,实际上就是创作者自己缺乏个性的表现。没有个性

---

① 李健吾:《福楼拜评传》,湖南人民出版社,1980年,第46页。
② 中国戏剧出版社编辑部编:《戏剧理论译文集》第8辑,中国戏剧出版社,1960年,第1页。
③ 外国文学教研室苏成全编选:《巴尔扎克研究(专题资料)》,陕西师范大学学报编辑室,1980年,第108页。
④ 文艺理论译丛编辑委员会编:《文艺理论译丛》第2册,人民文学出版社,1957年,第134页。

的作家谈不上典型的创造。别林斯基说得好："创作独创性的，或者更确切点说，创作本身的显著标志之一，就是这典型性，如果可以这样说的话，——这就是作者的纹章印记。"[①]在别林斯基看来，艺术家的独创性、他塑造的典型的独特与成功，无不是他个性化创作的结果，有独创性的作家，必然是有个性的作家，"诗作品的独创性不过是制作者的个性中的独立性的反映而已"[②]。

二

以上，我们对艺术家的创作个性从创作心理学的角度做了分析，然而这种分析只是一个方面。对创作个性的研究不能仅仅限于创作心理学的范围。个性在更高的意义上也是哲学—美学研究的对象。创作个性的更进一步的根本的解释还不是在心理学中，而是在美学中。我们应该遵循马克思主义的美学思想，来理解这部心理学。马克思主义美学的核心，它的出发点和目的就是关于人，关于人的个性、个性的解放和自由问题。美的本质问题就包含在对人的个性及其创造活动的科学理解中。

马克思、恩格斯认为，人是社会生活的主体。实践则是有意识有目的的主体变革客体即周围环境的创造活动。主体不是消极地适应环境，而是积极地改造环境。"自由的意识活动是人类底族类特征"[③]，人有自由的意识活动，所以对自由的向往和追求就成了人的根本特性。这种向往和追求只有通过实践才得以实现。人的自由意识的外在体现就是改造外部世界的实践活动。而所谓意识，在哲学上是一个高度概括的概念，在心理学上则表现为在特定的神经系统的基础上的一切心理机能和过程，这些心理机能、过程的运动和有机结构的凝结体就是个性。用黑格尔的话来说，就

---

① 别林斯基：《别林斯基选集》第1卷，中华书局，1953年，第191页。
② 别林斯基：《别林斯基论文学》，梁真译，新文艺出版社，1958年，第146页。
③ 马克思：《1844年经济学—哲学手稿》，人民出版社，1983年，第80页。

是"自由的个别性"。马克思指出:"人……是由于有表现本身的真正个性的积极力量才得到自由。"①所以,马克思认为,不仅实践的主体是人,它的出发点和目的也是人,是人的个性。马克思说:"我们的出发点是从事实际活动的人。"②实践是手段,而不是目的,实践活动不过是为了满足自己的物质和精神的需要,实现自己的理想愿望,丰富自己的个性世界。"个人的生存是最终目的;活动、劳动、内容都不过是手段而已。"③"为生产而生产不过是意味着发展人类的生产力,也就是发展作为目的的本身的人类本性的丰富性。"④

　　劳动创造了人,丰富了人的个性;劳动创造了美,丰富了人的世界。美和人一起产生,一同发展,美不能离开主体的人而存在。人自觉地有目的地在实践中进行创造,他所创造的对象就体现了他的需要和愿望,体现了他的情感和思想,体现了他的丰富个性。在黑格尔那里,自然人化、人的本质对象化的思想被头脚倒立地阐述了出来,"黑格尔只承认一种劳动,即抽象的精神劳动"⑤。马克思批判发展了黑格尔的伟大思想。马克思把劳动看成人类能动的革命的改造世界的实践,指出物质劳动和精神劳动具有同一性质。因为它们都是施展和发挥人的丰富的个性的创造活动。"艺术等等,都不过是一些生产的特殊形态,并且受生产的普遍规律的支配。"⑥马克思揭示了人正是在物质的和精神的双重实践创造中,显示了自己的本质力量,发挥了自己的个性,对象个性化了,个性对象化了,人在自己个性的对象化中实现了自己的"自我确立"。"随着对象性的现实在社会中对人说来到处成为人的本质力量的现实,成为属人的现实,因而成为人自己的本质力量的现实,一切对象也对他说来成为他自身的对象

---

① 马克思、恩格斯:《马克思恩格斯选集》第2卷,人民出版社,1972年,第213页。
② 马克思、恩格斯:《马克思恩格斯选集》第1卷,人民出版社,1972年,第525页。
③ 同上,第9页。
④ 马克思、恩格斯:《马克思恩格斯选集》第3卷,人民出版社,1972年,第242页。
⑤ 马克思:《1844年经济学—哲学手稿》,人民出版社,1983年,第79页。
⑥ 同上,第80页。

化，成为确证实现他的个性的对象，成为他的对象，而这就等于说，对象成了他本身。"①马克思认为，人化自然、人的对象化就是对象的主体化、个性化，因而对象必然是"他的个性的直接体现的对象"。人的个性是丰富的，并且在美的创造中不断地丰富和发展。"眼睛对对象的感受与耳朵不同，而眼睛的对象不同于耳朵的对象。每一种本质力量的独特性，恰恰是这种本质力量的独特本质，因而也是它的对象化之独特方式。""我的对象只能是我的本质力量之一的确证，……对我说来，任何一个对象的意义都以我的感觉所能感知的程度为限。"②人的感觉是全部人类历史创造的成果。"因此，感觉通过自己的实践直接变成了理论家。"③所以感觉作为主体的人的本质力量的一种，也从事着创造——艺术创造。没有了人的诸种感觉，也就没有了艺术创造的对象。"对于不辨音律的耳朵说来，最美的音乐也毫无意义。"④"如果你对于音乐没有欣赏力，没有感情，那么你听到最美的音乐，也只是像听到耳边吹过的风，或者脚下流过的水一样。那么，当音调抓住了你的时候，是什么东西抓住了你呢？你在音调里听到了什么呢？难道听到的不是你自己的声音吗？因此，感情只是向感情说话，因此感情只能为感情所理解，因为感情的对象本身只能是感情。"⑤在艺术家丰富完整的个性中表现突出和占主导地位的正是感情。艺术创作和一切创造实践过程一样，都遵循着对象化的共同规律，但艺术创作有自己的特殊性，它是一种深刻的个性化的创造活动。艺术家把人类性格的美浓缩在自己的个性中，凝聚在自己的感情力量中，通过个性化的创作，把它显现为自由的、个性的、感人的、美的形象。美就存在于人类自身之中，人类就是在自己的性格中看到了美。美正是作为

---

① 马克思：《1844年经济学—哲学手稿》，人民出版社，1983年，第80页。
② 同上，第80页。
③ 同上，第80页。
④ 同上，第80页。
⑤ 北京大学哲学系、外国哲学史教研室编译：《十八世纪末—十九世纪初德国古典哲学》，商务印书馆，1975年，第5页。

主体的人的个性及其在创造活动中的自由表现。从古到今，有许多哲人、艺术家在对美的不息的追求中都不同程度地认识到了这一点，他们的许多见解都放射出美的真理的光华。古罗马哲学家西塞罗说："在人看来，人是最美的。"[1]美国诗人爱默生说："尽管我们走遍全世界去寻美，我们也必须随身带着美。美的精华是比轮廓线条的技巧或是艺术的规则所能教人领会的，更为精妙的一种魔力。那就是从艺术作品所放射的人的性格光辉。"[2]罗丹说："只有'性格'的力量才能造成艺术的美。"[3]车尔尼雪夫斯基说："在整个感性世界里，人是最高级的存在物；所以人的性格是我们所能感觉到的世界上最高的美。"[4]

美感是美的反映，是对"自我确立"进行"自我观照"时的"自我享受"。人的美感离不开美，离不开人的本质的对象化。人的本质展开为人的丰富的个性。人在对象化过程中看到了自己的本质力量、自己的个性，"我懂得了我的个性是一种客观的、感情上可以观察到的，因而也是一种不容置疑的力量"，因而感到喜悦和高兴，获得美感，"既在生产活动中享受到了个人的生活表现，又在观察对象中享受了个人的欢乐"。[5]人的个性是丰富的，因而由此产生的美感也不是单一的，而是多种多样的、丰富的，在这个意义上讲，美感就是"能够从事于人的享受和把自己作为人的本质力量来肯定的这种感觉"[6]。

人是追求自由的。人不断地在自己的个性对象化中创造着美。然而全部人类历史的发展却并不那么顺从人的本质的内在要求。人是在对自己个性的观照中看到美、获得美感的，然而当出现这样的矛盾即他创造了美

---

[1] 转引自邢贲恩：《欧洲哲学史上的人道主义》，上海人民出版社，1983年，第27页。
[2] 爱默生：《论艺术》，载《译林》1957年第2期。
[3] 罗丹口述，葛塞尔记：《罗丹艺术论》，沈琪译，人民美术出版社，1978年，第25页。
[4] 车尔尼雪夫斯基：《美学论文选》，缪灵珠译，人民文学出版社，1983年，第41页。
[5] 马克思、恩格斯：《马克思恩格斯全集》第42卷，人民出版社，1956年，第37页。
[6] 马克思、恩格斯：《马克思、恩格斯论艺术》第1卷，中国社会科学出版社，1982年，第20页。

却造成了自己个性的沦丧时,他又能从自己身上观照到什么、获得什么样的感觉呢?那么他怎样、什么时候才能解决这个矛盾从而在自己的个性中观照到美、获得美感呢?马克思对资本主义社会里人的处境和价值的分析,对共产主义社会里人的展望,都贯穿着关于人、人的个性解放、独立、自由的伟大思想。劳动者在资本主义社会里是被奴役的,作为有自由意识的人,他们本应得到自由发扬的个性,却在使用自己本质力量的劳动中遭到否定。尽管如此,作为历史上最先进的无产阶级,"在最不幸的环境中还知道在自己身上培养可爱的人类个性,在外表极端屈辱的条件下还能意识到自己的人的本质是自己的真正本质"[①]。无产阶级的反抗、斗争和追求,与人的个性的发挥是一致的,是人追求个性解放和全面发展的必然表现。"单个无产者的个性和强加于他的生存条件即劳动之间的矛盾,现在无产者自己已经意识到了……无产者,为了保住自己的个性,就应当消灭他们至今所面临的生存条件 使自己作为个性的个人确立下来。"马克思、恩格斯正是从人的个性出发,揭露剖析了资本主义社会的本质,揭示出无产阶级革命是人的个性解放和自由的必然途径。而共产主义社会形态的标志就是"建立在个人全面发展和他们共同的社会生产能力成为他们的社会财富这一基础上的自由个性"的真正实现。"共产主义所建立的制度,正是这样的一种现实基础,它排除一切不依赖于个人而存在的东西。"[②]它是"个人的独创和自由的发展不再是一句空话的唯一的社会"。在共产主义社会中,人自觉地从事创造,人的个性得到全面、自由、和谐的发展,人的任何一种劳动都是发挥自己的个性并丰富自己的个性的劳动,都是一种美的创造,人在自己自觉自愿自由愉快的创造中得到美的享受。

---

① 马克思、恩格斯:《马克思恩格斯选集》第2卷,人民出版社,1972年,第215页。
② 马克思、恩格斯:《马克思恩格斯选集》第1卷,人民出版社,1972年,第525页。

三

现在，出现在我们面前的仿佛是一个彼此相连的三岔路。艺术心理学和哲学—美学从相对的两面走来，走到三岔路口会合了，然后一起向另一条道——艺术社会学走去。如果我们承认人的心理、个性是社会的产物，是全部人类历史创造、积淀的成果，个性是社会的个性，不从社会历史的角度去理解就不会得到对个性的科学的解释的话，那么，我们就得承认，艺术社会学丝毫不比艺术心理学低一等，只不过是多年来人们一直强调前者又往往把它庸俗地理解和运用，忽视后者而使得它今天显得特别重要、十分需要罢了。然而，如果我们承认全部人类社会的一切关系、矛盾等等都是凝聚在具体的个人身上，通过他的个性表现出来的话，那么我们也得承认艺术社会学的出发点也必须是个性。艺术创造的主体是艺术家。更具体地说，艺术社会学中一系列问题的研究都必须从艺术家的研究开始，因为艺术创作中的一系列矛盾和统一，都集中地在艺术家身上体现出来。而个性，艺术家的创作个性和美的本质问题也自然地在这里取得了统一。所谓美学、美的本质，无非是对社会历史发展、人类艺术创造的更集中、高度的概括和总结。在这中间有一座必经的桥梁就是艺术社会学，没有艺术社会学，也就不可能有高度概括的美学的升华。美学的研究中心也必须是作为一切社会关系之浓缩的独特个体——艺术家。而艺术家的创作个性，在本质上是实践的、创造的，是在自己个性的对象化中自由地体现出来的。如前所述，艺术创作不过是社会实践、劳动创造的一种特殊形式，因此，美、美的本质在艺术家个性化的创作活动中更生动、更形象、更集中地体现了出来。在生产和艺术不可分割、物质文明和精神文明一同创造的人类童年时代和人人从事美的创造的共产主义社会之间存在的这个漫长的否定之否定的发展前进的时期，艺术家不懈地寻求着美，进行着美的创造。青年时代的马克思曾以极大的热忱从事艺术创作，他称诗人是"一种与我们的尊严最为相称的职业"。弗·史雷格尔说:"人类依靠艺术家才作为完整的个性出现。"[1]列夫·托尔斯泰说:"我是一个艺术家,我的一生都在寻求美。"[2]艺术之所以比现实生活"更高,更强烈,更有集中性,更典型,更理想",正是因为艺术家寻求、吸收、集中、酿造着人类性格的美。

原载《社会科学评论》1985年第12期

---

[1] 伍蠡甫等编:《西方文论选》(下),上海译文出版社,1979年,第32037页。
[2] 宇清、信德编:《外国名作家谈写作》,北京出版社,1980年,第221页。

提升文学批评的理论自觉

最近读到孟繁华的文章《文学批评的"有用"和"无用"》，这是篇旧文，出自《南方文坛》。《南方文坛》开辟"今日批评家"栏目二十余年，推介了百余位当代文学批评家，他们都有"我的批评观"的阐述。最近，《南方文坛》把这些文章集结一起，通过"中国作家网"陆续重新推出。孟繁华的文章发表在二十年前，重新推出之后，仍然得到热烈呼应，说明文章提出的问题，触动了文学批评的神经，文章提出问题的价值，延续至今。《文学批评的"有用"和"无用"》这篇文章在简约的历史感下，论证了文学批评功能的实用性、工具性和有效性，但也隐含着对实用性、工具性和有效性的反思，隐含着对文学批评功能局限性理解所造成的局限性思考。这篇文章其实只写了一半，我读它的本意，是期待他"无用之学"那一半如何论述，惜乎没有展开。那一半其实包含着对理论的呼唤。孟繁华所理解的理论感，当然不会是没有思想的智力游戏，而是源于实践又高于实践，有着更高层面的思维形态或思想形态。读得出来，他对文学批评在工具理性和价值理性两端的思考。

当代文学批评在经过一个历史阶段之后，呈现出丰富复杂的精神状态和结构状态，对文学批评现状、问题、出路的讨论，既来自文学批评之外，也来自文学批评自身，包含着检讨、批评，也包含着期待。人们要求文学批评有更好的责任担当，对文学创作实践、同时代的文学运动投入热情，增加适应文学现实的覆盖面，进而增强批评话语的有效性，这些都切中问题所在。批评的缺席，批评的失语，批评的责任与承担，如何让文学批评更有力量，乃至像某个时期那样，成为表达时代情绪的一种方式，成为敏感的时代先声，这些批评性指陈和建设性思路，不仅是整个社会文化的压力和期待，也是文学批评自身思考的方向。事实上，如果置身于当代文学批评的场域，关注批评话语的信息，不难发现批评的困境、批评的痛苦。有层梯地归纳、清理文学批评的问题，在历史和现实两个维度思考，由现象而本质，深入具有整体感的、规律性的思考，不难发现文学批评在诸多层面正视问题、寻求突破的努力，不难发现文学批评在自我反思、自我批判的基础上寻求积极的有价值的命题的努力。而且，有些命题几乎呼之欲出。

回到我前头引用的孟繁华的文章。《批评的"有用"和"无用"》发表的时代，正是西方文学理论学说和文学批评观念大量涌入国门之时，那个时代的批评家对西方的批评理论方法应接不暇，而且应用起来视野大开，得心应手，大多数人无暇思考中国文学批评的自身建设问题，或者说，那个时代的文学批评命题就是用外来资源壮大自身的筋骨，独立的源于本土社会巨大发展变革和文学现实的理论自觉还没有凸显。但是，文学批评在和社会历史、文学现实对话的过程中已经开始意识到了问题的存在。在文学批评的思维领域，正题孕育着反题，肯定酝酿着否定，否定又开始激活更高层面的肯定。孟繁华的文学批评"无用之学"的思考，应该说不能排除对外来理论观念、理论批评形态思考接受的启发，另一方面也是源于他置身的文化现实场域的刺激、文学实践的促动。他提出的问题在现实层面说，即我们如何建构我们自身的批评理论，赋予我们的文学批评独特的理论品格，使我们的文学批评不止限于应用西方理论解读中国的文学现实的境地；在理论层面说，应该对应用性和知识论有所超越，应该追寻把文学批评作为一种认识世界的理论思维方式，在理解世界、把握世界的时候，运用自己独特的话语，体现穿透问题的理论洞察力。孟繁华的文章虽然没有挑明这样的问题，但是已经透视出了那个时代整个当代文学批评的某种愧疚和自省，某种冲动和觉醒。

如果我们把视野放大一点，我们会看到，这些年来，树立文学批评的理论自觉，建立具有中国特色的文学理论体系，着眼于创造性转化和创新性发展，已经成为文学理论研究者、文学批评工作者共同思考的焦点问题。对这个问题的思考在许多层面展开，例如，中国古代文论的现代转换已讨论多年，已有迹象表明这个问题的讨论会走出文论圈子，中国现当代作家沈从文、汪曾祺、孙犁、徐怀中、贾平凹等所承传的具有抒情特质的叙事传统，给中国古典批评的遗传扩展了更大的考察空间。这个问题的讨论如果结合中国现当代作家的实践创造力，结合悠久的传统的现代呈现，会结出具有当代性的理论成果。再例如，立足于文艺理论前沿、不断追求理论思考和建构的曹顺庆曾提出："我们根本没有一套自己的话语，一套自己的特有的表达、沟通、解读的学术规则。我们一旦离开了西方文论话语，就几乎没有办法说话，活生生的一个学术'哑巴'。"①曹顺庆坦诚地指陈出我们文论界很长一个时期的状况，显示了很强的问题意识，也显示出当代理论批评领域不同层面思考的同一性。这个问题的深化，已经延续到了有关西方文论"强制阐释"的讨论解析中，焕发出反思和建设的活力。

多年之前，刘中树和张学昕编辑过一套"学院批评文库"，这一套文库的入选者，其实都有两种身份、两种批评品格，他们既是文学知识的生产者，更是当代文学现实的关注者、当代文学现场的介入者。就是在编选和阅读"文库"的过程中，刘中树和张学昕意识到，"文学批评在今天面临着深刻的挑战和许多待解决的问题"。他们提出："我们总是在不断地强调和思索当代文学写作的原创性问题，那么，当代文学批评与研究的原创性是什么呢？"刘中树和张学昕是针对整个文学批评

---

① 曹顺庆：《文证失语症与文化病态》，载《文艺争鸣》1996年第2期。

现状说的，但是这个提问更多地得于他们编辑这一套丛书的切身感受，他们意识到问题存在于一代文学批评家中，问题存在于一个时代的批评方式中，当我们没有自己的理论原创性的时候，我们文学批评的有效性就要打折扣。我注意到文学理论界和文学批评界都参与其中的"没有文学的文学理论"的讨论，这个话题涉及文学批评的内涵和外延、文学批评的心脏和臂膀，其实也深层地涉及当代中国文学批评所要依托的理论形态和理论话语。我也注意到朱国华关于文学理论和文学批评相恋又相离的讨论。朱国华的讨论描述了一个时代浓厚的理论兴趣、一个文学共同体自觉的理论追求，对我们今天的文学批评理论感的建立，提供了更具有人文感的思路。在张学昕对南帆的访谈中，南帆说："当代文学乃至社会文化具有很高的理论含量，这些对象完全可以承受深度理论分析。"作为一个当代文学批评家，南帆结合自己的批评实践，提出了更有现实感的问题，把对当代文学批评理论感的自觉的要求向前推进了一步。当代批评理论感的建立，不仅是批评自己的需要，而且是一个文学实践乃至整个社会文化向文学批评提出的一个现实课题。

　　经典作家十分重视理论思维，恩格斯把理论思维看作人类把握世界的最高级、最重要的思维形式，是一个民族站在科学高峰的必备条件。马克思、恩格斯的理论实践和理论大厦，是超越经验、现象层面的，具有照彻性理论形态，具有长远的洞察力。考察当代文学实践和当代批评的历史，打量当代批评的现状，有许多经验需要总结，有许多话题需要上升到理论高度。远的不说，改革开放四十多年来，新世纪二十多年来，文学实践和文学批评中有许多现象、许多思潮，既具有历史感，又具有理论的含义，但人们感到在理论层面思考讨论总结得还远远不够。比如有关现实主义的话语。现实主义是一个延续至今长盛不衰、每过一个时段都要成为热点的当代文学的主导性命题。现实主义从19世纪走到当代，遭遇过不同的社会形态、不同的时代思潮，也经过了各种文学观念、文学思潮的冲击。我们需要思考，在当代中国，新时期以来经过了现代主义冲撞之后重新兴起的现实主义，在何种意义上是具有这个时代特色的现实主义。在改革开放的时代它丢弃了怎样的应该丢弃或不该丢弃的旧质，又增加了什么样的新质，或应该增加什么样的新质，便需要有一种具有理论厚度和高度的阐发，甚至在不拒开放性、发展性的前提下，给以概念、范畴的具有理论感的描述。有些则是基于社会发展和文学自身演变双向促动提出的新问题，比如最近有关"小说革命"的讨论。小说的变革历史上发生过多次，为什么现在重新提出，它是偶然还是必然？它是不是有着社会大变革的背景，蕴含着理论创新的冲动？我们看到，创作界和批评界的有关讨论更多地限于感性层面，更多地限于现象分析，而缺乏更高的理论思维。如果我们深入当代文学的现场，会看到当代批评家对当代创作投入的巨大的热情，一部新作的出现会得到热烈迅捷的呼应。但随后就搁置了甚至遗弃了。当代批评等于年度批评。针对这个现象，人们或许要问：当代文学如何历史化、经典化？人们也在思考，这样的批评方式会不会让我们从总体中滑落，会不会导致我们忽视对具有普遍性的理论命题的发现？如果说文学实践不够总结，那是文学实践的问题。如果说我们不能总结，不能从个案、现象中超出，那是不是文学批评缺少理论能力问题，或理论自觉不足的问题？恩格斯曾对19世纪的自然科学发展做过考察，恩格斯说："经验自然科学已经积累了庞大数量的实证和知识材料，因而迫切需要在每一研究领域中系统地和依据其内在联系来整理这些材料，同样也迫切需要在多个知识领域之间确定正确的关系。于是，自然科学便进入了理论领域，而在这里经验的方法不中用了，在这里只有理论思维才管用。"恩格斯历史的论述对中国当代批评应该具有方法论的启示。恩格斯关于理论思维有精辟的论述："每一个时代的理论思维，包括我们这个时代的理论思维，都是一种历史的产物，它在不同的时代具有完全不同的形式，同时具有完全不同的内容。"当代文学批评理论感的增强、理论意识的自觉，仿佛是被恩格斯的论述所召唤，这恰恰说明理论的照彻性。当代批评理论的自觉，是历史逻辑和理论逻辑演变的双重结果。我们看到，它是文学批评自身的反思、觉悟，也是整个社会现实、时代思潮的要求和回应。讨论当代文学批评，把握它的脉络，这应该是一个有意义有价值的命题。

原载《光明日报》2021年7月14日

常态的批评和理想的批评

如果让我说我喜欢的文学批评文章，我可以找回记忆，《论麦克白斯的敲门声》《黑暗王国的一线光明》《十九世纪文学主潮》，甚至《万历十五年》这样非文学批评的著述——它们是多么广泛地影响、启发了一代人的思维和表述。如果让我说出理想的文学批评，我知道这包括理想的批评精神、理想的批评表达和理想的批评生态诸方面，我描述不出。如果论之于当代，让我举列出我绝对崇尚的批评家，我亦举不出。我们想象的纯粹的批评家已不存在。别林斯基时代已不存在。这不仅是一个精神背景问题，同时也是一个知识论背景问题。现代社会要求的批评家一定不仅仅拥有才华和勇气，一定有博深的专业的造诣，同时又是有着人文背景的、能引领潮流或扭转潮流的思想者。我这样说，并不意味着我对当代批评投否决票，相反，我是赞成者。我常常能读到当代文学批评中一些非常好的文章，在这些文章中，你会看到对历史积累的尊重、理想的努力和想象的投影。可是，这些往往被视而不见。我们讨论当代批评常常把自己悬置于粗犷的、似是而非的境地。我们讨论问题居多，可是真正标识批评家身份和批评成果的东西却被我们忽视。

如果结合自己的职业来谈论当代批评，那要回到基本面，回到常态。作为批评载体的批评刊物，不能超越它的时代风气和文化环境，它是一个时代的文学批评背景、文学生态链的组成部分，是一个时代最鲜活的批评思潮、批评时尚、学术背景的映射和参照，它是一个公器、一个载体、一个标本。如果这个时代的批评是有问题的，那么在批评刊物中就可以找到；如果这个时代的批评是有价值的，那么，批评刊物就是有价值的。批评刊物，首先是一种积累、一种建设，同时，它必须有引领的追求，它真的引领着文学的发展以及批评思维、学术思维的走向。我们这个民族有自己的思维方式，理性意识的增长并不长久。如果一个作家的创作总是居于原始的、感性的、反映论的层面，那么，它上升的高度一定是有限的。好的作家，有较高理想的作家，一定是理性意识不断觉醒的作家。而理性意识的增长，最直接的滋养，则来自文学批评。在文学批评这里，还生长着气度、对话、质疑，还生长着活跃的、激烈的（这是一个多么奢侈的词儿）认知和想象。

讨论当代批评和当代批评期刊，是不是还要有一点历史感？当代批评的发生、批评刊物的生存是和现代价值理念、现代文化制度相伴而生的公器的概念，多种声音相互砥砺并存的概念……真理是所有头脑汇集冲撞而成的概念，启蒙的主题、民主与科学的主题，这些基本价值理念的传播，仍然在当代批评期刊上或隐或显地开花结果。当代批评和当代批评刊物的命题，还应切入改革开放、思想解放的大命题，它得益于改革开放、思想解放的滋养和培育，又是这一命题在文学领域的践行和体现。共同的命运背景的构成依赖于共同的知识背景和思想背景，所有的问题都伴随着新的时代环境而产生，所有的问题，都需要新的思想来评估、来解决。

现代意义上的文学批评，很难将理论背景、史识建构和现场介入绝然分离。批评刊物承载的功能也是多层面的，包括知识生产和传播，学术积累和建设，等等。学院批评是一个笼统的概念，它不是批评的原罪，平庸和庸俗之气不是学院批评的天然戳记，血脉搏动和精神气象也不是自由批评的共生专利。想象一下学科苍白的时代，想象一下学科建构的过程，其背后是知识论基础和思想论基础。如果没有这些，批评何所依赖？当然，批评期刊还有重要的层面，具有现实感、前沿性，介入当代的文学运动，参与当代的文学建构，成为"运动着的美学"。更重要的是，它无法丢掉身体的基因，无法丢掉血脉的遗传，它应是当代人文思想的载体，传导当代思想最前沿的信息，将人文思想的前沿性成果，转化成批评资源。如果没有这个维度作参照，批评刊物，就是无境界追求的，由它所承载的文学批评，也是无理想追求的。

原载《文学报》2015年6月4日

批评的媒体化与媒体化批评

90年代末，文化领域、传媒界发生了许多事情。也许，有两个互不相干的花絮值得追叙。

其一，据传媒报道，在上海的一次"扫黄打非"行动中，警方从某妓女的手袋里查出了三件物品：口红、避孕套和《文化苦旅》。据说，这后一件物品的发现引发了从大陆到海外文化界的一场激烈的辩论。

其二，《南方周末》的专栏作家鄢烈山因病住院，不仅牵动了他远在武汉的老岳父的心，而且引起了全国各地许许多多素不相识的读者的焦虑和关切，《南方周末》破天荒两次发布了鄢烈山的医疗健康消息。

如果看一看目前传媒领域轰轰烈烈你争我夺的场面，这的确是两个互不相干的边缘性事件，前者，并不是一起受人奚落的笑料（顺便多说一句，谁敢说知识者的言论是慷慨的，他的心灵也就是最干净的，谁又能去否认妓女现象中埋藏的巨大的社会悲剧性内涵），如果我们不去追究这件事包含着的多层的文化隐喻，从最浮表的层面看，它也和传媒有着这样那样的干系。后者，也许可以看作传媒领域里发生的一件罕见的耐人寻味的事情，和人们对占据传媒显赫位置玩酷作秀的明星名嘴等传媒人物的膜拜不同，这件事发生于社会的更底层，它的含义也许要坦直一些、沉重一些：人们是不是在报人身上寄寓着什么？人们是不是要求媒体承担什么？

且搁置它们。这两件事情起码增加了传媒时代的两个例证——有意味的例证。不管人们敏感与否，承认与否，欣喜也罢，无奈也罢，传媒时代已经从一种抽象的语言成为形象地立体地伴随着我们的生活现实和文化图像。催生它的外力是全球化的资讯市场，内在的推动力则是不断肥沃起来的市场经济的土壤，是多元生活形态形成的多元的文化需求。它的典型特征是快捷、平面、拷贝与古典、经典、恒久的置换，是高傲的知识者的妥协，是聪明的知识者的争宠，是娱乐的消解对古板的价值的取笑，是自由撰稿人对职业批评家的挤对……它的不太正规的姿态是用真实和谎言对受众的侵犯和强奸，是虎视眈眈的饥不择食的炒作，是贪婪的窥视，是不论真伪的造神，是变相的广告包装，是秘闻和隐私的集散地、装卸场……

　　本来，传媒时代以及它所衍生的许多现象，比如批评的媒体化和媒体化批评都应该有一个相对标准的肖像，可惜，它现在被扭曲着，脸上混杂着欢笑和苦痛，那情形有点像足球场上发生的事情，不是裁判吹错了哨子，而是踢球者在戏弄游戏规则。

　　仍然回到鄢烈山，回到《鄢烈山时事评论集》。这是一本也许并不怎么具有流行的传媒色彩，也许在某些方面触及了传媒本质的书。许多读者都是从《南方周末》上逐渐熟知他的文章、他的名字的，他不是传媒热炒的热点红人，但是他是这张报纸"纵横谈"栏目的专栏作家，用沿袭的概念说是报人，用时髦的话来指称，他是传媒型知识分子。他的时事评论是以媒体为舞台的，是地道的媒体化的，他对社会公共事务的议论从载体到内容都是一种媒体化批评。鄢烈山指涉的现象和事件与通俗故事、名人艳史属于相距甚远的两个类别，根本无法撬动人们的好奇心和猎奇欲。他的写作风格简洁明快，刚直生动，无技巧油滑也不以机智幽默取胜，甚至从文体的意义上看，它也难以脱离枯燥的毛病，但它却赢得了千千万万读者的喜爱。在今天这个传媒时代，像鄢烈山这样如此在读者中建立起威信的人，恐怕已是极少的个案。有论者指出，鄢烈山的时事评论的特点是强烈的平民性，自觉地为平民百姓代言，为弱势群体代言。这是其一。我觉着鄢烈山的时事评论还强烈地显示了对社会公共事务的参与，对关系着国计民生问题的关注，还有，他以传媒批评明快迅捷的风格，对关系着国家走向的重大思想思潮进行着发言。比如他关于权力资本和权力寻租现象的反复分析议论，就力图从道德层面深入到体制层面，比如他对前几年风光一时的《中国可以说不》一书的及时批评，就触及了闭关锁国、盲目排外等极端情绪和改革开放、民主自强等重大的思想问题。鄢烈山的时事评论整体精神贯彻着一种良知和正义，体现着作为话语权力占有者对社会公共事务应尽的责任和义务，体现出了媒体批评应具有的品格。鄢烈山现象或鄢烈山效应的意义早已超出了他所讨论的问题。

依据传播学的教科书的说法，任何一种媒体的社会功能，主要包括报道功能、导向功能、监督功能和娱乐功能，观察当今的传媒现象，它的嗅觉的敏感程度在空间和时间方面几乎是无孔不入的，它的导向功能也不存在消退或减弱的问题，除了它的监督功能老是软骨贫血衰萎之外，最为强化和膨胀起来的是它的娱乐功能。堆砌纷杂的现象和景观，当然也携带着许多病毒，但是这也不能掩盖它所陪伴着的文化进步、社会进步。首先应该清楚，是多元的社会形态，是正常的欲望、正常的生态催发了媒体娱乐功能的全面盛开，然后才是媒体的娱乐功能参与到了对大统一的、单一的文化接受、文化消费的消解之中。这是它的历史进程，逻辑关系也大抵循着这样的程序，这应该是对传媒时代媒体功能的恰当的评估。当然，太多的现象、太多的炒作也在损害着它的形象。

有许多学者都论述过传媒时代媒体和知识分子的关系。形象的说法是，它们就像互搭梯子攀缘的小偷，或者像跑接力赛的选手。大体的关系是这样的，一方面，媒体为知识分子提高自己的文化资本提供了场所；另一方面，知识分子又利用媒体来提高媒体的传播率。看起来，这是又一个时代的新蜜月。这并没有什么错。知识分子和媒体的联姻，并不能推论出文化的堕落，相反，如果不是让市场价值取代精神价值，如果是为了精神价值的积极实现，知识分子利用媒体的话语权力，未尝不是一种参与精神消费的积极姿态。

依据这样粗疏的前提来看文学批评，媒体化批评或批评的媒体化乃至批评的文化化和消费化，都应该是一种合理的、健康的、需要不断成熟的存在。如果我们看看批评的现状，看看它的生存危机，看看它对社会公众的影响力，就会强烈地感到，传统的平庸的批评是在用一种反传媒的形式消极地对抗着传媒时代。目前流行的《十作家批评书》在总体意向上就涌动着变革的欲望。因此，不能在炒作的旗帜下掩盖它的积极意义。当然，正在兴起的媒体化批评也应该更正自身的陋习，在赞美的时候不应该失去自己的批判力，在造神的时候，不应该失去自己基本的判断力，在普及健康的时候应该适当地和商业恶习拉开距离。眼下的传媒性批评还没有建立起良性的运作机制，还不能对公众阅读趣味和文学消费构成强大的牵引力。因此，批评的形象建立，重要的不是献媚，而是质疑，不是迎奉，而是批判。起码，在行使自己的话语权力的时候，应该有一个审慎的态度。

原载《延河》2000年第8期

批评也需要温度

讨论当代文学、当代批评，不能无视基本面，应该有大参照。讨论"锐批评"文丛，有一个方法论问题。《文艺报》1月3日"书香中国·锐批评文摘"的导言部分，引用了习近平总书记在文艺工作座谈会上的讲话："改革开放以来，我国文艺创作迎来了新的春天，产生了大量脍炙人口的优秀作品。"习近平总书记还指出："广大文艺工作者致力于文艺创作，在各自领域辛勤耕耘，服务人民，取得了显著成绩，作出了重要贡献。"这个来自高端的总体评价、论断，是建立在肯定论、积极论基础上的，是源于文学的历史现实的，是对新时期文学经验、成就总结的产物。没有这样的评估，如何解读改革开放、思想解放的历史进程，如何解读新时代的降临和文学面对新时代的课题？如何在积极论的基础上发现问题，助推一种多样的、健康的文学生态、批评环境？我认为作家出版集团和作家出版社抓这套文丛的整体思维，培育一种独立思考的精神，倡导百家争鸣的氛围，是这套文丛的原初的也是会衍生出来的效应。

改革开放四十年呼之欲出。没有什么时候比现在让我们对改革开放百感交集了。是改革开放、思想解放，为我们打开了视野，给创作和批评提供了多维的空间，启迪或者更新了我们的思维，培育了我们的知识谱系，提供给我们进行批评的思想资源和参照背景。是改革开放、思想解放，助推了文学生产力，才有这么多繁复的现象，主流的、支流的，积极的、消极的，才使批评有了言说对象和对话空间。改革开放以来的四十年，文学和文学批评，享有充分的开放性，从来都不缺问题意识，每一个阶段、每一个思潮，都是经历了讨论、质疑、辩难的，都是在汲取积极性营养和资源的基础上前行的。文学批评也呈现出多极的形态。"锐批评文丛"所呈现出来的批评方式，也不贫弱，构成了当代批评的一个维度。通过文学批评表达的对当代文学的关注方式也是多种多样的，一种方式并不构成对另一种方式的否定。

评估一套丛书，人们会考量它的整体质量，评价一篇文章，人们会从表述方式中探究它的思维方式。很多人都有这样的感受，很多当时很吸引眼球的言论，后来再读，黯然失色。对于具有自省精神的作者来说，也是懊恼大于兴奋。很多现象，无视基本面，缺少整体观，以偏概全，简单化，唯我占有真理，别人都是错误解读和错误判断，真的不能接受历史和学理的考量。这套文丛无疑有它的积极面，敏锐、敏感，具体指陈，坐实性批评，在平庸中力克平庸之气，在教喻式思维中也意识到和对象共同求知之欲。我更在独立思考、质疑精神、批评勇气的维度上肯定它，但在整体性思维、总体论把握方面还是失望。"文丛"中一部分文章，仍然保有学理的生命活力，有一些，已难体味清新的气息，还有一些已难读出思想的力量。另外，一部分文章有一种绝对论、唯我论的思维方式，不知道作者有没有反思，有没有警惕。当代文学有许多低层面的、消极的现象，应该批评，但我们也必须意识到，当代许多优秀的作家，他们的思维已和我们处于同一层面，谦卑不必要，但傲慢也不可取。如果不开阔自己的视野，提升自己的学理素养，加大思想力度，偏执于一元论、唯我论、绝对论，怎能成为一种声音？最多只是丰富的文学世界的一种佐料。

改革开放以来新时期文学形成了一些传统，虽然有些传统还很脆弱，但值得珍惜。我不会幼稚地认为质疑精神、问题意识不应提倡，但我认为建设的传统更应珍惜，在文学进步的这个宏观层面上如何把握光影和阴影的关系，在思维方式的一元论和多元论的冲突中如何建立总体性认知，在批评思维的整体性方面如何建立或者提升格局，这是我从这套文丛读出的东西，坦率地说，有不满，有失望，也有启迪。

原载《文艺报》2018年2月23日，原题为《批评也要温度》

批评是缄默的

——读刘建军《换一个角度看人生》

我这里所要谈论的刘建军,是新时期一个普通的评论家,他从来没有被挟进喧嚣热闹的热点旋涡,也从来没有因为骇世惊人之论而烜赫一时,在大多数日子里,他是站在大学教室的讲台上吃着粉笔屑子的,他的理论批评文字,无疑是业余时间的活儿了。但是如果由此而轻视刘建军的批评成就,我是无论如何也不赞成的。这倒不是因为我们目睹了许多轰动效应所遇到的尴尬,而是基于这样一个常识,学术著作价值的大小与成就的高低,大概是要稍微经过一段时间积淀才能看得清的。

当然,有时也会出现一些各种各样的例外,比如刘建军。我私下猜测,刘建军自己恐怕并不希望自己成为一个引人注目的角色,而对自己的批评著述,不管在什么时候,他肯定会发现许多不足和遗憾,而不会产生不切实际的念头,最可能出现的,大概会是自谦的淡然的一笑。这与他的禀性有关。熟悉刘建军的人,大多敬重他的为人。他的性情总是淡泊的、宁静的、自足的,他的为人总是温厚的、谦逊的。我曾做过观察,在许多场合,包括一些学术会议上,刘建军的谈话总是节俭而质朴的,他几乎不与人争论,遇到看法不同的时候,他只是平实而鲜明地阐述自己的见解,而他的意思,并不是希图一下子说服对方,有时候,他干脆保持缄默。但这种缄默里又分明有着深厚和自信。记得有一次听刘建军讲美学课,讲到美的感性特性问题时，刘建军抬头望着窗外，说比如有一个人看到大片翠绿的田野和远山夕阳构成的自然图景，感叹道，多美啊，就不说了，这时候，你会感到一种深厚的学理向感性激情的转化，但这种激情更多地只是构成了他内心的一种张力场。人说人品往往影响文品，在刘建军便是这样。刘建军承继和呈示出的是那种严谨扎实的治学学风，他写文章，从来不依赖于一时的外在刺激和冲动，也从来不依赖于时髦的哲学或文化学等方面生僻艰奥的概念和术语，他所依赖的总是自己对文学作品的审美感悟和科学辨析。他的理论文章和作家作品评论，总是建立在对当代文学思潮和具体文学现象的整体认识和独到把握的基础上的，坚实的理论基础和深厚的文学修养构成了他文章的潜在背景，而精心地研读文本与多方面的思考、多层次的梳理，则构成了他写作过程的初始阶段。因之，我们读刘建军的批评文字，在感到从容缜严的同时，又常常读到一些精辟的见解，感到一种学识力量和智慧风采的充盈，以及他对社会人生的深挚情怀和深邃思考。刘建军的文章，在整体上透露出一种自足和自信，他从来不正面阐述自己的批评思想，在这方面他是缄默的。批评即选择，是的，任何批评都是批评家主体选择的结果，都有自己的理论基点和趣味指向，都规定着自己的特殊视角和特殊对象，任何批评的阐释、判断都只能是无限中的有限。意识到这一点，并不是一种逃避，而是一种宽容，那么，执着于自己的信念，写出自己的思考和情感，构筑起一个相对完整的批评世界，不也是一种主体的满足和快乐吗？有时候我想，说刘建军的为人和为文体现了一种批评气度和批评风范似乎不大合适，但是由刘建军的为人和为文想到了一种批评气度和批评风范，则并不是溢美之词。

但我这里所要谈论刘建军的主要还不是这些。读刘建军的《换一个角度看人生》，自然勾起了对新时期文学整体流程的回想。刘建军大概要算在20世纪60年代已经进入文学研究领域、在20世纪70年代末80年代初重新焕发文学青春的批评队伍中的一员了。新的历史时期的开创、文学创作实践的推动，以及整体的时代氛围的熏染，使刘建军这一代人积蓄已久的文学思维和创作活力有了充分展现的天地。在新时期文学的最初阶段，文学批评以突出的行动参与了时代文学潮流的运动。这正如与刘建军同代的一位批评家所总结的："当时的文学批评在揭露'四人帮'利用文艺搞阴谋诡计、批判'四人帮'的'文艺黑线专政论'方面；在拨乱反正，为所谓'黑八论'恢复名誉方面；在为一批'伤痕文学'作品撑腰，扶持和肯定《班主任》和《丹心谱》这样的新时期文学的奠基作方面；在理直气壮地为一大批曾经被打成'毒草'的作品翻案，即为它们'落实政策'方面……在恢复和发扬文学的革命现实主义传统，强调真实是文学的第一生命方面……都作出了许多筚路蓝缕的工作，对新时期文学的发展有着不可磨灭的贡献。"[1]而刘建军无疑是那筚路蓝缕者中成绩突出的一个。他的《真挚的感情动人的描绘——读莫伸的短篇小说》热情礼赞莫伸小说对"四人帮"的鞭挞，对周总理的歌颂，对人民情绪的抒发，同时也是他积郁心头的爱和恨的表达，烙印着鲜明的时代痕迹；他的《流贯作品的炽热的血液——漫谈中篇小说的革命人道主义精神》作为对一种虚假的文艺思潮的反动，具体地分析了几年来小说创作中的人道主义精神，从理论上辨析了人道主义在文学中的地位，具有强烈的现实针对性。而他的《为什么必须重视现实主义传统》《为〈现实主义——广阔的道路〉辩诬》则从"史"的角度考察了现实主义的发展，从当代文艺思潮的流变中追溯现实主义的命运，对现实主义的美学特征进行了系统的阐发。

如今，人们谈到新时期这一阶段的文学批评时，因为浓重的社会政治性色彩，在特殊贡献、历史功绩的评价里面总有一种遗憾意味存在着。我觉着，这样的概括总体上不失准确，但笼统的归纳会遗失许多东西。读刘建军的文章，便会读出一些差异来，读出一些刘建军自己的特色和层次来。这主要体现在以下几个方面：其一，从刘建军参与新时期文学运动开始，他的批评传达方式就避免了那种表面性的反响、直露的呐喊等现象，

---

[1] 骏涛：《文学批评：在新的层次上跃进》，载《批评家》1985年第6期。

他的批评文章，不是简单的义愤和热情的急促宣泄，也不是作为社会宣传工具的"高级广告"。不论是对新一代作家的热情扶持和肯定，还是文学理论方面的"拨乱反正"，他的表达基点都离不开细致的文本分析和严密的理性思考。这样的批评表达方式，当然不易引起巨大的反响和广泛的注意，但有着更大的文学说服力和理论力量，获得了更深的意义和更长久的生命力。

其二，刘建军的批评文章也溶渗着浓重的社会意识。刘建军与同代的批评家以及比他稍前或稍后的批评家一样，是中国几十年社会思潮和社会运动的目睹者和经历者，在文学思想方面，他更多地受到现实主义正视现实、直面人生等观念的浸润，他所注意和偏爱的是那类凝聚着厚重历史感和深刻的人生探求的作品。在他的《换一个角度看人生》中贯穿着对社会人生的沉峻剖析和深邃思考，对民族命运、人民忧乐的诚挚关切和执着探索，以及浓烈的忧患意识和强烈的社会责任感。刘建军便是以这样的批评思想参与了新时期文学的批判和建设。但是应该特别强调的是，刘建军的"拨乱反正"，他的批评思想基点，并不是向50年代已初步定型的理论模式的回归，他的文学批评在当时就不仅超越了表面的社会政治学层次，而且已经悄悄地容纳了更为深邃的人性和人道主义内容。这当然不能排除整个时代情绪、社会思潮的启迪，以及创作实践的影响，但由社会性的思考向人性和人道主义人本思想的深化，更重要的则是刘建军对社会历史、人生命运执着思索的结果，是他多年来文学思想沉淀、发展、提炼的结晶。正是基于这样的思想基点，他才能够对新时期文学的价值意义作出敏锐的感应："人的重要价值在新时期文学中的重新发现，实现着这个饱含着我国人民血泪教训的真理，同时也在全面丰富的意义上，表现了人的各种感性"；对"文学是人学"这一命题作出相当精辟的理论展开："审美从本质上看，就是人的创造能力的表现，就是人追求人类自身的合理发展。当然，人的本质是在对客体的作用中表现出来的，人的本质就其现实性来说，是社会关系的总和。只有在对客观现实的研究中，才能真正认识人的主体、人的本质。文艺也是在现实关系的反映中，反映人的本质的。文艺自产生后，愈来愈与其他社会意识形态有了明显的区别，它在反映现实上，愈来愈明确地以人为中心。文学就是人学。文学是以描写人、表现人、研究人、影响人为特征，为目的的意识形态。文学的这种特征，也就决定了它永远摆不脱人性的纠缠。因此，在特定的角度上看，人类文学艺术发展的历史，就是人性发展变化历史的形象揭示。"这样的论述当然也需要胆量和勇气，但仅凭胆量和勇气结不出思维的花朵，能够结出思维花朵的是理论的逻辑和思想的深邃。

其三，刘建军的批评是真正文学意义上的批评，他所运用的批评方法，是真正意义上的美学和历史的批评方法。诚如我们上面引用的，刘建军认为，审美从本质上看，就是人的创造能力的表现。刘建军的文学批评，便是他这种美学思想的具体展开和应用。我们知道，刘建军的文学道路，是从基础理论研究开始的，而马克思主义美学思想，始终是他研究的重心所在。因而，马克思主义的美学思想，构成了他文学批评的坚实背景。马克思、恩格斯认为，美是人的本质的对象化，而人的本质是"社会关系的总和"，"社会生活在本质上是实践的"。人在长期的改造客观现实的社会实践中，实践了自我确立。自然人化了，人的本质对象化了，人在自己本质的对象化中创造了美的世界，"享受了生活的愉快"，锻炼和发展了自己的审美能力。对马克思、恩格斯美学思想比如对象化思想的理解和运用，在刘建军与其他同志合著的《论柳青的艺术观》一书中已经显示了出来，只不过研究者基于严谨的学术态度，考虑到研究对象的承受能力，没有充分展开而已。在《换一个角度看人生》这本论集中，则显示出了清晰的思维逻辑和理论背景。但是，基础理论怎样过渡到具体的应用呢？在刘建军看来，过渡的中介是对美学的和历史的批评原则的掌握。依据马克思、恩格斯对文学审美地、"艺术地掌握"世界的界定，刘建军认为，文学创作的特点就在于它是对生活的审美反映，它以对生活的感受和体验为基础，以在感受和体验基础上产生的感情为动力，它对人生的认识意义蕴含在它的审美价值之中，因而，作为对文学创作进行阐释和判断的理论批评也应该以对批评对象的审美感受、审美欣赏为出发点，也应该是一种审美判断和审美评价。诚如马克思所讲："对于不辨音律的耳朵说来，最美的音乐也毫无意义。"[1]当然，刘建军强调美学批评，并不意味着他不重视作为它的有机构成的历史批评，并不意味着忽视作家审美意识、审美理想与现实生活的审美关系。正是基于这样的批评思想，他在把现实主义创作方法作为一种人生态度考察的同时，也着重指出，现实主义是一种审美方式。在具体的作家作品论方面，他强调："能爱能恨者才能为文。"他从审美的角度对一些创作现象进行深层次的剥离、剖析："从现象看，一些善写乡土民俗文学作品的作者，得力于自己选取的特殊题材。实际从本质上看，还是取决于作者对这种特定题材生活的熟悉和热爱。没有对生活的熟悉，就不会有逼真的描绘。而没有真诚的热爱，便缺少了创作中最不可少的情感动力。……情感是文学作品生命力的一部分。作者的爱憎是推动他创作的动力。"

在新时期文学的流变当中，所谓"社会学"的批评不时处于或褒或贬的议论之中。其实社会学批评是一种粗疏的、笼统的概括，即就是这种概括也应该分出层次来，庸俗社会学批评是一种层次；初创于维柯、经丹纳……一直发展至今的西方的文学社会学是社会学批评的一个分支。而我们通常所否定的社会学批评则是我国当代批评中一种特有的现象，这种批评简单地把文学看成社会生活的直接反映，机械地参照现实生活或某种政治观念、道德观念对文学进行肯定或否定的评判。显然，这种批评模式已经基本被当代批评家所舍弃。我们所肯定的社会学批评，是那种饱含着个人的人生体验和见解，具有主体的独立思考精神，着重于社会人生、时代历史方面的批评。刘建军的批评观在许多方面，与后一种"社会学批评"有相类之处，但是他批评思想的内在肌质，则是由审美构成的。刘建军的

---

[1] 马克思：《1844年经济学—哲学手稿》，人民出版社，1983年，第74页。

批评思想，当然是始终如一的，但在当代批评的某些阶段，却显示出了特别的意义，在客观上，它是对用一种社会政治批评模式对另一种社会政治批评模式否定的否定，在主观上，显示出了对文学本体的深刻认识，确立了真正的批评意识和批评建设的高层次起点。

按照一般的常识性说法，文学理论与文学批评应有所区别，文学理论属于基础科学，文学批评属于应用性科学，文学批评是文学创作和文学理论的中介，它的任务之一就是应用一定文学理论提供的参照系去审视文学创作并从文学创作中提炼升华出一些规律性的东西来。由此推论，其一，特定的文学批评必须有着特定的理论背景；其二，批评家应该具有双重能力，一重是敏锐的审美感受能力，一重是良好的理论思维能力。对某一文学理论的应用，在当代批评界当不是一件难事，因为诸如人类学、文化学、阐释学等现代学科理论，都已经进入了文学批评领域，但是，对某种既成理论的理解是否熔铸了自己的人格情致，是否经过了主体血液的过滤和转化，大概是一个可以讨论的问题。而且，即就是对一种理论模式有了深入的研究和熟悉的掌握，却无力用于解读具体的文学现象，则其对理论掌握的深刻性也是可以存疑的——这中间，技术层面的手段大概要在其次。再者，艺术体验、艺术感受能力的大小与强弱，大概更能体现出批评家的"内功"，更能体现出批评家文学本色。如果缺少了这些，即便是多么崭新的观念、严密的论证、宏大的气魄都将显得不够生动有力。如上层次的思考，是有当代文学批评现象作为依据的，但更重要的则是来自刘建军批评逻辑的启迪。无须举例，从刘建军批评文学的整体行文中可以感到，刘建军把许多批评中的难点，已经内化成了自己的基本功力。

因为刘建军已经站在了一个更高的层次。在刘建军看来，从学科的角度界定文学理论与文学批评的关系，不失为一种观察角度，但具体到批评家个体身上，却并不一定适应。在批评家主体这里，它们应该构成统一的一体。对文学史的大量涉猎，对文学规律的普遍认识和审美感受能力的具备，应是一个批评家具有发言权的基本起点，在这个起点上，批评家所要做的，是对文学现象的历时和共时的双向考察。诚如韦勒克、沃伦所说的："文学史对于文学批评也是极其重要的，因为文学批评必须超越单凭个人好恶的最主观的判断。一个批评家倘若满足于无视所有文学史上的关系，便会常常发生判断的错误；他将会搞不清哪些作品是创新的，哪些是师承前人的；而且，由于不了解历史上的情况，他将常常误解许多具体的文学艺术作品。"[①]对批评的这种理解，刘建军是以批评实践这种形式传达出来的，在他的《换一个角度看人生》中，对一些重大理论问题的论述和对一些新鲜的创作现象的评估，他均能从史的角度和大的理论背景上阐发出独特的见解，这些见解的力量在于纵深的历史感和宏观的视野总是不露痕迹地渗透在具体分析之中。这样，看似普通的他对"中肯"的追求，其实却蕴有了别一种深厚的意味。这样的批评思维，已经规定了刘建军的批评对象，使他意识到，文学批评"是以充分理解艺术家或作家在自己的作品中所遵循的规则，深刻研究典范的作品和积极观察当代突出的现象为基础的"[②]。不过，需要补充的是，这里的"充分理解"和"深刻研究"，肯定离不开批评主体的精神介入和个性创造，融汇着批评家的人生体验和独特思考。唯其如此，我们才能理解，为什么刘建军很早就摆脱了那种隘窄的视野，为什么刘建军要对托尔斯泰、巴尔扎克、《红楼梦》等经典的作家作品进行深入研究，对柳青的创作的剖析作全面彻底的展开，而他对当代文学现象和作家作品的评论，又总是从主体体验和思潮考察两方面入手。刘建军的《换一个角度看人生》之所以构成了一个批评的斑斓、统一的世界，也正是由于他的批评思想在广度和深度两方面都作了具体展开。

读刘建军的《换一个角度看人生》，也能读出许多不足和遗憾来。

---

① 韦勒克·沃伦：《文学理论》，生活·读书·新知三联书店，1984年，第38页。
② 普希金：《论批评》，见《古典文艺理论编委会》《古典文艺理论译丛》第2册，人民文学出版社，1961年，第153页。

比如就这本书内而言，他对某些理论问题的思考，显然由于某些原因的限制，未能进行充分的发挥；就这本书外而言，刘建军的目光似乎还可以伸向另外的一些理论命题。审美批评的弹性，大概不会拒绝人类学的某些思想；而历史批评的界限，也有可能和文化学的某一部分划在一起……这方面我不多说了，因为刘建军自己更清楚，他的内省的气质会促使他不断地清醒地剖析自己，而明眼的智者也会举出一大堆来。但我仍然要不吐不快的是，我觉着以刘建军的才思和功力，他所达到的与他应该达到的，他所取得的与他应该取得的，尚有着很大的距离。这一点我在几年前就耿耿于怀，我至今仍想不通是什么对刘建军构成了限制。是的，遗憾是历史的，但遗憾毕竟也是个人的。

原载《小说评论》1990年第6期

批评的命运与批评家的品格

——读《王愚文学评论选》有感

坦率地讲，在相当一段时间里，我对当代文学中的批评文章是不怎么重视的。受一种习惯心理的支配，我常常把目光投向亚里士多德、黑格尔、别林斯基、马克思等经典的名家。我知道，对于一个在文学殿堂门外窥望的批评爱好者，这是获得理论基础的必要途径；我也逐渐意识到，仅仅在抽象的概念中求证推理，充其量只能达到对充满活力的文学创作和文学批评的一知半解，似懂非懂。对包括《王愚文学评论选》[①]（以下简称《评论选》）在内的当代批评漫不经心的一瞥，实际上掩藏着对当代文学运动的隔膜。我的这种认识的逐渐转变并非我自觉地意识到文学理论与文学批评在一般情况下应有所区别，也并非自读《评论选》始，但是，这本普通的论著加深了我如上以及如下的认识却是毫无疑义的。于是我想，当我们考察当代批评领域并着手进行粗略的反思的时候，不应该把《评论选》仅仅看作作者本人的建树，它也是当代文学批评的收获之一。而《评论选》首先给予人们的感触便是批评家的品格问题。

什么是批评家的品格呢？它首先是一种参与的品格、实践的品格。自觉地以自己特有的方式介入，参与现实的文学运动，在文学的实践过程

[①] 王愚：《王愚文学评论选》，湖南人民出版社，1985年。

中实现自身的价值,这几乎是批评所以成为批评、批评家所以成为批评家的首要条件。批评的实践性,对具体的文学现象、作家作品、创作现状和发展趋势的关注、评析,是批评家自身建设的基本内容之一,也是当代批评家获得广阔、深邃的批评眼光、文学意识以及随着文学创作实际的发展而产生的当代批评意识的首要前提。这是我读《评论选》所获得的突出感触。我们知道,王愚早年的志趣并不在文学方面,他那时是想学医的,由从医而转向从文,就王愚自己而言,最早是出于简单的偶然的原因。而由于家庭的影响,"对国文的偏爱",王愚从小便受到了良好的中国古典文化的熏陶,那时的王愚,在转向文学之后,是容易进入古典文学研究,走一条通向学者教授的道路的。但是,新中国成立之初明朗的充满朝气的现实生活和从生活中涌动出的充满热情的文学,却吸引着他躁动不安的魂灵,当他以一个普通的文学读者的身份写下他朴素的文字,记录下他对当代文学朴素的印象、感知、看法的时候,他便开始走上了文学批评的道路,尽管这种选择在他最初并不是一种明确的理性自觉。以后王愚又长期在文学编辑岗位供职,工作本身的性质决定了王愚就是当代中国文学队伍中的一员,工作本身也要求他对文学现状作更深入更细致更开阔的关注和了解,这样,当主观愿望和客观要求在某些方面统一的时候,就决定了王愚的著述主要不是一个学者的著述,而是一个批评家的著述。《评论选》清晰地呈现出了这一点。在《评论选》中,从50年代到80年代,不管是对赵树理的长篇小说《三里湾》中人物形象缜密细致的分析,还是对新时期文学创作题材领域宽广开拓的积极肯定;不管是为"伤痕文学""反思文学"的倾力呐喊,还是对贾平凹、陈忠实、王蓬等青年作家的热情关注;不管是对路遥创作做纵横交错的深入考察,还是对柳青创作道路的严肃反思,都显示出王愚对当代文学创作作出及时敏锐的把握的努力,都坦露出王愚作为一个批评家的实践品格。自然,王愚也关注、参与当代文学理论问题的讨论,例如,50年代关于典型问题的讨论,80年代之初关于现实主义和现代派关系的讨论,近年来关于寻根意识和民族文化的讨论,但王愚并没有把自己限定在抽象的概念中索解求源，他的文章总是有着较强的现实感。也许，在这类文章中，王愚的论述还欠缺理论性的深度，但他力求从生活实际和创作现状出发，并从中寻求更接近文学规律的答案。这一特点，和他的具体的作家作品评论一样，渗透着一个批评家介入文学运动的参与意识、实践品格，而在具体的批评过程中，批评家的实践品格也就以富有血肉的形态得到了现实的实现。在别林斯基那里，批评，被升华为一个具有现代意义的命题——"不断运动着的美学"，我想，这个命题的基本构成便是批评家的实践品格问题。

然而，仅仅参与现实的文学运动，赋予批评以实践性质，还不足以构成一个批评家的良好的品格结构。一部中国当代批评史便是一个并不遥远的可鉴之证。"文革"时期的批评参与现实、介入文学的程度不可谓不强烈，不可谓不充分，但是那种棍棒式的"批评"恰恰是对批评家实践品格的亵渎。所以在批评的实践性的基础上，批评还应该有自己的心灵、自己的良知，有一种作为真正的批评家的独立思考精神。关于这一点，王愚的表述近乎朴素之极："我走上文学评论这条道路，完全是为了表达自己的见解，至于这些见解是不是合乎一定的规范，合乎一般的看法，没有多考虑。至今我还是遵从这个原则。"①今天，人们也许会感到王愚这种看法是那样的普通平常，但是，如果考虑到当代批评的特定情况，如果把这种看法放在当代批评命运的流程中来考虑的话，如果顾及批评家身体力行的实践，人们也许也会看到这个朴素的表述里所蕴含的可贵之处。不妨以《评论选》中《让我们感受到时代的精神——评〈组织部新来的青年人〉》一文为例。人们至今并未完全忘却围绕《组织部新来的青年人》所涌起的"批评"浪潮。在这篇小说"受到围攻"，并"已隐隐有挞伐之声"的情况下，王愚并未屈从于"这是一篇歪曲现实的小说"的观点，而是尊重自己的批评良知，有着自己的独立思考，他指出："一篇作品，究

---

① 王愚：《人·生活·文学》，陕西人民出版社，1987年，第3—4页。

竟写出了生活中的一些什么样的人物？通过这些人物的命运对时代精神的把握来说，究竟能起一些什么作用？这是整个作品生命力的所在。失去了这个，也就失去了作品的社会意义和艺术价值。所以，我们只有从这个角度出发，才能公允地指出作品的优点和缺点。"[①]这样，王愚就把那种对作品非文学的不公正的责难排除在外了，他是力图用一种文学批评的眼光对作品做出恰切的评价。从这一点出发，他既热情洋溢地肯定了作品的优长，同时又实事求是、准确中肯地指出了作品的不足。王蒙的这篇小说，现在已有历史的公论，但在当时，不随波逐流，直陈己见，坦率地谈出自己的看法，却是要有足够的批评家的良知和勇气的。

说来并不神秘，王愚的批评追求，在他自己看来，源于一种简单却诚挚的感情——"本着对文学事业的爱"，在讨论《组织部新来的青年人》时是基于此，在粉碎"四人帮"后，为新时期的文学鸣锣呐喊也是基于此。但是，经过长期的批评实践，积三十多年的人生阅历，王愚对文学批评的认识从一种朴素的感知，已经上升到了理性的自觉。王愚说："文学批评之所以需要，似乎并不完全在于对美文的鉴赏，对韵文的品评，特别是在新旧交替的时代，生活急剧变化的时刻，需要的是呐喊，是奋争，是冲决，是向往，是对文学的时代意义和历史作用作出的肯定和否定……也许这样做，有过分偏爱文学的社会功能之嫌，但是，文学在一个时代的社会生活中不能引发人们对自身、对时代、对历史的反思，不能触动人们对周围世界强烈的感情，恐怕也就失去了存在的价值。"[②]这种为社会、为人生的批评态度，从对批评的最基本的感知而来，实际上已经衍化为王愚批评观念的核心内容。这是不是批评的一种品格呢？我想是的。这种批评所要求的对艺术的忠诚，参与现实、直面人生的勇气，高度的社会责任感，把批评家的品格问题已经深化到了一个新的层次。在这里，批评家的品格问题，已和批评的观念、方法融为一体了。由此我们不难想到，一个

---

① 王愚：《王愚文学评论选》，湖南人民出版社，1985年，第39页。
② 王愚：《人·生活·文学》，陕西人民出版社，1987年，第10页。

批评家的实践品格，在批评意义上的独立思考精神，他的良知和勇气，只有根植于自身的批评观念，才能显示出真正的力量和价值。否则，批评会失去明确的指向。

诚如王愚自己所言，他的批评观念和批评实践，确有"偏爱文学的社会功能之嫌"，按照时下的一般归纳，基本是社会学角度的批评方法。我想，如果人们承认社会学角度的批评方法在相当一段时间里构成了当代中国文学批评的主体的话，就不应该对这种批评进行简单的责难，而应该进行最起码的历史考察。这是公正的判断的科学基础之一。我们知道，自古以来，"文以载道"就是中国文学的一种重要的批评观念，所谓"兴、观、群、怨"就是一种透过文学看社会、察人生的思想；中国古代的有识之士，也有一种"先天下之忧而忧，后天下之乐而乐"，关心国事民情、积极参与社会现实的人生态度和治学传统。进入近代以来，"国家的独立始终是中国革命的首要主题"。"燃眉之急的中国近代紧张的民族矛盾和阶级斗争，迫使得思想家们不暇旁顾，而把注意和力量大都集中投放在当前急迫的社会政治问题的研究讨论和实践活动中去了。因此，社会政治思想在中国近代思想史上占有最突出的位置，是它的主要组成部分。其他方面的思想，如文学、哲学、史学、宗教等等，也无不围绕这一中心环节而激荡而展开，服从于它，服务于它，关系十分直接。"（李泽厚《中国近代思想史论·后记》）毛泽东同志所领导的中国革命实际上是近代以来中国寻求民族解放、国家富强的道路的继续。这种文学的命运取决于社会的命运的事实决定了中国的文学不可能从容地去构筑新的文学观念体系，而只能是对传统的文学观念注入新的内容，并时常做一种强化性的使用。"五四"以后，马克思主义的美学思想逐渐传入了中国，但马克思主义的批评也是以艺术的社会效应作为核心和主题的。所以，虽然"五四"以后，许多传统的中国文化思想受到了严厉的批判，中国人从西方找到了马克思主义，但中国古老的"文以载道"的思想和马克思主义关于文学的社会功能的学说并未发生冲突，而是在新的社会条件下在新的层次上达成了统一。毛泽东同志的《在延安文艺座谈会上的讲话》就是这种统一的系统阐述。由此我们不难理解，20世纪50年代苏联的文学理论体系大量、集中地涌入我国并被当代众多的理论批评工作者所接受，并不是一种由于政治方面的友好而产生的爱屋及乌现象，而是有着现实的文学理论基础。我以为，在这样的历史背景下，当代中国产生了一批包括王愚在内的执着于文学的社会责任、执着于文学的人生使命的批评家，并不是历史的失误，也并不是批评的悲哀。事实上，我们新时期的文学基本上也是和中国的社会改革呈同步状态的，而且，有的时候，文学并不是被动地追随，而是自觉地以自己的方式参与到社会变革的进程中的。我想，当我们意识到这一点的时候，我们也就不会简单地对社会学角度的批评投以轻蔑和白眼了，我们也就会意识到社会学角度的批评在今天仍然是一种富有生命力的极其重要、极其有效的批评方法了。何况，包括王愚在内的一大批中国知识分子走过的曲折多难的人生之路，本身就是社会命运的组成部分，这决定了他们很难离开社会、离开功利去评判文学，决定了他们会像重视文品一样重视人品。

当然，我这里所说的王愚，只是这个批评群体中普通的一员。王愚以他有限的能力努力实现着自己对文学批评的追求。面对当前社会生活和文学创作的多元化状态，面对理论批评领域更深阔的追求，人们至少会在以下两个方面感到一种遗憾：其一，批评选择对象的单一和艺术分析上的单薄；其二，在具体的作家作品评论方面收获甚丰，而在理论建设方面却比较欠缺——这也是有着本文无力探讨的原因的。这种现象当然不都或多或少地存在于《评论选》中，当代的一些优秀批评家，如已故的冯雪峰、何其芳、邵荃麟、侯金镜以及和王愚同辈的许多人的笔触基本上便是在现成的理论框架内游弋。因此，与其说我们是在表示对王愚批评的不满足，毋宁说，我们是在表达对一种普泛的批评现象的看法。

原载《长安》1987年第4期

《王愚文集》序

四卷本《王愚文集》就要出版，他的老伴张素文嘱我写点文字，我拖延已久，深有愧疚。我1982年大学毕业，到陕西作协后即在王愚手下工作，先在《延河》编辑部评论组，后追随王愚创办、编辑《小说评论》，若论影响我人生的几个人，王愚是其中之一。王愚是我尊敬的师长，他对我的宽厚、偏爱和鞭策，对我的恩惠和培育之情，难以言表。路遥逝世多年，我很少写文章，甚至有意识回避提及他。对王愚也是这样。我总以为人生珍贵的记忆应该埋在心里。

2010年4月5日，清明时节，王愚病逝。转瞬就是他的三周年忌日。我记得王愚逝世后报刊报道用的标题是"历尽人生沧桑，道德文章传芬芳"。陈忠实接受媒体采访，说他和王愚相交多年，王愚既是他的老师，也是他的忘年交："王愚对新时期跃上陕西文坛的每位青年作家都很关照，学术上却很严谨，遇好说好，遇不足说不足，这是难能可贵的。20世纪80年代初，他参与创建中国小说学会并任副会长，对中国小说的发展起了重要作用。"我接受媒体采访说："王愚不仅是陕西，也是全国很有影响的评论家。他是陕西参加全国文学批评活动的第一人，也曾是中国文学批评界的风云人物。王愚是《小说评论》的创办者，《小说评论》能在全国评论界占据重要位置，王愚功不可没！"王愚逝世后的那几天，中国小说学会在山西师大召开中国小说学会年度排行榜评议会议，学会同人进行了追思活动，对王愚的仙逝表示深切的哀悼，发来唁电说："王愚先生不但是著名评论家,而且是中国小说学会早期重要的领导人,对学会的组织和发展做出了巨大的贡献。"中国当代文学研究会发来唁电说:"王愚先生是著名文学评论家,也是一位杰出的文学编辑家。他在我会创会阶段就参与我会活动,多年出任理事,为我会发展尽心竭力,直到身体患病。他的去世,使我们失去了一位资深的理事、可敬的朋友,更是陕西文学界与中国文学界不可弥补的重大损失。王愚先生与他数十年来不懈笔耕、光照文坛的成果与精神永存!"王愚的生前好友、评论界同人纷纷发来唁电唁函,表达哀痛的同时,给予王愚很高的评价。其中白烨在唁电中评价道:"王愚长期蒙难,但忍辱负重,矢志不渝,以勤奋的笔耕,丰富的成果,在新时期以来一直领军于陕西文学批评界,并在全国文学批评界卓有影响。他的逝世,是陕西文学界不可弥补的损失,也是全国文学界的重大损失。"中国社会科学院文学研究所的李建军在唁电中说:"王先生既是著名的编辑家,又是杰出的批评家,对陕西文学的发展,更是操心劳力,功不可没。他对晚学后辈的奖掖和鼓励,则令我永远感激。"2010年5月28日,我去北戴河参加《长城》杂志的一个论坛,中途借道北京,在中国作协二楼餐厅吃饭,突然,胡平说:"你们没有人写王愚的传记吗?"胡平这句话令我一愣,胡平时任中国作协创作研究室主任,王愚曾多次参加中国作协创研室、《文艺报》的笔会,胡平应是晚辈,与王愚几无直接交往,按说对王愚的了解没有他同代人多。胡平显然是在说王愚是陕西文学评论界旗帜性的人物,书写王愚的业绩是值得的、应该的、有意义的,这个提议由胡平说出,足见王愚在全国评论界的分量。

30日,我在北戴河,忽接天津盛英大姐电话,说王愚不在了,她很伤心,并要王愚家电话,问候张大姐。也是在北戴河开会期间,接到陈忠实的电话,说"国平,你看看我写王愚的文章",言语中流露出浓重的感伤。陈忠实的这篇文章叫《王愚:热情率性与悄没声息》,发表在2010年5月28日的《文艺报》上,知人论世,言真意切。后来不久,我又遇到阎纲和何镇邦,他们是与王愚同代的评论家,和王愚有多年的交往、深厚的情谊。阁纲说，王愚走了。何镇邦说，愚公走了。他们两人似有许多话语无法表达，我从他们的言语和眼神里分明能感到内心无限的感伤。这些往事，我都记在纸上。

　　王愚一生多灾多难，崎岖坎坷，屡经沉浮。王愚的晚景，多少伴随着一丝凄凉。王愚对自己有过总结："我这多半生，享受过荣华富贵，鼓起过美好理想，坚持过不断改造，饱受过牢狱之苦。经受过各种荣誉，尝试过寂寥之忧。可以说大起大落，大喜大悲。"王愚前期的遭遇，胡采先生的评述最为透彻，胡采曾感慨当代中国知识分子所经受的苦难生活历程，说："比起许多人来，王愚同志这些年的苦难生活经历，却是更曲折、更坎坷一些，遭遇更严酷一些。他先是在一九五七年'反右'的扩大化浪潮中，被卷进漩涡，以后在'文化大革命'中又被重新翻腾，并在后期被作为所谓'现行反革命'而投进监狱。一个革命工作者，接受党和人民对自己工作的考查，这是应该的，如果在工作上、思想上，确有缺点或错误，党和同志们对自己进行正常的批评、帮助，这也是应该和必要的。但是，像'反右'扩大化那样，像'文化大革命'那样，随便上纲上线，胡批乱斗，随便改变问题性质，轻易把人关进监牢，这些，已经不仅是侵犯个人人身自由和生存权利的问题，而且，事实上是在玷污和改变我们社会主义祖国的形象和国家的根本性质了。"[①]在文集中，王愚对自己的命运遭际有多篇文章叙述，也有其他评论家、作家多篇文章进行评述。我们从这些叙述和评述中不难读出，一个人被突然从正常的生活轨道所驱逐，打入社会的"另册"，从那一刻开始，他所习惯的日常的一切就再也与他没有关系，那该是怎样的一种遭际、心境和情绪，也可以读出荒谬年代知识分子的人格扭曲和精神底线的坚守。王愚出身名门，少年多病，弃医从文，青年时代投身革命事业，"是五十年代初期社会主义蓬勃发展的环境"（王愚语），新中国成立之初明朗的充满朝气的现实生活和从生活中涌出的充

[①] 胡采：《写在〈王愚文学评论选〉前面》，见王愚《王愚文学评论选》，湖南人民出版社，第1—2页。

满热情的文学，使王愚精神焕发，跃跃欲试，干劲十足，以文学评论的方式，积极投入中国当代文学的运动之中。从收在文集中的《艺术形象的个性化》《论阶级和典型》《让我们感受到时代精神——〈论组织新来的青年人〉》，包括未发表的《从文学实际出发》等文章，足可读出王愚的单纯热情、敏锐、胆识和对文学认识的深度。在年轻的王愚身上，不但体现出他对文学的热爱和纯净的期待，而且也体现着他在那个时代对国家新面貌、新景象的一种体认，他发自内心地把自己当成国家和社会的当然的主人，努力投入他热恋热爱的文学评论事业之中。然而正当他以饱满的热情对待自己钟爱的事业，投入到新生活当中时，却突然被这个生活驱逐了，可想而知王愚身心受到的重创。"八十年代拨乱反正的条件，使我有可能在文学评论园地里进行耕耘"（王愚语），然而，在长期的惊悸体验下重新投入社会生活，重新找回自己的身份角色，又是怎样的情形？世人皆知王愚的倜傥潇洒、豪放旷达，谁人又知王愚的谨慎胆小、脆弱和敏感。阎纲描述的情形十分典型：

> 80年代回西安，王愚请酒，交谈甚欢，突然，他的脸色变了，惊慌失措，非常害怕的样子。顺着他的视线望去，白光一闪，一位表情毫无异常的警察从前方走过。定神之后，他解释说，"由于监狱里被专过政，见了警察就害怕，明明知道警察不会抓我，哎，习惯成自然，身不由己！"（《为王愚安魂》）

这一感性场景，无疑是时代遭际在知识者心里的浓重投影，极为深刻，包含着丰富的社会信息，揭示了某一个阶段当代中国知识分子的精神世界。改革开放之后，王愚逐渐从精神枷锁、心灵禁忌中解放出来，"为新时期文学的发展，为新时期的文学能直面人生，摒弃谎言，勇于探索"，呐喊呼唤。因为"那里面有对长期以来'左'的偏差和错误的认真清算，有对国家民族和人民命运的关注，有对正义和善良的礼赞"（王愚语）。王愚个体命运的跌宕起伏、精神世界的悲酸和顽强、文学评论事业的成就和高度，折射着浓重的时代内容，可以说，构成了这个时代知识分子的精神档案。

王愚是一个复杂的个体，名士风度、潇洒豪放和内里的脆弱、柔软构成了矛盾的统一。他在文学批评的世界里纵横驰骋，率意而作，而在精神世界的深处，未必没有郁结、阴影。许多年里，一些意识仍对王愚存有偏见，王愚不是不敏感，但是得益于磨难练就的胸襟，他总能将其化作工作的热情和事业的动力。他对时代的变迁有着刻骨的体验，在感性和理性、在消极和积极、在对待历史和面向时代方面，王愚的选择，是以文学的方式，加入时代进步的主潮。说到王愚的精神谱系，我极赞赏杨乐生教授的分析，杨乐生说："王愚从少年时代起就养成了自由阅读和独立思考的习惯，我不是说王愚的出身就能怎么样，但他世家子弟文化血脉里先天的素质和后来生命经历、体验化合为一以后放射出来的个体生命光华是显而易见的，像安康山民的硬气，体现在王愚身上就是不屈服，就是敢于直言，就是'虽九死而犹未悔'，瘦小的身板单薄的王愚是本质意义上的硬汉子，学术的生命是如此，自然的生命也是如此。历经磨难而葆有理性的清醒和锋芒，（历经）精神的摧残和监狱等超负荷的体力折磨他仍然挺立着自己的脊梁骨。"杨乐生的分析，已经触及了王愚的精神背景、人格结构，我想，古典文化的熏陶、古代优秀知识分子的人格操守，无疑影响着王愚的精神世界、人格建构。这是王愚精神谱系的重要一面。如果从文学批评、文学研究的专业角度看，王愚的精神谱系还有一条线索，这就是19世纪西欧现实主义文学精神，马克思、恩格斯的经典理论，别林斯基、车尔尼雪夫斯基、杜勃罗留勃夫斯基的批评思想和批评风范，这些在王愚的批评实践中都有浓重的投影。他所崇尚的是文学批评参与现实、介入现场、融入现实的文学运动的文学精神，是从当代文学经验的总结中，来丰富、提升人们的文学认识。王愚从事文学批评实践活动一开始，不仅显示出了锐气和勇气，而且显示出了宽广的视野和对文学理解的深度。50年代，王愚的批评选择即前沿现象和前沿话题，而且具有真知灼见和文学深度，不妨读读王愚那篇未能公开发表的《必须从实际出发》，王愚说：

"作家，从最严格的意义讲，是真理的探索者。……凡是真正的艺术家，绝不屑于给社会理论翻版，或者表面描摹当时重大的斗争，他们总是用自己的心血，去熟悉他们，从人们的心灵深处，看出社会进程对人们的影响，看出人身上美好的东西怎样发扬光大。""任何现实主义的作品，其所以反映了社会中的生活问题，都在于它深刻挖掘了人在社会生活中的复杂变化，提出了人在社会生活中的作用。"王愚的这篇文章，从消极的意义上看，是对文学的庸俗社会学的批判，从积极的意义上看，是对现实主义精神的高扬，是对"文学是人学"精神的高扬。王愚当时讨论的话题，至今仍然存在，仍在讨论，王愚对文学的认知和理解，仍然给人以启迪。新时期后，王愚的文学思想有着更为明晰、深刻的表述，他总是力图从文学把握历史真实和时代精神上，从文学怎样通过现实生活发展对人们灵魂世界的触动和渗透上去探讨问题、评价作品、论述作家。王愚的文学参照或他的批评依托，是气度境界，是广阔的生活视野和历史意识。王愚以为，无论文学研究的方法如何变化，文化的观念如何更新，文学必须要更深入地、更完整地、更丰富地表现人。王愚说："文学不是富人膝下的巴儿狗，闲适之辈的小摆设，庸俗之徒的消遣品，它要为一代人的精神灵魂写照，要给弱者以力量，给豪强以抨击，要净化人的情操，充实人的头脑。"王愚的批评思想、王愚的文学观，因为遵循文学的内在规律，接近文学的真理，因而，今天读来，仍然有着现实意义，闪耀着现代气息和正义力量。

收入《王愚文集》中的王愚的生平部分，是在王愚逝世后由我执笔撰写的，它是文学对王愚的评价，也是我的认知理解。优秀的卓有建树的评论家、优秀的编辑家和热诚的文学活动家、组织者，这样的定位评价，我在多年前西安电视台为王愚拍摄专题片时就已提出。我想这是对王愚相对客观和公允的定位。新时期以来王愚是站在当代中国批评前沿的、一线的、一流的，站在潮头的领风气之先的批评家，他的视野、思想，显示了相当的广泛和深刻，可以说叱咤风云，享誉全国。王愚对陕西文学的贡献，收在这个文集的其他作家、评论家的文章已有评述，我要强调的是，他对陕西新时期文学倾注的笔墨，足以构成陕西当代文学史的重要参照。新时期以来，以王愚为代表、为领军人物的陕西文学批评，构成了陕西文学的思想库。王愚是享誉全国的"笔耕"文学研究小组的组长，是中国小说学会的创建者之一，是《小说评论》的创始人、第一代领导，在文学组织活动中、文学编辑工作中，都渗透呈现着王愚的文学思想。是的，真的，是王愚领军的一代批评家和同代作家一起，开创了新时期以来陕西文学批评的新气象，开创了陕西文学的大气象。

《王愚文集》的编辑出版，令人欣慰，又令人感伤。《王愚文集》的编辑出版，并不顺利。吴建华先生也曾多方奔走。现在文集的编辑出版，是王愚的老伴张素文个人出资和王愚生前朋友赞助的结果，吴建华和张素文老师多次商量，主持编辑，花费了许多心血。现在文集终于出版发行，愿能了却张素文老师的心愿，告慰王愚的在天之灵。

选自《王愚文集》第1卷，西安出版社，2013年

小说的形态学批评

——评张韧的中篇小说评论

一

严格意义上的中篇小说出现于何时何地、哪位经典的或已被历史淘汰了的作家之手,恐怕已经难以追溯了,但是对中篇小说这一文学体裁有意识地进行批评研究滥觞于别林斯基这一点,却是文学史家公认无疑的。19世纪40年代,随着果戈理等一批作家创作的中篇小说的面世,别林斯基对这一文学体裁进行了热情的但也是粗略的描述和讨论。一百多年之后,中篇小说在中国出现了前所未有的繁荣景象,中篇的"意味"构成了新时期文学中最耐人寻思的现象之一,批评家们又一次对这一体裁投入了巨大的热情。仿佛是冥冥之中命运的安排,张韧也走上了这条拥挤的道路。所不同的是,众多的批评家大多是在这个领域里匆匆一瞥或挥洒一通便飘然出走了,而张韧却似乎认准了这个"谜",始终孜孜不辍地追踪、探究着这个实践中的当代小说形态。于是乎不断的量的积累催发着质的演变,张韧的中篇小说评论正发生着学科意义上的转化,他的批评整体地呈示出学科建设的自觉意识和小说形态学批评的萌芽。

种种迹象表明,新时期的文学批评在完成了不同层次的调整和更新之后,已经开始进入学科建设的阶段。喧哗的方法和观念热潮正在被各自选择的学科构想所代替，文艺新学科的建设成了批评家们共同意识到的时代课题。然而何谓"新"学科，却是值得讨论的一个问题。从世界范围横向的背景来看，我们今天的"新"学科，诸如文艺心理学、文艺传播学、系统美学等等，其实已经失去了"新"的性质。鲁枢元们、林兴宅们的研究可以看作是得益于国外这方面的成果启迪而在中国当代刚刚起步而已。这样说，并不意味着否认或低估我们倡导的新学科建设的价值。从消极意义上讲，文艺新学科的建设无疑是对我国理论批评空间的拓展，是对空白的填补，批评的各个侧面的学科建构是当代文学理论体系建设的必备前提。从积极的意义上讲，建立一个宏观的文化视野，认清自身存在的真实处境，无疑有助于启示我们思考怎样认识新学科在当代中国的位置和意义，怎样寻找一种赋予学科新质的突破口，怎样使学科建设获得全新的富于创造性的生机与活力。

小说的形态学批评的萌芽，恰是处于这样的境地。

按照卡冈的界定：艺术形态学是一门关于艺术世界结构及其审美规律的科学。它的研究范围至少包含以下三个方面：1.显示艺术创作活动分类的所有重要水准；2.从发生学角度研究各种艺术构造的形成过程；3.揭示艺术世界作为类别、样式、品种和体裁的系统的内部组织规律。卡冈依据马克思主义的一般寓于个别之中的哲学方法论原则，把艺术样式的划分看作形态学分析的中心，而艺术的每个样式本身又可以进行种类、体裁诸形态的划分。卡冈认为："体裁是艺术形态学的总范畴。""我们越是充分地在体裁方面评定一部作品，就越是具体地把握它的许多重要特点。"[1]看来，小说作为一种艺术样式是艺术形态的一个分支。体裁作为小说形态的一个方面构成了它重要的一环。对中篇小说的批评研究自然可以纳入小说的形态学批评这一学科之中。

然而张韧的中篇小说评论，却不是我们这种逻辑推论的产物，而是

---

[1] 莫·卡冈：《艺术形态学》，凌继尧、金亚娜译，生活·读书·新知三联书店，1986年，第432页。

新时期文学创作实践催发下作者自我选择的结果。批评的这种形而下的选择，也许限定了它从一开始甚至在一个较长的过程中都不易形成一个严密齐整的逻辑体系，但是正因为学科构造是建立在对当代小说实践现实运动实际考察的基点之上，因而它有可能获得一种更有价值的生命机制。在我看来，张韧的选择具有两个层面的意义。第一是学科建设层面。张韧在考察当代批评的现状及趋向时指出："文学批评作为一个整体系统，它已经出现并将日趋扩展其分支分层的现象。近年来出现的不同文学体裁分门别类的研究，如诗歌评论、小说评论，而小说评论又分为长、中、短小说的评论。文学评论不但有了由母系统派生的子系统的分支现象，而且出现了不同结构层次的分层的文学评论。"张韧强调："应注意评论家的自我认识与评论本身的学科建设。"[1]其实张韧在说这番话的时候，他关于中篇小说已经写下了大量的文字，对中篇小说这一小说形态从艺术形式到审美属性、从创作规律到发展趋势等诸多方面都进行了细致的考察和扎实的研究。张韧的批评活动从一开始就有着自觉明确的学科构想，他的选择可以说是从个体角度对当代批评的一种缺陷的反拨。而且，张韧的学科构想并不是体现在某种宣言或论辩之中，而是把它作为一个过程贯穿在坚实的批评实践中。关注现实的文学运动并致力于批评实践，然后再从实践中求得理论的升华，使张韧获得了更为深化的学科建设的第二个层面的意义。这个层面充分体现了张韧中篇批评的价值。张韧的批评从一开始就摆脱了从书本到书本、从"学问"到"学问"的经院式研究，他关注当代的小说实践，力图从活的文学现象中梳理出规律性的特质。张韧认为："建立中国的文学批评体系，虽然不可缺少西方批评的'充电'，但它只是参照系之一。文学批评需要多种多样的参照系和坐标，现实的变量就是其中之一。"[2]学科建设的契机固然需要横向的借鉴，但更重要的则是现实文学实践的推动。而作为批评家主体选择的取向，究竟是着眼于对当代文学现

---

[1] 张韧：《当代文学评论与未来学》，载《批评家》1985年第3期。
[2] 张韧：《批评的尴尬》，载《文艺报》1987年3月14日。

象的考察，对创作实践的总结、升华，还是限于一种纯思辨的推导，则可以体现出批评家构建学科的观念基础，亦可以体现出批评家对文学批评本身理解的深度。毋庸置疑，我们总是从消极意义上把批评理解为理论的应用，但是批评的使命并不满足于此，它在完成其他功能的同时，也会获得一种积极的思维成果。别林斯基曾经指出，批评是"运动着的美学"，这个命题的深刻含义已经被张韧体味到了。看来张韧关于学科建设的思考方法和批评取向也会给我们带来某种启迪。

二

广而言之，对客观对象的形态分析遍布于科学研究的许多学科之中。这种研究方法也是马克思主义方法论思想的有机部分。马克思就是从社会的经济形态分析入手，构筑起了历史唯物主义的哲学大厦，科学地指出了人类社会历史发展的规律，揭示出了特定历史阶段资本主义社会的本质。马克思指出："政治经济学所要研究的是财富的特殊形态，或者更恰当地说，是财富生产的特殊社会形态。"①马克思的具体的研究过程，总是以特定社会"殊殊"的社会形态作为分析的一个主要"测度"的。这种方法论思想在许多学科中都具有普泛的意义。在考察人类思维这个大系统的时候，马克思首先重视的是各种思维方式的特殊的形态特征，因而他把文学这种人类审美地、"艺术地"掌握世界的方式和"理论地"掌握世界的方式作了区别，这种区别是他考察艺术问题的首要前提。超越对体裁的分类学意义上的技术划分和形式结构方面的静态分析，从形态学意义上理解小说这一艺术大家族中的一支，包括中篇小说在内的小说样式，无疑可以看作人类创造的艺术地掌握世界的方式之一。

也正是基于这样的理解，对于小说——比如中篇小说的批评首先所

---

① 转引自库兹明：《马克思理论和方法论中的系统性原则》，王炳文、贾泽林译，生活·读书·新知三联书店，1980年，第97页。

要达到的是，透过它的形态特征，把握特定时期文学创作的脉动和风貌。中篇小说之于新时期，尽管远远无法与唐诗宋词之类艺术形态之于彼时代的辉煌境地相比，但它们在一点上是相同的，即它们都构成了把握自己时代的主要的艺术方式之一。中篇小说这种小说形态在新时期的位置，并非一个中介性的观察口或折射点，它就是新时期文学本体构成的有机部分。张韧写下的一系列文章，都是在上述意义上对新时期文学整体性的宏观把握。比如在《传统文化与民族心理结构的观照》一文中，张韧通过对两年来优秀中篇小说的分析，概括出了这一阶段文学创作深化的主要特点，这就是"作家的目光不约而同地投向了传统文化的历史观照，从人物与传统文化关系的纠葛中探索民族的素质和心理结构，展示他们的个人命运与民族命运的沉浮，给人以历史的反思和哲理的启示"。

诸如此类透过中篇这一特殊的小说形态而获得的对特定阶段文学的概括，会不会并不涉及对小说形态的批评而通过其他途径得出相类的或同样的结论呢？显而易见，这是可能的，并且在当代批评中并不鲜见，用批评角度的殊异来解释这个问题也显而易见并不是具有权威的说服力的。这种情况也许反映出了目前小说形态学批评这一学科的粗糙和含糊所在——小说的形态学批评需要从平面的描述走向深化。但是无论如何，从艺术地掌握世界这个维度上理解中篇小说，肯定是超越了以往对体裁的狭窄的界定，开辟了一个新的思路。

从动态的角度考察，在各种艺术形态与客观世界种种复杂的关系中，艺术形态的演变更替是一个引人注目的现象。社会历史和社会审美意识的不断变化，必然引起对艺术掌握世界的具体方式的需要，因而往往导致了过去曾经是很重要的艺术样式、种类、体裁会丧失社会价值，而一些古老的、或一度沉寂的、或一直悄悄存在着的艺术样式、种类、体裁则会获得新生与发展，一些新的艺术体裁也会因时代的需要而萌生。神话的命运似乎就属于第一种情况，因为"任何神话都是用想象和借助想象以征服自然力，支配自然力，把自然力加以形象化；因而，随着这些自然力之实际上被支配，神话也就消失了"①。所谓"报告小说""系列小说"等可以在新时期的文学范围内大略地归入第三种情况；而中篇小说的命运则属于第二种情况。

中篇小说的崛起并持续繁荣之于新时期，其中的关系是一个复杂的、颇具价值的问题。批评家们触及于此时一般均是惊叹之后泛泛而论而已。但是张韧并不满足于此，他意识到了对中篇崛起之因的探讨是进入解剖这一小说形态的良好契机。因而，张韧在这方面思考用力最多，揭示得也最为全面、深刻。

在张韧看来，回答这个问题要从以下几个层面入手。第一个层面是时代需要使然。但是局限于这个层面的解释是远远不够的。的确，"每一个时代常常以其强力的光照来筛选和择定它所需要的审美方式与艺术模式"，但是，"时代的筛选和择定，不过是'外激素'的作用，它必须通过艺术品种自身的规律而显现兴衰的形态"②。卢卡契谈到短篇小说的历史地位时指出："短篇小说有一个特殊的起点——它源于环境的延展性之中，而又不超越这个范围。它决不声称要表现全部社会现实，也不表现一个根本性的、当前的问题的全部内容。短篇小说的真实性所依靠的是，在一个达到一定发展程度的社会内是可能发生某个特殊情况……这个特殊情况就是那个社会的一个特点。"由此，卢卡契推导出了研究小说形态与它所依存的时代关系的内在原则，指出它们的"历史关系只有在体裁的特殊性基础上才能产生"③。这个原则同样适用于今天对中篇小说的说明，因为不从体裁的特殊形态入手，我们就无法解释小说家族中短、中、长三种形态，何以中篇小说在新时期文学中独执牛耳。在这个层面上张韧通过仔细的比较分析，得出了"独特的结构容量和审美属性，这是中篇小说崛起

---

① 马克思、恩格斯：《马克思恩格斯选集》第2卷，人民出版社，1972年，第113页。
② 张韧：《时代的变革与小说理论观念的拓展》，载《小说评论》1985年第1期。
③ 中国社会科学院外国文学研究所、外国文学研究资料丛刊编辑委员会编：《卢卡契文学论文集》（二），中国社会科学出版社，1981年，第554页。

于当今文坛的内部因素"的结论。"然而，探索中篇崛起诸种因素的工作又决不能停滞在这个层次上，因为还有更深一层的问题，需要作出回答。""问题是，中篇这种兼有长、短篇小说之优势的审美属性，并非始于1979年，而是早已有之……那么，长达六十几年的中篇小说在历史上为什么不曾出现一个高潮呢？看来，单有时代的外力作用，或者只有艺术内因的得天独厚的审美属性，任何一个单面都不足以推起一种艺术样式的高潮。"[1]所以，以一种系统的眼光考察，中篇小说崛起的根本原因在于，一方面它本身具有"能够满足时代底迫切要求的文学倾向"，另一方面，时代对这一小说形态产生了内在的渴望，这两者内在的契合，使中篇小说获得了全新的旺盛的生命力。换言之，当新时期这个特定的时代和中篇小说这一艺术形态从两个方向走来的时候，前者发现后者正是它所要寻找的审美需要；后者发现它恰是对前者的最好的把握方式之一。

作为现实的具体的把握方式，艺术形态与特定时代的关系，还可以找到更多的因素，比如体裁本身演变的偶然性，作为文化载体的文学刊物的承受量，还有更重要的作家的艺术接受、准备、爱好和选择等等，这与上面张韧探讨中篇小说时谈到的原因有时并无主次之分，有时是搅拌在一起构成一种合力的，这些亦应是探讨一种艺术形态兴衰时应注意的因素。

三

尽管诸种形态学远较艺术形态学很早就完成了自己的学科建构，而且后者从前者那里也受益颇多，但艺术形态学却并非它们启发的产物，诚如文艺心理学研究的根本动力并非在心理学方面一样，这是应该澄清的一个错觉。从发生学的角度入手考察，我们会发现关于艺术形态学方面的思考几乎同艺术的起源一样久远。卡冈认为，古希腊神话时期关于"卡利奥

---

[1] 张韧：《时代的变革与小说理论观念的拓展》，载《小说评论》1985年第1期。

佩司史诗；欧忒尔佩司抒情诗；墨尔波墨涅司悲剧"等等的直观分类，便是"美学史上对艺术形态分析的最初尝试"。①此后，关于艺术形态的思考在亚里士多德那里产生了基本的影响深远的界说。亚里士多德把艺术把握现实的方式分为叙事类的、抒情类的、戏剧类的所谓"三分法"的框架，最大限度地总结了当时有限的艺术创作经验。随着艺术创作实践的发展，人们总结归纳出的艺术形态也日益呈多样丰富细微复杂的状态。缩而言之，叙事类艺术中分出了小说，而在小说这一家族中，中篇小说是晚于长、短篇而产生的又一形态。

对中篇小说历史的考察，在张韧看来是研究这一小说形态的组成部分之一。张韧指出："中篇小说是年轻的艺术。一八三五年，别林斯基在《望远镜》上发表了《论俄国中篇小说和果戈理君的中篇小说》，从那时起，中篇小说作为一个文学体裁的概念，方从小说的母胎中分娩出来。"②不过，由于当时的中篇小说还没有获得真正充分的独立的发展，别林斯基对这一小说形态的界说常常是并不那么明确的，别林斯基所做的更多的是一种热情的描述。别林斯基的时代，距今已一百多年了，这期间中篇小说的研究发展到了何种水平，限于资料，似乎这方面还不好下一个定论。但在中国，即便持一种审慎的态度，我们也会接受张韧考察的结果："把中篇小说作为一个独立的文学门类来研究，还是从1979年中篇崛起以后的事情。"③

于是，我们的面前没有现成的模式，我们面临的便不能不是诸如中篇小说的形式结构、艺术特征、审美属性、发展规律乃至于字数标准等等许多问题。张韧认为，一般关于小说理论的研究，"大体分为两个方面，一是注重小说内部各种要素的研究，探讨人物、主题、情节结构诸要素在

---

① 莫·卡冈：《艺术形态学》，凌继尧、金亚娜译，生活·读书·新知三联书店，1986年，第21页。
② 张韧：《时代的变革与小说理论观念的拓展——近期中篇小说崛起之因的新探索》，载《小说评论》1985年第1期。
③ 张韧：《长镜头的观照》，载《当代作家评论》1986年第1期。

构筑小说艺术中的价值和地位，一是侧重小说外部条件的研究，即考察时代、社会、经济、文化等对小说发展的推动"[1]。在张韧看来，这两种研究途径已经有些"传统"了，因此，他在运用它们的同时，也在积极地寻求着一种综合的系统的开放的方法——上文张韧关于中篇崛起之因的探讨便是一例。为了论述的方便，我们可以把张韧的工作分为两个方面。第一个方面是从宏观的背景上探讨中篇小说的发展规律，它与当代文化、与新时期文学思潮的关系，它的"意味"，它所积淀着的时代心理。在这方面，张韧的《长镜头的观照》《中篇小说三十一年》《文学与哲学的浸渗和结盟的时代——"中篇小说十年启示录"之一》等都是颇具学术价值的力作。

第二个方面是张韧从微观角度对中篇小说艺术本体的探讨。在这一方面的探讨中，我们注意到，张韧至今无意给中篇小说下一个定义。这种做法非但没有削弱张韧文章的理论性，反而使他的研究充满了一种学术活力。事实上，中篇小说是一种发展中的小说形态，它的内在特征是相对的，不是绝对的，是活的，不是静止的，是变化的，不是僵死的。因此，关于这一形态的研究方法也不应该是统计学的，而应该是动力学的。作为一个运动过程，中篇小说形态是不断扩张、创造着的。可以举一个简单的例子，从《人到中年》到《布礼》再到《小鲍庄》，中篇小说的结构就不断出现新的形态。所以如果我们机械地设置一个中篇小说的标准，就必然会忽略一大批佳作的存在，也必然会被作家的创作推入一种尴尬的境地。而且，"中篇小说又不同于诗歌、散文、戏剧和电影那样的自成一统，它是包含在小说体系中的一个分支，所以中篇小说的独立性又是相对的。"[2]这种情况更要求用一种开放的方法把中篇小说放在整个叙事文学的大系统中进行考察。许多批评家都曾呼吁过防止"假"中篇的问题——或者是短篇的拉长，或者是长篇的压缩，创作者在对中篇小说认识把握方

---

[1] 张韧：《中篇小说论集》，福建人民出版社，1984年，第345页。
[2] 张韧：《长镜头的观照》，载《当代作家评论》1986年第1期。

面出现的诸如此类现象，意味着要寻求中篇小说这一体裁的若干基本特点。在《中篇小说形式问题刍议》一文中，张韧从结构、情节、人物等几个方面进行了系统的探讨。比如结构，张韧认为，"中篇小说的结构，在取材角度、组织事件、布置情节、安排场景、描写人物等方面，都不能像长篇那样头绪纷繁，又不同于短篇那样的单纯，它要求繁简适中"。比如情节，张韧认为，"中篇小说的情节，要从单纯中显出丰富，从复杂中抓住主干线而透出单纯来"。张韧的界定，看似平淡无奇，甚至不难从中挑出疑问之处，但它是从新时期中篇小说创作实践中抽象出来的，我以为，它是一种足以令人信服的基本准则，是达到真理彼岸的一步。

当代理论批评从微观到宏观又开始向更高层次的微观走去，"方法热""观念热"的冷却意味着人们加深了批评的层次，开始务实起来。人们意识到了对文学的更深的解释必须通过对文学本体的探究来实现，小说的文体批评、小说的语言研究便是这种走向的表现，小说的形态学批评亦应作如是观。这情形正如美国美学家托马斯·门罗描述的那样，以往，由于我们急于从理论上确立什么是艺术结果却忽视了对它的实地考察，我们急于决定是否喜欢艺术，结果未能认真地观察艺术。我们让无休止的抽象的争论分散了注意力，而不能观察艺术作品本身。"审美形态学使学者或批评家的注意力回到他面前的具体物象上来"，使他清晰透彻地观看作品的本来状态。这样，"我们就能进一步研究每一种艺术是如何在人类经验中发挥作用的，即：它在各种生活条件下，都具有哪些实际的或可能的功能和效果。"[1]

这话说得太好了。

原载《批评家》1988年第6期

---

[1] 托马斯·门罗：《走向科学的美学》，石天曙、滕守尧译，中国文联出版公司，1985年，第285页。

柳青和严家炎在什么意义上被称为诤友

批评家和作家的关系问题，不是一个高深的理论问题，却是一个现实问题。人们在谈论当代批评现状、问题的时候，往往批评创作与批评的一团和气、批评家与作家关系的庸俗化，但很难见到具体的剖析和实证的指陈。因而这种指出问题的泛泛而论也就成了问题。茨维坦·托多洛夫的话常常被引用："批评是对话，是关系平等的作家与批评家的两种声音的相汇"，"文学与批评无所谓优越，都在寻找真理"。这是在本质意义上对批评家和作家关系的提炼指认，人们今天肯定珍重"寻找真理"的定义的时候，包含着自省，也包含着期待。优秀的批评家之所以优秀，在于他以自己真诚的阅读体验，直率坦言，说出自己的分析判断，进而在历史和美学的维度对作品进行把握；真正的一流作家也并不畏惧批评，但能从友善的有价值的批评中受益，检视自己的创作，深化自己的文学思考。衡量作家和批评家的关系，重要一点，是看他们的对话能否深入有价值的文学问题。这方面，上世纪60年代初的一场文学争鸣，或许仍有意义。

上世纪60年代初期，柳青的《创业史》第一部发表出版之后，广受理论批评界赞誉，人们惊喜地看到，社会主义文学在经过一个历史阶段的实践之后，终于出现了高峰，《创业史》被誉为书写"农村社会主义的史诗"。严家炎写了《创业史的突出成就》《关于梁生宝形象》等五篇文章。严家炎对《创业史》进行了总体评价，认为其表现出了"宏大的非凡的气势"，"反映农村社会主义革命的作品，我们已经有了不少了，其中有些是相当出色的。但是，以一部仅仅写了互助组村里情形的作品，就能把整个中国农村的历史动向表现得如此令人信服，这不能不是《创业史》第一部独到和突出的成就"。严家炎进一步论证《创业史》的成就，"是作者在思想高度、生活深度和艺术能力几方面得到较好的结合的结果"。在《创业史第一部的突出成就》一文中，严家炎对主人公梁生宝的艺术形象，进行了概括性分析："主人公梁生宝，当然更是作者所着力刻画的社会主义革命时代的青年农民形象。应该说，这个人物的塑造还有某些可商榷之处，他不是《创业史》中最出色最深厚的艺术形象。但在第一部中，无疑已得到了一定的成功，并且还为以后的几部进一步的发展留下了很宽的余地。作者在一个外表上质朴淳厚的青年农民的血管中，灌注着十分坚定刚毅的共产主义者的血液。"在《关于梁生宝形象》一文中，严家炎集中分析梁生宝形象，在上述基本判断的基础上，指出梁生宝形象的艺术塑造存在"三多三不足"问题："写理念活动多，性格刻画不足；外围烘托多，放在冲突中表现不足；抒情议论多，客观描绘不足。"严家炎说："'三多'未必是弱点（有时还是长处），'三不足'却是艺术上的瑕疵。"

严家炎对《创业史》主要人物形象梁生宝的评价，立刻引起了争议，许多理论批评工作者都参与其中，像我们读到今天一些文章对这一场争论存在平面化简单化的解读一样，当时的一些文章也存在着简单化、机械唯物主义的倾向。和一些局限于具象问题低层次的指责相比，柳青的回应，显示了很高的理论素养，表现出了更高的理论水平。柳青说，读到严家炎的文章，他不能沉默，"这不是因为文章主要是批评我，而是因为文章……提出了一些重大的原则问题"。柳青所说的"重大的原则问题"，在文学层面，就是社会主义时代文学所遭遇的核心问题，也是柳青在创作中努力实践探索的命题，质而言之，就是社会主义英雄形象的塑造，以及英雄形象本身固有的现实性和作家赋予形象的理想性问题，也就是严家炎所认为的，梁生宝形象的意义，"提出了一个需要探讨的属于文学创作如何加高人物，如何塑造新人形象的艺术方法问题"。这样，批评和创作，提出问题者和回应问题者，即依据对梁生宝形象塑造的讨论，又超越了具体的言说，而使对话交锋有了理论的色泽，呼应着时代文学思想的气息。

当代中国文学理论、美学思想发展史告诉我们，上世纪五六十年代，是马克思主义哲学美学思想、文学理论占主导地位的时代。马克思主义文学思想为中国作家的创作提供了方法论基础，马克思、恩格斯经典作家有关现实主义创作方法和未来方向的论述，为中国作家打开了境界，树立了理想目标。1859年四五月间，马克思和恩格斯分别从伦敦和曼彻斯特致信斐迪南·拉萨尔，阐发了经典的有关现实主义创作原则和方法的学说。马克思说："农民和城市革命知识分子的代表（特别是农民的代表）倒是应当构成十分重要的积极的背景。这样，你就能够在更高得多的程度上用最朴素的形式把最现代的思想表现出来……这样，你就得更加莎士比亚化，而我认为，你的最大缺点，就是席勒式地把个人变成时代精神的单纯的传声筒。"几乎在同时，恩格斯也发表了和马克思相同的思想："我认为，我们不应该为了观念的东西而忘掉现实主义的东西，为了席勒而忘掉莎士比亚。"恩格斯在论及文学作品中的人物形象时说："主要人物是一定的阶级和倾向的代表，因而也是他们时代的一定思想的代表，他们的动机不是从琐碎的个人欲望中，而正是从他们所处的历史潮流中得来的。"熟悉上世纪五六十年代中国文学的研究者应该知道，继承了新文学优良传统的社会主义文学遭遇历史和现实的双重语境，新的时代要求文学打开新的理论资源，开辟新的文学道路，经典作家的文学思想成为作家创作的理论支撑，而从作品的格局中也能看出作家领悟思考的深入程度。回首那个时代的理论氛围，经典作家的文学思想，不是像后来一段时间那样，作为单纯的知识被归入教科书的冷库，而是和文学相遇于鲜活的现场，思想激活创作，创作呼应思想，充满活力，成为作家的唤醒和启迪。

在这样的视野下，我们看严家炎和柳青的争论，表现出了相当高的现实思考和理论能力。严家炎论及梁生宝形象，着眼整个文学在塑造人物上的规律问题，严家炎说："思想上最先进并不等于艺术上最成功，人物政治上的重要性，也并不能决定形象本身的艺术价值。艺术典型之所以为典型，不仅在于深广的社会内容，同时在于丰富的性格特征，在于宏深的思想意义和丰满的艺术形象的统一。"严家炎的言说，呈现出清晰的理论背景，应该是学习接受马克思关于"较大的思想深度和意识到的历史内容，同莎士比亚剧作的情节的生动性和丰富性的完美的融合"的论述的结果。柳青对严家炎的反应，他和严家炎的对话，也并不拘于具体的细节和局部，而是显示了开阔的视野，阐述了自己把握人物形象时的理论思考。柳青说："任何杰出人物（英雄）不能决定社会发展的基本趋势，而是他们顺应着社会发展的趋势而出现，是某个时期社会矛盾或者社会运动的性质和特点决定那个时期杰出人物（英雄）采取什么行动，而不是某个时期的杰出人物（英雄）的主观行动决定那个时期的社会矛盾或者社会运动的性质和特点。"柳青的思考，会让人回到那个时代的思想氛围。包括马克思、恩格斯思想在内的19世纪思想遗产成为作家广泛吸收的资源，除了马克思、恩格斯思想指导之外，我们也能从柳青的思考中读出普列汉诺夫和黑格尔的影响。普列汉诺夫说，一个伟大的人物之所以伟大，并不是因为他的个人特点使伟大的历史事件具有个别面貌，而是因为他受时代影响能为所发生的社会需要服务，"因为他的见识比别人的远些，他的愿望要比别人的强烈些"。黑格尔也说过："一个时代的伟大人物是这样一种人，他能用言辞把他的时代的意志表达出来，他使他的时代现实化了。"正是在这种坚实而通透的唯物主义历史观和辩证法的指导下，柳青谈及梁生宝形象的塑造，说梁生宝的"社会意识特征和他由于受出身的影响和受艰难生活的影响而形成的毫不任性的个性特征相结合，就是我现在所描写的精神面貌"。柳青进一步说，他根本没有想把梁生宝描写成超越历史的英雄，梁生宝不是英雄父亲生出来的英雄儿子，也不是尼采的"超人"。"他的行动第一要受客观历史具体条件的限制，第二要符合革命发展的需要，第三要反映出所代表的阶级的本性。"

柳青是一位有自觉的理论意识，并且把自己的理论思考融入创作之中、灌注于人物形象之中艺术地体现的作家。柳青在创作《创业史》的时候，已经意识到"古代人的性格描绘在今天已经不够用了"。描写社会主义时代发展了的历史、发展了的人，必须顾及他们身上携带的历史基因，同时要有新的思维，敏锐地发现时代赋予他们思想感情方面的特质，书写他们从历史走过来后时代所赋予他们的强烈愿望。同时，柳青也意识到他书写新的社会现实和时代愿景的时候，并没有丰富的经验可作参考，因此，在文学历史为社会主义新人塑造方面还没有提供充足的资源的条件下，自己和同时代作家都面临着难题和挑战。现在我们评价柳青的创作，能够看到发展着的现实依托和他赋形于作品的理论逻辑。现在我们看严家炎和柳青的争论，看似因为人物形象塑造的分歧、讨论，有些甚至不直接交锋，其实是柳青探索实践所创造的空间，让双方的对话紧贴文学现实，体现出理论思考，碰撞出思想的火花，上升到了具有普遍意义的高度。既显示出提出问题的能力，又显示出讨论问题的水平。双方在具体问题上存在分歧，但在更高的理论层面却具有思考的一致性。在严家炎和柳青争论之后不久，当代文学有一个"中间人物论"和"英雄人物论"的文学思潮，严家炎和柳青的讨论中已经隐含着这样的命题，但是，我们看到，严家炎和柳青并没有受制于具象化的命名和思维的局限，让问题从理论边缘滑脱，而是站在了更高的理论高度。考察严家炎和柳青讨论的话题、他们的思考，或许可以意识到当代文学的重要命题，依然有延续性，在今天仍然是一个文学课题。

这场争论三年之后，严家炎被派遣到西安做"精神性劳动"，在陕西作协院子，他意外邂逅受到运动冲击从皇甫村回来参加运动的柳青，两个争论者由隔空对话到零距离接触，到多次对话。严家炎为柳青的人格所折服，柳青则表达了对严家炎批评文格的尊重。上世纪60年代的文学语境，柳青问严家炎写作此文的背景并不意外，严家炎说没有文学之外的原因，我仅凭自己阅读《创业史》的艺术感受，严家炎也对自己文章的表达方式作了检视。柳青在和严家炎开诚布公交流之后说："你谈梁生宝那篇文章的看法，我是同意的。"1972年，严家炎获知柳青夫人马葳受迫害而辞别人世，"辗转而托，请人给柳青带去一本书"，表达自己的哀伤。1978年，柳青在北京朝阳医院住院，严家炎前去探望，"这次谈话的中心，是做人的态度问题"。2006年，严家炎到柳青墓前祭扫，柳青女儿柳可风告诉严家炎，"后来，柳青也承认'理念'写得过多等缺点，严的批评不是没有道理"。半个世纪前的那场争论，其专业水准、高远立意，其散发的"寻找真理"的态度和虚怀若谷的温情，有着令人回味的义理内容。

原载《文艺报》2021年1月25日，原题为《批评家与作家应该成为诤友——由严家炎和柳青的一场争论说起》

写给当代文学的情书

我这个题目，是借用评论家陈福民对王春林批评文字的评价。陈福民是一位有着敏锐观察力和良好大局观的评论家，他借助于对王春林的评价，也传导着当代评论家对当代文学的感情。在2016年6月王春林文学批评研讨会上，陈福民说，王春林的批评，真正践行了当代批评的现实主义精神，在许多人因为精力限制、因为学科选择等原因不能全力顾及文学现场的时候，王春林的工作方式，令人想起80年代的文学批评方式，他对当代文学的跟踪式阅读、共时性评论，实际上捍卫着新时期以来的文学信仰，其实是写给中国当代文学的情书。他的最新评论集《中国当代文学现场（2015—2016）》仍然散发着温热的气息。

王春林曾描述过他对理想的批评家的崇尚，那是"内心里热爱文学，如同宗教信徒一般地理解着文学的人"。对当代文学的关注方式多种多样，感性和理性、历史感和当代感常常在同一个批评家那里呈相互召唤和并置关系，王春林这样的表述，不能说没有对当代文学批评的感触，但更多的，还是对自身批评活动的情感状态的描述。难怪和王春林有近距离接触的续小强会把他描述为一个"亚斯伯格症"人。这个文学批评中的"亚斯伯格症"人，对他认定的东西，表现出特别的依恋和执着，甚至固执于自己的"狭窄"的兴趣。对于王春林来说，一旦投入"狭窄"，他就将狭窄变为宽阔，时而埋首其中，时而仰望星空，投入当代文学的广阔世界，把真实世界和虚拟世界在文学评论中合而为一。

王春林一定对李健吾深有心得。李健吾是从山西走出的具有审美情怀和现代理性的批评家。李健吾说："一个批评家，与其说是法庭的审判者，不如说是一个科学的分析者。科学的，我是说公正的，分析者，我是说要独具只眼，一直剔爬到作者和作品的灵魂深处。"相同的意思余光中也有表述，余光中引用钱锺书的话说，有些"印象派"批评家只能算作"摸象派"批评家，只得其一，不知整体。余光中形象地比喻说，好的批评家，不应是冰冷无情的法官，好的批评家，应该是具有理解力同情心的辩护律师。王春林的阅读和写作的吞吐量，他紧追、占有当代文学繁复信息的努力，当代批评界的很多同行都表达过惊异和感佩。他是一线的、跟踪当代文学进程的、和当代文学现场共鸣的批评家，当代文学的最新成果，在王春林这里，往往会获得最迅捷的阐释和打开。王春林的批评文字，会使我想到细腻和蛮野，而细腻和蛮野似乎不可分割，他似乎用他独有的方式表达他对文学文本的尊重、批评，"必须得充分地尊重文学文本，必须建立在细读文本的基础之上"。也许是出于对文本的尊重，也有对批评可信性的追求，王春林的文章，追求将评价对象所描述的故事与场景阐释到极致，在近乎无节制的铺展辨析中展开充分的文学话题和思想世界。他的批评，老练、谨慎，甚至中庸，有时又像陈晓明所说的，显示出"娟秀雅致"。我理解，这是他对当代文学的积累和占有所显示出的气韵和意味。但是他整体上还是蛮野的，这个蛮野，不暴力，不简单化，不绝对判断，而是显示出诚实和恳切。我甚至还觉着王春林的批评文字还有一种谦卑的底色，这体现在他对当代文学细微的读解中，他似乎并不愿做一个精英式的引领者、教谕者，而近乎本能地在批评文字中显示出了一个当代文学的倾听者、阐释者和对话者。

我曾经分析过王春林和山西文学批评的关系，山西的文学批评是有气度、有大视野的，从李国涛们到阎晶明们到王春林们，是有传承性的。一个区域的文学批评在常态下会和它的创作状况成正比，他们构成相互激励、相互助推的关系。尽管王春林的文学批评从一开始就跨越了地域，显示出宽阔的视野,如从对王蒙的评论展开的是反思历史和知识分子命运的话题,但他一定离不开山西的文学批评氛围对他的滋养。但是,我认为,在当代批评家群体中,王春林是一个典型的单打选手,现在,则是单打选手中的种子选手。在他身上混合着学院中的非学院派,非学院中的学院派的特征。在当代文学理论批评的学院传承中,王春林无有严格的师承,无有可坐实的传承。孤独赋予他独立的气质,在积极的意义上,未尝不是成全了王春林。他的文学批评吸取了思潮的养分,但大多是超越了各种论争和"门派"评判的,是忠实于文本阐释的。

讨论当代批评,知识论和思想论是一个复杂话题。现代批评是建立在原始的感悟论基础上?抑或建立在知识论基础上?现代批评多是复合式的、立体状的。饱满的、野性的才华和激情,也需要知识论做支撑,当然知识论要靠思想论来激活。一个优秀的批评家必然有自己的知识谱系和思想谱系。王春林的思想生成,批评思想的建构,发生于新时期文学蓬勃之时,"精神的八十年代",深深镶嵌于他的身体里,"很大程度上奠定了我的思想基础"。这也许是发生于当代中国的突出现象,几代批评家一起共享改革开放、思想解放的思想背景。不同的是,在从事文学理论批评的时候,一些治文学史者建构自己的知识谱系实践比较自觉。我们不能说王春林不自觉,由于面对的对象有所侧重,他要处理的是最一线的文学问题,因而,他的谱系性不以体系建构的方式出现,而是以更感性的方式呈现。

王春林是有自己鲜明的批评观的。他非常强调批评家的人格建构,认为"批评家主体人格建构的第一个层面,首先就体现在批评家一种强烈的社会关怀上,作家要想写出优秀的文学作品来,需要有对于社会热切的关注和思考,批评家要想很好地完成自己文学批评的使命,同样需要有对于社会现实的热切关注"。王春林言及自己批评体会和追求时说,"很难设想,一位远离社会现实,缺乏对当下社会的一种反思性认识的批评家,能够很好地分析文学思潮与文学现象,能够写出优秀的批评文章并以自己的文学批评写作有效地推进社会的有序进步。"王春林的文学批评以专注于文本细读阐释为主，但从未丧失更广阔的历史和时代眼光，他所追求的，是在集中关注文学作品本身的同时，把自己的视野进一步扩展到对社会、人生、思想、文化诸问题的关切与思考上。

哲学史上有一个思想链，20世纪的福柯曾经讨论18世纪的康德，福柯说，康德真正要问的意思是："现在在发生什么？我们身上发生了什么？我们正生活在其中的这个世界，这个阶段，这个时刻是什么？""一切哲学问题中最确定无疑的是现时代的问题，是此时此刻我们是什么的问题。"他对某种历史哲学持批评态度，认为他们总是把目光投向远处，投向"高贵的时代，高雅的形式，最纯粹的个体"，而他所要建构的谱系学则是"色彩斑斓，包含深意"的，是守候情感、爱和良知的，是对此时此刻保持敏感的，是包含衰败与活力、退化与高峰、毒药和解药内容的，是要把目光放在近处，通过对当代的考察解读，以"卑微的方式接近给人们希望的久远"。福柯的谱系学建构思想，应该会对我们的当代批评带来启示。王春林也许还未意识到当代批评的方法论意义，但他长期的批评实践，使他精神上不断发生着感悟，王春林的文学批评学养藏在感性的表达背后，外在的呈现不同于学科体制下的技术流，而更接近于新时期思想背景下的社会思想流。在当代批评出现细碎化和技术化的今天，如何在批评表达中建立从当代将历史召回的自觉，将过去并置于现在，切入对社会时代精神状态的关切，通过对作品的阐释展开与当代精神现实的对话？王春林的批评，呈现出了当代批评的反省和进步，寓含着当代批评的启示。

原载《文艺报》2017年6月14日

赞美是一种美德

孟繁华是著名的当代文学研究者和批评家，他在当代文学思潮史、观念史等方面多有建树，但对我这样第二圈的读者来说，容易读、喜欢读的是他那些不辞烦劳、充满激情的关于当代文学现场的文字。他写下了多少当代作家作品的评论，恐怕他自己也不易统计清楚，这里包含了多少文学道义上的古道热肠和思想感情方面的慷慨大方，人们却能感受。我不止一次听到有人赞美孟繁华文章的大气。的确，他的文章总是那么仪表堂堂，相比于精雕细琢总是大开大合，总是有一种纵横的宏观视野。有时候他也遇到评价对象不能承载他立论的情况，不那么恰如其分了，他就匆忙收笔。但是他的大局观都是贯穿始终的，有时候，推开他的文章，你能感受到他描述的轮廓还是那么清晰，还有他的敞亮、他的率真、他的犀利、他的善意。相较于这些，我读孟繁华的文章，首先还是被他的文章的节奏和韵味所吸引，他的批评文章，不知道哪里闪现着有文学感受力的人都乐意被感染的文学才华的魅力——虽然孟繁华已经不喜欢把"才华"两个字用在自己身上了；总是有那么一种散文的气息，哪怕是有些片段呢。

孟繁华也有言不由衷的时候，比如，他在《散文的气质》后记中说："我不会写散文评论"，"我对散文并无特别研究"。他真心羡慕那些散文研究者，尊重散文的法度，自己却半真半假地说没有系统地研究关于散文的知识。他是具有理论感的批评家，对那些虽然科学但仍显烦琐的条分缕析没有太大兴趣，他或许以为那有些机械了。孟繁华有过文章之学和文学之学的辨析，有过关于人文通识之论的阐述。他引用谢冕的话说"文学在本质上是一种人生的滋润和补充"，而散文，孟繁华说，"散文所展示的作家的修养、气象、情怀、趣味以及掌控语言、节奏的能力和高下，几乎一览无余"。他怎么不懂散文呢？他的散文评论，如果不找到他和评论对象在某些方面的共振共鸣，或者评论对象唤不起他的敏感，他会像从前喝了一杯低度酒一样，顿陷索然无味之中。他往往在评析文本的时候投入并投射出自己的禀赋性格和思想感情，因缘际会之时，或者心灵相通之处，会借助于文章的解读，把自己的心肺掏出。他赞赏周晓枫"向更深处更远处探索散文写作的可能性"，他从南帆的散文中读到"一种随心所欲心至笔至的自由"，而这种自由来自"他思想精神的广袤时空"。李敬泽呢？他捕捉到的是李敬泽"敏锐的艺术感觉触角"，感悟他笔墨里的味道。因此，《青鸟故事集》"是'文无定法'的产物，是一个作家随心所欲，获得写作自由的产物"。孟繁华说："我想，李敬泽带给我们的，就是文章写作的自由，飞翔，冲破关于文学写作的藩篱，他用破除所有规范成为文章没有边界的实践者。"他怎么不会写散文评论呢？他只不过是不愿意采纳有点冰冷有点远的视角或方法，他也得归类，也得抽象，但他努力避免伤害自己敏锐的直觉和审美感受力，他更愿意对丰富色彩的个性表达给予热情的回应。他的散文评论不说是写得好极了，也可以说写得很漂亮了，他的评论对象经过他的赏析，会增加我们的阅读乐趣，而不是相反让我们失去兴趣。况且，他的散文评论还流露着浓郁的散文气质，有些，就是散文。

  我不记得什么时候读过孟繁华那篇描述沈阳铁西区前世今生的文章，那篇文章对历史所负载的文化的分析是用意象表达的，荣誉、骄傲、悲壮，背叛和背弃，资本和消费，困惑和迷茫，历史的债务和历史的断裂，黎明时分工人兄弟的自行车流和娱乐午夜迷醉的疯狂……我依稀记得我当时读出了他文字里面的滴下的血珠，惆怅和惆怅的延长线上还是不能消除惆怅，贯穿着饱满的感伤和悲怆的意绪。这篇文章当时令我想起法兰克福一派名流的思想和主题气息。孟繁华这篇文章抒情的笔致带动着思想的流动，一气呵成。他或许无意于什么文体，而我是当成散文读的。收录于《散文的气质》这本集子里有两篇写谢冕的文章，大概是这本集子里最放松的文字，温文尔雅，是美好的趣味的滋养的回忆。他写和谢冕的雅聚，曲终奏雅之时，谢先生感到满足，弟子们也感到满足。而美好的夜晚里人情的温暖、文学的交流、学术的撞击、思想的漫步，还有红酒杯里间或晃动的苦恼和困惑，孟繁华并不写出，但，可以读出。这两篇文章的主题词并不是修养和情趣，而是美，对美好事物的赞颂和对美好事物的向往。当然，他也写到了理想主义忧郁和忧患的底色。他论述的是人为什么要接受美好事物的陶冶，因为那会提升你的品格和境界。他眼中的谢冕"崇尚文明、高雅，与美有关的一切事物"，而他觉着和"一个热爱生活、热爱艺术、热爱家乡和朋友"的人在一起交流，那你的心胸会大面积地铺满积极的健康的美好的情愫。孟繁华在文章中转述了一段谢冕和陈柏中的故事。那是三十年前的事了，谢冕赴陈柏中家赴宴的途中，街边洁净的食肆滚沸着羊汤，脆生生的芫荽和鲜红的西红柿片漂浮其上，鲜美的色味俱佳的杂碎汤让谢冕移不动脚步。陈柏中应诺先惦念着回头品尝。阴差阳错，未能如愿。十年过去，陈柏中退休，女儿出嫁，女婿是诗人沈苇，陈柏中交付了"未竟事业"，但依然未果。沈苇有了女儿，便依然把"未竟事业"向下传递。这个一碗羊汤的故事孟繁华转述时已不能附丽于什么修辞，他体味出的是："与其说是谢先生写他念念不忘的羊杂碎汤，毋宁说他在写与陈柏中先生一家三代的情谊。"孟繁华在读谢冕的文章的时候，假如他饥饿，他会垂涎那一碗鲜美的羊汤，但他显然被其间蒸腾的美好的感情所感染，他倾慕于他们之间的那绵长的珍贵的情谊。而我在读孟繁华文章的时候，仿佛也感到了他在写让他永久难忘的友情。孟繁华评论张承志的《夏台之恋》，让他感到了词语的惭愧。面对人类的感情，语言深感无力，而只有在对美好的情感的感受中，大地、胸怀、质朴、慷慨这些词语才会获得意义。下面的文字，不是我的，我请求编辑留住这来自远方美好的一笔:"还有那个丈夫是柯尔克孜人的女人家,天山上下了大雨时,张承志被淋得湿透,落汤鸡一般从工地跑进她家时,她迎着喊道:'我的孩子'"。

收在《散文的气质》里的大部分文章,都是应邀之作,出版社、报刊和作者的邀约。可能孟繁华事先没有想到他是多么幸运和受益,他阅读这些散文家的散文的时候,时不时会唤起自己的情思,而且获得艺术享受,他没有理由不以赞美笔致写下自己的心得。他读具有纵深感恢宏感的文字会把手掌放在自己的胸膛,摸一下自己的心性,情感丰富细腻的叙事调动了他身体里沉睡的东西。质朴是他重视的品格,而质朴已经在许多职业的、成熟的散文家笔下远去;美学意义上的华丽也值得赞许,当然如果它警惕、抛却了炫技。他的文风不够厚道,交出了他的性格,他讨厌欲言义止,他喜欢直率的明喻,而不喜欢折磨人的暗喻,但含蓄内敛的情感表达确能带来审美上的荡气回肠和意味深远的差异。他赞美气贯长虹的浩然之气,又细腻地体味"香草美人的中国美学"的精神气息。他在鲍尔吉·原野的文字中读出了一种高贵的感情,进一步,读出了一个游子的执拗的绝不能熄灭的认同。他辨析了彭学明的自我忏悔,自我拯救,实际上心理上的释放带来身心的解放感,这个推导可以得出。他长论何向阳的散文,从青春意气中追溯精神原点,从温文尔雅中读出激烈、坚韧和勇毅,而她和张承志们一脉相承的理想主义和英雄主义情怀则唤起孟繁华强烈的共鸣。他的评论对象,不都是和他经历同一个时代,每一个人都有自己的情感结构,不能要求在所有的文章中都能体味内心的感怀和感伤,但大体还是同一个精神谱系。他评论陈福民的散文选取了驾轻就熟的角度,他触及了文明的多元和独特、文明的相恋和失恋、文明的衰败和生长,或退一步,黑格尔的命题,但未及深入。划走划走吧,让陈福民接球吧,我们不管它了。我这个门外之人要说在他和陈福民书信来往之间恳切的交流中读出了学人之间的一股清流之气,他不会同意,他会说,这多了去了,是再平常不过的事情。

孟繁华是欣赏趣味很高的人，他还握有理性的剑柄。我能读出他在某些方面的遗憾、保留和宽容。他自己也偶遇笔力不逮之恼和捉襟见肘之窘。他把自己此种遭遇叫作宿命，而看到朋友捕捉到词语的精灵，思想驿动，他会油然生发快意和欣喜之情，他会慷慨地呈上赞词。赞美当代作家向上攀升的努力，对真善美的书写，对艺术高度的追求，是他的精神享受。若干年前，关于当代文学评价的问题，有过一场论争，孟繁华曾对"憎恨学派"进行批评，他借用一个命名作为对一种现象的分析批判来展开对当代文学的辩护，他对事实经验的尊重要大于他对简单论断的批评，因为他依据阅读和理性。当然，他也不能把自己的感情降到零度。就我那点看谁都有点道理的摇摇晃晃的智商，我觉着什么能最终胜出还遥遥无期，我读出的是支撑孟繁华认知的深处，是他的价值理念和人生态度。在这本散文评论集子里，那些积极的健康的美好的反面，他排斥、厌恶、批判的东西，他不愿让它们占据自己的篇幅，他属意于明丽的意象、高贵的情感和智慧的理性。赞美的热烈的反面就是批判的强烈，肯定自豪是孟繁华的一面，疾恶如仇是他的另一面，下面一句我宁愿我是错的：他还有遇反应不过来的撞击而产生的情感、理性的顿挫，探底的灰与黑。但是，这本书里不这么呈现。让我再回味一下这本书里散发出的爱戴赞美之情，在近旁和远方之间，在熟悉和陌生之间。

原载《文艺报》2022年11月11日，原题为《激扬的文字，诚恳的体会——读孟繁华〈散文的气质〉》

关于茅盾文学奖答《华商报》记者问

问："茅奖"揭晓时，你谈陕西本届确实没有实力冲击前五，作为媒体工作者，我们经常把陕西称为文学大省，但又常常面临很多读者的疑问：路遥、陈忠实、贾平凹之后，陕西还有谁有实力冲击"茅奖"？作为本届"茅奖"唯一的陕西评委，你觉得应该如何回答？

答：冲击前五，无法展开说。我们的作品要么无特别的亮点，要么特点突出，败笔也明显，要么在既有的文学累积上没有递进。有望冲击前五的是关仁山的《麦河》、蒋子龙的《农民帝国》和邓一光的《我是我的神》，我们还排在七、八名之后。举一例，关仁山的《麦河》正面切入当下农村现实，题材很前沿了。这样的题材处理起来要比历史题材、文化题材难度大得多，给再好的高手，恐也畏惧三分。可是终因文学表达略欠，还是落选。我注意到有专家讲到气象格局问题，《推拿》是小切口，可是它在表现时代的精神内涵上可是大气象。

"茅奖""鲁奖"当然是评估文学大省的重要指标，本届评奖、参评、入围轮次多的是江苏、陕西、北京。北京是中国的高端，理应站在前列。江苏已经七次冲击茅奖未果，这次可谓厚积薄发。我们陕西这次参评入围轮次相当可观了，虽未最后获奖，但无愧"文学大省"之誉。当我们说什么强大的时候，我们是在说它的综合实力和高端成就。这次评奖讨论中，当说到我们文学大省的时候，我会表达后继无人之叹。他们说"你们有陈忠实和贾平凹啊"。好，文学大省的标志是你有高端人物和高端成就。在别的场合我也表达过，陈忠实和贾平凹的某些创作指数，也可以放在世界文坛的行列里的。当然，大树成长必有茂密的树林相托，只有无数个想创作出《白鹿原》的人，才会有《白鹿原》的诞生，只有无数个想成为贾平凹的人，才会有贾平凹的出现。也是这次评奖的讨论中，当讨论到前二轮陕西入围作品较多时，我意识到它的潜台词，开玩笑回应说，这已是我们派出的最高规格的代表团了。这次的集结性轮次冲击，也许，也许不再复现。

谁有实力再冲击？宗璞何时写出了《东藏记》，麦家、毕飞宇的年轮也是红柯的年轮。这样的人物我们陕西都有，看沉潜和信仰程度了。

问：陕西非常重要的一位作家高建群前几天在接受采访时说，他从此不再申"茅奖"，并形象地称"茅奖"为"快男快女"选拔，当然，对陕西冲击茅奖，这是一个损失，你如何看待高建群先生的这一决定？

答：我注意到高建群先生的下一句，名额有限，他愿意将名额让给年轻的作家。他还表达过波澜不惊的心绪。高建群像他的作品一样，从来都是大气度的，你愿意读出情绪也可。一个淡定的高人看见一只鸟的折翅也会心头一颤。我是为高建群感到委屈的。某种意义上说，"茅奖"亏待了高建群，就像以前亏待了张炜、莫言一样。注意，我不是说他必然非获不可，但如果给了，也不减损"茅奖"的光辉，真是这样。"快男快女"有点形似，神不似吧。申报问题，这是个人问题，别人无权干涉。但，你看，他没有公证，也没有写进遗嘱，我们不当真。下面我会评价他。

问：你曾说，本届"茅奖"评选是最公正、最具含金量的一届，陕西"文坛的圈外人"秦巴子、马玉琛的作品都得到了肯定，得到了应当的名次，也让陕西读者感到了意外。对陕西的"文学圈外人"你平时是否关注到？他们实力如何？

答："圈里""圈外"是个相对的概念。职业的专业的未必不会走向衰败和死亡；民间的边缘的未必不生长才华，不掌握真理。蹩脚的、陈腐的、平庸的、敏感的、深刻的、开放的……这些不是身份的专利。没有哪一条规则设定文学的准入门槛，如果有，也不是"圈"，而是文学含金量。1982年《人生》面世的时候，莫言还是一个返乡青年，在高密乡的田间地头，《人生》把莫言读得感慨唏嘘，后来，路遥与莫言相见，《红高粱》已经红遍了天空，但《人生》面世时，莫言的确是一个圈外人，一个不甘于命运、有志于文学的农村青年。

问："茅奖""二十"进"十"时，你作为陕西评委，却没有给陕西的作品《青木川》投票，这看似难以理解，您能否谈谈原因？

答：我对叶老师的尊重不必谈，我对叶老师创作的评价不必谈。去年郁达夫小说奖，我的评语在网上挂着，你可以查询，它也是实名制，而且要有评语。叶老师最好的创作，当属家族系列，她的长篇小说《采桑子》在那一届的"茅奖"也被错失，是"茅奖"的失误。《青木川》将一个具有传奇色彩的素材赋予了文学内涵和历史内涵，在对人性的善恶冲突、对人的精神欲求向往和局限方面，对历史真相的解读方面都为人称道，叙事方式上也显示着纯熟和老道。但是，你如果读过《白鹿原》和其他同质的小说，你又会思考它的递进程度。再者，我必须放在三十部中考量，你注意到，我也放弃了《农历》和《遍地月光》，包括《河岸》，而选择了《天·藏》，这是一部有智性的、精神性的、探索性的小说，我们的小说普遍感性有余，智性不足，这是我们和世界文学的差距之一。其实投票前，我也很矛盾，但当你忠实于自己时，你是坦然和释然的。

问：啊哈，贾平凹先生的《古炉》，如果申报第九届茅奖，你认为有戏吗？

答：预测？找贝利或者章鱼哥更合适（笑）。

《古炉》应该有极强冲击力，但也不好说。上届我参加"茅奖"初评，四年前了，《我是我的神》刚出版不久，大家说，要是拿到这届"茅奖"前五都是很有分量的作品。但本届呢？很优秀的作品止步于前五了。

问：目前在评论界，直接讲某一部作品缺陷的评论家已经不多，陕西入围茅奖的几部作品，赞扬的声音已经很多，但谈论其缺陷的却不多，例如很多人抱有厚望的《大平原》，"三十"进"二十"的时候离开。您能否谈谈这几部作品的缺陷？

答：这个问题要把我置于陷阱。就说高建群吧，他是相当大气的作家。我个人认为他的文学才华在路遥之上，而他的俗世才能不及路遥十分之一。他的《遥远的白房子》你再过些年读，仍闪耀着光芒，令你折服。第五届"鲁迅文学奖"散文奖排第一的是王宗仁的作品，写西部的。我曾在公开场合说，和高建群的西部散文比，还差一个档次。《大平原》叙事开合自如，笔下流淌着深沉的诗意，许多描写呈示着大气象，真有力透纸背之感。它写家族，避开了家族争斗、阶级争斗的套路，而着力于生存史、生命史，并且上升到了对农业文明命运咏叹的高度。但是它的后面，还是有些拘泥于具象的现实，拼贴也罢，有机结构也罢，仁智相见。你看，他的叙述人，大多数时候是隐形的、慈悲的、宽厚的、感伤的，但后面变成一个成功人士了。是不是缺少更深的表达，是不是还应对现代生活有更深层的透视、忧患和批判？这个原因，我认为和我们高调的文化氛围有关，这也许是它和这届"茅奖"擦肩而过的原因吧。能超越时代设定的文化氛围的作家有没有？有，不多。

问：一次"茅奖"评选，给了很多作品亮相的机会，但有一些作家对评选过程表现了一些"不淡定"的情绪，获奖对作家到底有什么影响？

答："不淡定"，很含蓄啊，上帝不是也疯狂吗？关注、波动、期待，希望自己的作品能得到好名次，甚至突闪不切合实际的幻觉，都是正常反应。但恐怕更多的作家还是希望自己的作品有更多的人阅读，得到公允的评价和肯定。当然，委屈和愤怒也是正常反应，这个时候要理性，一个人看错，十个人看错，那么多人都看错了吗？得想想自己，并且要有参照。获奖的影响，看和什么样的情怀和境界相遇了。贵报报道莫言不是当时正在踩自行车吗？太阳照常升起，夏秋自然交替。获奖当然是一种文学评价，很高的了，但不是唯一的。附加值不在我们今天的讨论之内。

问：在获得三次"茅奖"之后，陕西作家应该如何看待获奖与写作之间的关系？

答：奖项，是文学制度、文学建设，甚至是文学史建构的一部分。没有一个作家不希望良性刺激的，也很少有作家是为获奖而创作的。文学是累积性的成果，一是在自我经验基础上累积，二是在整体的传承面上累积。这次评奖讨论中，大家不约而同地还谈到《白鹿原》，它是那届茅奖绕不过去的作品，因为一部作品导致茅奖的拖延、等待，唯此一例。可是，谁如果认为《白鹿原》是横空出世，那是他缺少常识。没有《古船》，没有《活动变人形》，没有那个时代的思想脉络，就不会有《白鹿原》。我说的意思是你不能封闭地写作、孤立地写作，你必须参照、学习、批判，然后落实到文本。这个时候奖项拥抱你，也许水到渠成，也许无关紧要了。

问：陕西这几年虽然有一些"80后""90后"的"小作家"频繁亮相于各种场合，有一些家庭条件好的家长带着孩子的作品，请名人签字，写评语，有人斥之为"过早炒作"，认为会将这些年轻的文学爱好者引入歧途，也有人认为是提前进入文学圈受熏陶，你如何看待这些争论？

答：这样说吧，第一，这一代人比前代人起点要高。陈忠实、贾平凹那个时候不也写的是烟盒大的文章吗？条件要优越，我指的是文化条件，起码，他们没有意识形态的规训。路遥还写过"批邓"的顺口溜呢，他也不是先知先觉者，也不能超越时代。第二，陕西的"80后""90后"哪一个是被文学界认同的？不好找。包括我们对网络文学的指认，还处在误读阶段。第三，题字写评语，善意的甚或拔高的误导和鼓励，无妨，可是今天谁还认为名家的广告推荐能提升作品呢？第四，路遥童年要饭，上延大时还不穿内裤，不是习惯，是没有。陈忠实出身什么？贾平凹出身什么？草根。血统论，在文学这里还是不灵的。高建群说得好，一个贫困少年站在黄土高原想象宇航员加加林太空翱翔的情形，那是贫困给予的馈赠，他说的是路遥。你所说的这种现象还不能进入文学层面评估。

陕西当然是文学大省，实力依旧雄壮。但危机时伏时现。这次"茅奖"讨论的问题很多，文学功力层面，驾驭长篇的能力层面，敏感地回应时代话题层面，开放地、深层地理解主旋律层面，我们的文学观和世界的文学观对接层面，尤其是如何接受思想前沿的营养然后回应也许接近真理但还不主流的价值诉求层面，像集束炮弹，都是击中我们陕西文学要害的。

原载《华商报》2011年8月24日

"鲁奖"归来话"鲁奖"

问：如何对待评奖？

答：我几乎是一字一句地读完了规定内必读的作品，做了六千余字的阅读札记。我的第一判断源于我的阅读感受，我感受到的什么是好小说，什么距好小说还有一点距离，当然，还有我对当代小说创作的理解和对评奖行为的理解。这二十部作品中有那么七八部令我非常矛盾，甚至让我投票也非常矛盾。

我还做了如下功课：1.参照权威批评家的年度小说创作述评，对当下小说包括作家的评价、评估；2.参照相关评奖信息，比如今年的第一届郁达夫小说奖、这几年的中国小说学会的小说排行榜；3.参照若干小说年度选本，《小说选刊》编选的，中国作协创研室编选的，还有若干批评家个体编选的；4.参照《小说选刊》《新华文摘》等选刊类刊物。

问：如何理解评奖？

答：评奖，是一种文学行为。评奖看似在评别人，其实也是在评自己，是对对象的评判，也是对你的评判。评奖结束后，总会有媒体问若干所谓"爆料"的问题。我会问，请问你参加一个类似的活动，你会对你自己不负责吗？请问你主持一个类似的活动，你会允许不严肃、不道德的行为吗？各行都有各行的伦理、操守，也有公共的伦理、操守。

那么，过去以往的评奖，有没有败笔？如果有那也是对评委的嘲讽，不管怎么说，它已成为历史搁那儿了，每个评委恐怕都得承担。

问：你的评奖理念？

答：评奖是一个风向标，意味着对过往的总结，对往后的启发，会提供一些阅读和信息。我个人觉得，一个大的评奖行为要看整体上能不能反映这个时代的情感诉求，折射出社会前行的进步思潮，反映文学的进步。高调点说，要看整体能不能反映出重要的时代课题和文学课题，看能不能以文学的方式回应时代课题。这是对评奖质量的考量。

问：怎样看待这次评奖？

答：我对这次评奖评价很高，直接感受到严肃、认真、负责的氛围。评委们都阅读充分，讨论充分，都秉持着自己的文学良知和艺术判断。评委在评别人，实际也在评自己，评自己的良知和眼光。我举一例，在我们中篇组，纯粹是因为对作品的欣赏，有评委在阐释时，你能感受到他的投入，他情感的颤动，甚至声音的呜咽。评奖结束后，我遇到雷抒雁，能感到他为耿翔的《长安书》的落选而产生的感伤和遗憾，从一张略显疲惫的面孔上能读出浓浓的文学情怀和乡土情怀。

问：这次评奖有什么特点？

答：首先，这是社会关注度最高的一次评奖。本届评奖首次设立了网上竞猜和会员投票方式，增加了透明度，扩展了影响力。新浪网和Tom网上的投票达几十万、上百万人次，据新浪网公示的51万投票地域分析，10%来自广东，8.4%来自浙江，我们陕西占3.4%，排第十一位。据新浪网公布的数据有七十八万人次参与新闻评论，十一万八千条微博讨论鲁迅文学奖，许多建议我觉着具有积极意义，例如建议增加网络投票的权重比，例如扩大参评渠道、会员可以直接推荐等等。其次，评奖门类扩容，海外华人作家和网络文学进入了评奖视野。第三，首次将一个奖授予了一个地方刊物发表的作品，《手铐上的蓝花花》最早刊发于我省的《延安文学》，这是一个突破，无形中打破了一个禁忌，体现了文学的公心和公正。

在鲁迅文学奖的门类中，中篇小说是最受重视、含金量最高，也是竞争最激烈的一个门类。我必须强调，这次中篇入围和获奖的作家作品，整体反映了近年来的文学水平和格局。在重大题材、宏大叙事让位于长篇小说的情况下，中篇小说创作在公约伦理、人性深度、时代色彩、现实主义精神等方面提供了有价值的话题，在表达时代诉求、回应时代课题方面显示着努力。

问：通过这次评奖，如何看待陕西文学？

答：文学大省地位不可动摇。这次评奖，有一千余部作品参与，在如此激烈的竞争中我省有吴克敬的《手铐上的蓝花花》、叶广芩的《豆汁记》、红柯的《老镢头》、耿翔的《长安书》、成路的《母水》入围终评，并且有吴克敬的《手铐上的蓝花花》最终获奖，实属不易。另一方面，也的确显示了陕西文学大省的实力。就我所感，大家对陕西的文学创作都有敬意，对这几部作品都评价较高，例如成路，这是一个基层作者，但他的创作已引起了全国注意，已连续两届入围鲁迅文学奖。

问：谈谈吴克敬的获奖。

答：吴克敬的获奖，是实至名归。吴克敬的创作，厚积薄发，已是全国实力派作家之一。《手铐上的蓝花花》这次令评委眼睛一亮，公认是一部好作品。这部作品意蕴丰富，构思巧妙，把情节性、命运感和地方风情都结合得比较好。作品在传奇性的外壳下体现了现实主义精神，展现了一种纯真的悲剧之美，张扬了善良、美好的人性之花。相信吴克敬的获奖，对我们西安地区的文学创作，具有良好的激励作用。

问：谈谈叶广芩的《豆汁记》。

答：叶广芩的《豆汁记》不光我，评委们都评价很高，今年郁达夫小说奖，我作为初评委推荐过，郁达夫小说奖只评一部，评出的是海外作家陈河的《黑白电影里的城市》。但它有提名奖，提名奖排第一的是《豆汁记》。《豆汁记》我在评"郁达夫小说奖"时有推荐语，现在网上仍可查到，这次我略有增加，也是这样评价的，我照抄如下：叶广芩的创作几乎篇篇有质量，是文坛口碑很高的高手，一是题材消化到位，二是下笔舒缓、从容，显示了相当的功力，三是意味绵长深厚。《豆汁记》像叶广芩的同类小说一样，有着浓郁的文化氛围、文化底蕴，小说在从容的叙写中显示出了深长的意味，这个意味里有历史感，历史感里又有命运的苦涩，写出了大时代变迁中对一种文化人格的敬重。

问：谈谈这次评奖的两个相关话题。

答：这次评奖也引发了相关话题，一是海外作家异军突起。这几年海外作家创作引人注目，这次就有张翎的《余震》、袁劲梅的《罗坎村》、陈谦的《特蕾莎的流氓犯》三部作品入围。这一批海外华人作家曾经在国内已有相当的文学积累，走出去后，一是有相对安静的创作环境，二是感受到多种文化观念的碰撞，他们的创作令人有别开之面之感。这次虽未获奖，但已很具竞争力。

另一个话题是如何对待已获过奖的作家的作品。就我的感觉意见不一，归纳起来，有这么几条：一是鲁迅文学奖主要是表彰一定时间、空间内的优秀作品，并无规定一位作家只能一次性获奖；二是一个奖的设立，包含着鼓励新的优秀作者的含义，参照国内外相关大奖，很少有多次授予一人的先例；三是对已获过奖的作家的考评，纵向比，要看他相对于过去有无明显的超越，横向比是否明显超越同类参评的作品，如果在相近的情况下天平可能向新作者倾斜。我感到，后一种声音不无道理，这次评奖也有这样的意味。这是一个积极的信息，可能开辟评奖的新思维和新格局。

问：这次评奖有没有遗憾?

答：任何评奖都有遗憾。任何作品都有瑕疵。就我个人而言，我很欣赏格日勒其木格·黑鹤的《猸》，作品文笔生动，叙述有张力，人物、动物形象都鲜明生动，作品表达了对贪欲的批判、对工具理性的反动、对一种文明走向的校正，有鲜明的对大自然对生命力的热爱和赞美，洋溢着诗意的单纯的氛围。自乌热尔图之后，如此干净、单纯、健康的小说很难再读到了。《猸》没能获奖，这是我感到遗憾的。

原载《陕西文学界》2010年第5期

八届"茅奖"一二三

我参加了第八届"茅盾文学奖"的评选工作，我也参加过第五届鲁迅文学奖评选工作，我这个来自偏僻省份评论刊物的编辑，当然很珍惜这样的机会，我说出我的真实感受。

一、评奖，是一种文学行为，评奖看似在评别人，其实也是在评自己。是对对象的评判，也是对自己的评判，评你对文学的认知和公心。高洪波说得好，我们在评作品，社会也在裁判我们。

评奖结束后，总会有媒体问若干所谓"爆料"问题、问内幕、问黑幕。我会问，请问你参加类似的一个公共活动，你会对你自己不负责吗？请问你主持一个类似的公共活动，你会允许不严肃、不道德的行为吗？各行都有各行的伦理、操守，也有公共的伦理、操守。

也会有媒体问，你是地方去的，你没有压力吗？我不会隐讳我的地方主义情结，但是，压力，还不在这里。压力在于你的评判，你对作品的把握、评估、定位。第五届"鲁奖"结束的当天，我遇到雷抒雁，他是诗歌组的评委，我们陕西的耿翔有诗集《长安书》参评，但最终落选。我能感觉到雷抒雁为《长安书》的落选而产生的感伤和遗憾，从一张略显疲惫的面孔上能读出浓浓的文学情怀和乡土情怀。什么是可贵的，文学情怀是可贵的，家乡情怀也是可贵的。

本届"茅奖"结束后，有人问，你作为陕西去的评委，"三十"进"二十"时，没有给陕西的作品《青木川》投票，难以理解。我说，叶广芩老师最好的创作，当属家族系列，她的长篇小说《采桑子》在那一届茅奖被错失，是叶广芩的遗憾，也是茅奖的遗憾，我个人觉着甚至是失误。《青木川》将一个具有传奇色彩的素材赋予了文学内涵和历史内涵，在对人情的善恶冲突、对人的精神欲求向往和局限方面，在对历史的解读方面都为人称道。叙述方式上也显示着纯熟和老道。但是，你如果读过《白鹿原》和其他同质的小说，你又会思考它的递进程度。再者，我必须放在三十部中考量，其实，我也放弃了《农历》和《遍地月光》，包括《河岸》，而选择了《天·藏》，这是一部有智性的、精神性的、探索性的小说，我们的小说普遍感性有余、智性不足，这是我们的小说和世界文学的差距之一。投票前，如果说我内心不矛盾，那是假话，但是当你忠实于你自己时，你是坦然和释然的。

二、参加评奖，我珍惜的是一次学习机会，读作品是学习，讨论是学习，会下个别交流、聊天也是学习，开启你的思维和视野。人都是有局限性的、有盲点的。每个人的文学趣味和文学观念都有差异，所以分歧再正常不过。比如我，我对个别作品的挺进感到困惑，我对我欣赏的作品的止步黯然伤神。我也有被票击败的时候，这个时候，我告诉我，要多想想自己，什么地方要修正，什么地方不改变。

三、我个人觉得，评奖多少有风向标的意味，意味着对过往的总结，对往后的启示，会提供一些阅读和信息。我对评奖的评估是，一个大的评奖行为要看整体上能不能反映这个时代的精神诉求、价值诉求，折射出社会前行的进步思潮，反映文学的深化和进步。高调点说，要看整体上能不能反映出重要的时代课题和文学课题，看能不能以文学的方式回应时代课题。这是对评奖质量的考量。

四、任何人，任何事情，都没有免于批评的权力，没有免于质疑的权力。"茅奖"的评奖史实际上就是被肯定、被质疑、自我质疑、自我修正的历史。某种意义上，"茅奖"是在质疑中前行的，但最可贵的是自我反思、自我质疑。不是你有智力，别人就没有智力，不是你想追求公平正义，别人就不想追求公平正义，不是的。而且，任何文学活动都不能离开它的社会背景、思想氛围、文化语境，以往的包括现在的各类文学评奖，包括茅奖，有没有问题，有。"茅奖"找到了它最理想的办法了吗？没有。但坦率地说，我个人觉得，这是中国语境下，茅奖目前能够寻找到的最好的办法了。纯粹的理想是永远追求的目标，但我们还得生存在不纯粹的现实之中。

五、每届评奖，都会出现一些争议性话题，本届不能例外。有些话题真的很皮相。"主席""副主席"问题，坦白地说，我个人在评选讨论中根本没有这个概念。核心之核心的概念是质量，是文学含金量。很多主席、副主席很早就止步了。我曾拿我省两位作家、两部作品做例子，马玉琢的《金石记》进入了前八十部备选作品，秦巴子的《身体课》进入了前四十部备选作品，他们居于边缘，属于草根，他们都达到了应达到的层面。评委们持的是文学眼光而不是非文学眼光。再比如网络文学问题，我在什么维度上看待网络文学？我在社会进步、民主自由的精神进程的维度上看待网络文学，我在文学发生学的维度上看待网络文学，但是，在考虑网络文学的特殊特征的同时，我们也不能排除掉公共的，文学发展史、文学欣赏史上承传下来的评价体系。目前的网络作品，还是文学含金量问题，篇幅和容量不成正比，叙述相对粗糙，蒙太奇手法太多，性格冲突相对不足，人物扁平化。当你不强化叙述描写功力的时候，你怎么揭示出心灵冲突、性格冲突？当你不能揭示出性格冲突，尤其是自我内心冲突的时候，你怎么具有深度？什么是主流的？什么是边缘的？当你具有了文学含金量的时候，你就是主流的。

六、其实，本届"茅奖"评选，讨论的问题要广泛得多，深层得多。有结构层面的，有个案层面的，有思想层面的。如，如何看待"茅盾文学奖"，不是没有对话、分歧，采取开放的态度，深刻理解茅奖的精神实质，鼓励积极的价值观，鼓励努力走向世界、能够和世界文学对话的作品，赋予主旋律以丰厚的、深厚的内涵，这样的声音我是认同的。如，文学介入现实和回应现实的方式问题;如,怎样评估今天的文学问题,是看它的主流、高端的成就,还是看它的消极面,这是对前一段所谓"唱盛派"和"唱衰派"讨论的继续。再比如,透过参评作品的阅读,如何评估今天的作家。没有人能否认他们是一线的,不能不看到他们是勤奋的,是有相当经验和积累的,是关注社会形态演变和国家的文明进程,并努力留下记录和思考的。

七、"茅奖"的权威性、影响力、不是说的,也不是条例上所给定的,而是成长、累积的结果。"茅奖"历史上有个案,如果他不能被文学界和读者所认同,那它应受到质疑。这种情况是对评委的嘲讽,因为评委是全国公认的专家组成的。茅奖历史上有过败笔,也有过负疚和悔恨。唉!我们无法超越时代的局限。但是,它总体上飘扬着文学的旗帜,起到了缓慢地推进文学前进的作用。文学,是累积性进步的,一是在自我经验基础上累积,二是在整体的传承层面上累积。这次评奖讨论中,大家还不约而同地谈到《白鹿原》,因为一部作品而导致茅奖的拖延、等待,在"茅奖"评奖史上,唯此一例。可是,谁如果认为《白鹿原》是横空出世,那是他缺少常识。没有《古船》,没有《活动变人形》,没有那个时代的整体氛围,没有那个时代的思想脉络,就不会有《白鹿原》。

八、关于"茅奖",曾经有许多归纳总结,例如主流意识形态、宏大叙事等等。我的体味,历届"茅奖"都或隐或显地折射出了时代前行的特点,尤其是折射出了社会诉求和思想思潮。例如第一届的《冬天里的春天》《芙蓉镇》,它是文学复苏期的反映,也是整个社会反思思潮的反映。第三届的《平凡的世界》是我国农村改革、城乡二元结构冲突的反映和讯号。第四届的《白鹿原》,正值世纪之交,是中华民族反思历史、寻求科学发展道路的诉求的回应。第五届的《抉择》,则是反腐思潮,追求公平、正义社会思潮的回应。第六届的《张居正》,实际上也是在用文学的方式提供改革的历史参照和深远资源。

本届出现了许多好作品,如关仁山的《麦河》,正面切入当下农村现实，表现出了相当的热情、勇气和智慧。这样的题材，给再好的高手，恐怕也未必能够写好。方方的《水在时间之上》，读完让我不由自主想起鲁迅对陀思妥耶夫斯基的评价，这部作品写出了白里的黑，又写出了黑里的白，写出了善里的恶，又写出了恶里的善，对人性的解剖达到了相当的深度，而在将个体命运和宏阔的时代结合方面，处理得并不生硬。要知道，这是许多长篇小说处理不好的问题。

张炜的《你在高原》应是当代文学地标式的作品，刘醒龙的《天行者》写出了中国前行的隐痛，它不高调，但深挚。莫言的《蛙》也是如此，也有着浓重的启蒙主题，并且，你会读出现实主义的骨性。《推拿》《一句顶一万句》，包括前三部，都不可以从题材层面简单理解。在这些作品中，你会读出也许并不强大但不灭的声音，会读出我们这个社会前行中文明进程的信息，它们整体折射出我们所认同的价值诉求。

原载《延安文学》2010年第6期

"陕军东征"及其他

问：在您看来，文学陕军"东征"为何在二十年前获得全国范围内影响力？

答：文学陕军在二十年前曾达到过一次高峰。但文学陕军获得全国地位、影响，非二十年前，二十年前的现象可视为一个环节、一次典型呈现。在中国当代文学的发展格局中，陕西作家被公认为最有实力和成就的创作群体之一。上世纪五六十年代，因为柳青、杜鹏程、王汶石和《创业史》《保卫延安》《风雪之夜》等一批作家和作品的存在，使陕西当之无愧地被誉为中国当代文学的重镇；上世纪80年代初，思想解放，改革开放的新时期，陕西的文学创作出现了相当活跃的态势，较早出现了为全国瞩目的作家群，我们常说的路遥、陈忠实、贾平凹和稍后出现的高建群、叶广芩、冯积岐、杨争光、吴克敬、红柯等一批作家构成了陕西作家的强大阵容。

看陕西文学的实力、影响力，还有一个指数，从最早的全国中短篇小说奖，到最近的茅盾文学奖、鲁迅文学奖和全国的其他奖项，陕西作家作品都是有力竞争者和获奖者。《平凡的世界》《白鹿原》《秦腔》成为茅盾文学奖序列里的标志性作品，亦是代表中国当代文学高度的标志性作品。

问：为何陕西作家会在二十年前集体发力？

答："陕军东征"用于描述一种现象，便捷、形象，但我本人不用这样的表述，整整二十年前，陕西以集约的方式，集中推出陈忠实的《白鹿原》、贾平凹的《废都》、高建群的《最后一个匈奴》等长篇力作，催生引发了长篇小说创作热潮，把长篇小说的艺术标尺，提升到了一个新的高度，把长篇小说对时代、历史的思考引向了深入。这是"陕军东征"的概略描述和评估。

二十年前的现象有偶然因素，偶然的是恰巧有五位作家写出了五部长篇，并且在北京投石问路。但既然我们把它看成一种现象，就要看它的必然。它反映了陕西文学在经历了多年积累沉淀之后的一种实绩、实力，一种相对成熟，所谓厚积薄发。简单地说，此前，我们已有路遥的《平凡的世界》，全国范围，已有《古船》《活动变人形》等优秀长篇。陈忠实、贾平凹们有对时代的敏感，有对文学如何回应时代课题的思考，有对文学认知的深度，但他们也不是先知先觉者。文学是累积的成果，一是在自我经验基础上的累积，二是在整体传承、影响层面上的累积。我们今天回望，我觉着特别要重视思维方式、思想认知层面的资源和经验，它也说明着陕西文学的前沿感和开放程度。

问：回头看，二十年前的这次影响全国的文学东征，在辉煌背后，是否存在什么不足？

答：没有尽善尽美，只有追求完美。二十年前的作品，有的已成为常销书，正在走向经典化，有的正在经历价值的再发现，被重新评估，有的，也可能被遗忘。书有书的命运这是任何力量也无法左右的。

我们评估文学时，由于视角不一样，加上媒体的渲染，可能会造成一定效应，引导或误导阅读，但基本无法左右作品的价值。路遥曾说："好作品原子弹也炸不倒，不好的作品即便上帝的赞赏也拯救不了它的命运。"媒体的功效，是扩大了影响力，但是文学认知还是专业评价的结果。现在看来，因为有《白鹿原》等顶尖级、现象级作品的存在，因为厚重的文学内涵存在，媒体的放大也就有了自信力和合理性。

二十年前文学陕军集体出发之后，是否就沉寂，或踏入迷途，或走向了悲观之路？专业的判断不是这样。二十年前的集体出发，实际上开启并彰显了一种传统，树立了一个标尺。文学追求的标尺，陕西文学创作的主流，主导力量还是沿着这一条线索在走，贾平凹的《秦腔》《古炉》，高建群的《大平原》，叶广芩的《青木川》，红柯的《生命树》，冯积岐的《村子》，等等，都是非常有文学含金量的全国一流的作品，在这些作家作品的背后，可以解读出二十年前的资源、经验，文学思想的脉络。他们和它们，可以视作陕西文学的主线条。

问： 您觉得文学陕军取得了怎样的成就？

答： 文学陕军是当代中国文学一个响亮的品牌，陕西文学所达到的高度是中国文学的高度之一，这应是全国文学界的共识。陕西作家受人尊重的原因之一，是他们的文学生活方式。柳青的"六十年一个单元"、路遥的"像牛一样劳动"、陈忠实的视文学为神圣、贾平凹令人感佩的勤奋，是陕西作家践行的文学生活方式，甚或已内化为他们的文学信仰之一。陕西文学的主格调是乡土叙事和乡村意象，它的主要特色和贡献是赋予了传统的现实主义新的生命力，扩展了现实主义的深度和广度。如果简单描述，自新时期以来，陕西文学一直是中国文坛的重要力量，涌现了一批实力派作家和有影响力的作品。他们在不同阶段在全国文坛都居于一线或一流位置，突出者，则几十年一直立于潮头。他们的作品有的为中国文学树立了目前还无法超越的标尺，例如《白鹿原》；有的则在未来的文学流程中闪耀光辉，例如《遥远的白房子》；有的则给中国文学提供了宝贵经验，提供了精神思维，例如《早晨从中午开始》。

问： 二十年过去，陕西文学仍然是当年的几位人物领军，陕西文学是否出现了人才的断层？

答： 陕西文学的断代、断层问题过去就有讨论，但几无成效。今天，已是一个严峻的事实、一个令人焦虑的现象，代际传承有断裂之危机。过去，我们在文学语境、文化语境方面找原因，但文学的核心评价标尺并没有变。我觉着，表面征候是断代、断层，实质是思想，是对文学的认知，是精神传承的断裂。我参与过若干次青年作家的会议，真的有点失望。因为看不到你的内心，看不到你的困惑和痛苦，看不到你对文学理解的深度，看不到你的独立思考精神。二十年前以降所建立起来的文学思想、文学精神渐被丢失，那一批作家身上优质的品格没有得到很好的传承，反而是他们唾弃的东西有泛滥之势。所以，陕西文学面临着代际传承和思想重建双重课题。

问：二十年后，文学的大环境发生了很大变化，陕西文学想要再次赢得当年的影响力，需要在哪方面做得更好？

答：这方面我是悲观论者，陕西文学的整体高度即将消失，一个平庸的时代很快就会到来，几乎成了一个必然。但这并不意味着不做传承努力，不寻求提升之路。第一，考察上一代作家的成长之路，探究一下他们的成功经验，他们无不重视基本功的锤炼，无不重视"短"的训练，这似乎是"技"的层面，实际上隐含着"道"的追寻。第二，当下要紧的是重建对文学的尊崇，防止自己对文学的亵渎。在思想和想象的天地里建立道理、真理的权威性和统治性，重建日渐失去的独立思考精神，考问一下自己的文学观、价值观。第三，要从封闭的内循环走向开放的外循环，关注社会思潮。社会思潮是民意诉求的折射，尤要吸取当代最前沿的思想成果，捕捉时代的"最隐蔽的精髓"（马克思语），化作自己的思考和文学表达。优秀的文学作品，一定是传导着人类最新的思想成果。第四，平面的、没有思想介入的经验写作几乎是我们最大的顽疾。这说明什么？说明了我们的理性思维不足，思想营养不足。一个作家的创作总是居于本能的、感性的、经验的层面，那么他所达到的高度一定是有限的，好作家、大作家一定是注重理论思维的，一定是注重自身综合学养的培育的。恩格斯说："一个民族想要站在科学的最高峰，就一刻不能没有理论思维。"他说的是什么？是方法论。

我们谈论二十年前文学陕军的辉煌，不免生发怀旧的意绪，怀旧是什么？是对现在的块垒的浇注。克罗齐说："历史照亮的不是过去而是现在。"这是我们讨论的意义。

原载《华商报》2013年12月9日

答《贵州民族报》记者问

问：贵州文学的发展在您心中是一个什么样的存在？您认为它在全国处于一个什么样的位置？

答：贵州是有自己的文学传统和文学谱系的。蹇先艾是现代文学史上贵州的文学符号，蹇先艾的创作，承传的是鲁迅的文学精神，他的创作所达到的深度，标示着现代文学现实主义的深度和高峰，仍然对今天有启迪意义。另一个文学符号是何士光，他是新时期贵州文学的标志性人物，他承接了蹇先艾所开辟的文学传统，并且赋予了新的意义。第三个文学符号是欧阳黔森，欧阳对贵州的意义无论如何评价都是不过分的，在贵州文学沉寂萧索的时代，欧阳的出现，提振了贵州文学的信心，鼓舞了同代作家。欧阳黔森的创作在全国层面也是一流的，如果他不分心，他一定会呈现出贵州文学的大气象的。

这是贵州文学的传统，以现实主义和乡土叙事为标志，足以标识它在全国的重要位置。因为有这样的传统，现在贵州作家群的出现，并非偶然，这个作家群的出现，会使贵州的文学上升到另一个层面，如果再假以时日，贵州文学会出现另一番令人惊异的景象。

问：这次论坛，贵州推出七位实力比较强的作家，如欧阳黔森、唐亚平、王华、冉正万、谢挺、戴冰、唐玉林等。您对他们几位有了解吗？你最看好哪一位？为什么？

答：欧阳黔森的作品早就读过，评第八届茅奖时读过王华的作品，冉正万、肖江虹是我们《小说评论》关注的对象，这次又浏览了其他作家的作品。我的印象，乡土叙事仍是贵州文学创作的主流，但又兼具开放性，呈现出较为多样的面貌。贵州这个作家群体以60年代生人为主体，已有相当多文学积累，文学的品格和作品的品相为人称道，他们应该都有新的酝酿。如果让我说一定看好哪一位，那欧阳黔森是也，他的短篇写得如此之好，我们得从文学规律考察，他如果全身心回归文学，会在充足的积累之上，有一个爆发的。

问：从经济上来说，贵州是一个较为落后的省份，在您看来，文学的发展与经济的发展有无必然的联系？贵州的文学或文化能否在较短时期内获得大繁荣大发展？

答：第一个问题，经典作家的不平衡规律学说，已经作了回答。

第二个问题，大发展、大繁荣看你怎么比，纵向比，还是横向比。看你是无限的期待，还是尊重历史的期待。文学是累积性前行的，不是跨越性前行的。我们为什么说迎接大发展、大繁荣，是我们的大发展、大繁荣都没到来，都在努力。在我看来，比之蹇先艾、何士光时期的一花独秀，现在的贵州文学已初步有繁荣的迹象。重要的是，我认为，文学环境、文学生态是靠时间养成的。作家的创作是一种积累养成，文学的激励机制也是一种积累养成。贵州的文学态势出来了，唯缺的是耐心的等待。

问：前段时间茅盾文学奖揭晓，贵州作家未能分享其中之一。事实上，包括鲁迅文学奖等在内的国内重大文学奖项，能问鼎的贵州作家几乎没有。在您看来，是什么原因造成的？

答：第一，评奖，文学奖，只是文学的评价方式之一，文学评奖和文学批评、文学史评价的错位时有发生。

第二，如果说某种奖项，存在着对我们贵州作家作品评价不足问题，此种情况，有没有，有。此次"茅奖"，欧阳黔森对冉正万的《银鱼来》未能更多地递进，表达了内心的感伤。文学情怀是令人敬佩的，在不丢失基本的文学原则下，家乡情怀也是令人敬佩的。

第三，最重要的是在自身找原因，要有一个宏阔的参照视野，我们这个作家群刚刚形成，绝对实力还待来日。

问：贵州是少数民族聚居的地区，民族作家众多，而很多民族作家的母语并不是汉语，因此在写作上存在着诸多障碍，这是不是也影响到了作家的发挥？

答：这是一个文学问题，也是一个文化问题。多民族的文学写作一定有自己的文化根系、文化认同，应该获得充分的尊重和弘扬。这里首先存在一个译介和传播问题，其次才是文学评价和文化价值问题。在别的文化区域，这也许不是一个问题，但在贵州，则可能已是一个时代课题。

问：在您看来，贵州要出一个在全国乃至全球有影响力的"大家"，需要什么样的条件？

答：其实贵州正在做这样的事情，外部环境对作家的激励、积累，气度的养成非常重要。令人感佩的是贵州显示了这样的文化气度，创造了一系列诞生好作家好作品的条件，尊重文学规律，愿意给时间等待，按这样的文学生态发展下去，不出大家才是不符合规律的。另一方面，我认为，蹇先艾、何士光足以称为大家，他们的创作中有一些珍贵的文学资源被今天所忽视。我说的是核心的东西。欧阳黔森也具备上升为大家的质素，我建议，在他们身上总结一些认识。

问：如果您要对贵州的作家提一些建议，您的建议是什么？

答：第一，贵州是有文化性格的，不驯，不羁，不从，是贵州文学宝贵的气质，如果失去了这个，贵州作家就是小作家，而成不了大作家。

第二，提升理性思维能力。如果一个作家的创作总是居于原始的感性的反映论的层面，那么，它上升的高度一定是有限的，好的作家，有较高理想的作家，一定是理性意识不断觉醒、不断增长的作家。

第三，我读这一批作家的作品，感觉他们有可能还会在一个平面滑行一段时间，又感觉他们有可能要在长篇创作中寻求突破和飞跃，感觉如何处理个人叙事和宏大叙事之间的关系是他们面临的美学问题。

原载《贵州日报》2015年9月11日

"茅奖"视域里的陕西文学

首先对平凹获得茅盾文学奖表示祝贺。对西安市表示祝贺。请允许我以一个评论者的身份,以一个"茅奖"参与者、关注者的身份对西安市委、市政府、市委宣传部、市文联的这次文化行为表达激赏和敬意。我可以中肯地说,陕西的文化强省建设中,西安市是领军者,陕西文学是领军者。茅盾文学奖是我国最权威、最有标尺性、最有影响力的文学大奖。它是一个标尺,不仅标志着个人文学成就的高度,也标志着一个文化区域所达到的高度。循此逻辑,也可以中肯地解读:陕西文学所达到的高度,也是中国文学所达到的高度之一。各位朋友,我有这个自信:这个评价毫无夸饰。软实力,软实力,这就是软实力。

但是,如何面对平凹的获奖?我个人觉着不必惊讶,也无须过度惊喜。因为这不是一个偶然,这是一个必然。它是文学成就的必然逻辑,也是文学伦理、文学良知的必然逻辑。能深刻解读贾平凹的人,能公允、客观、高度评价贾平凹文学生命的人会有一个成熟的反应。我强调成熟的反应。

在本届"茅奖"初评会上最后一轮我有一个发言,我说,茅盾文学奖如果和新时期以来最勤奋最有分量的作家擦肩而过,那会降低"茅奖"的信誉。不言而喻,在新时期文学的每一个阶段都有贾平凹的身影,贾平凹都是主力之一;我还说,我赞成主流意志,赞成主旋律,可是我们不能狭隘地、肤浅地理解主旋律,我们得宽泛地解读主旋律,深刻地解读高端智慧和意志。我们解读高端的意志和精神，我们深刻理解胡锦涛总书记的讲话，我们深刻理解温家宝总理和文学艺术家的谈心、和科学家的谈心。高端期待什么？是要大家、大作品、好作品，是期待能跻身于世界一流的、有文化竞争力的、有艺术含金量的好作品、大作品。我们不应该误读高端的智慧和境界。高端不要浅薄的歌功颂德，你越是这样，高端越会失望，群众也越瞧不起，高端和人民群众的期待是一致的。所以我说，我们的茅盾文学奖是选择那些艺术性弱的、直接的、平面的、肤浅地反映改革开放的作品，还是选择如《秦腔》这样写出了中国社会前进中的痛苦、悖论，社会变革所付出的道德代价、精神代价的作品，认为究竟哪种对我们的时代对我们的社会反映深刻、把脉到位，这是对茅奖的考量。茅盾文学奖如果和深刻地反映了社会变革、精神的迷惘、生命的冲动、心灵的期待和希冀的作品擦肩而过，那"茅奖"也就和文学的诉求、社会的诉求擦肩而过，那么"茅奖"的公信力就会受到质疑。我说，"茅奖"必须或显或隐地反映着这个时代的精神特质，必须起着文学启蒙的作用，必须起着推进文学前行的作用。后来证明这样的声音是占了上风的。当然，这是所有对文学有深刻认知的文学人的声音。

怎样透过茅盾文学奖评价陕西的文学地位？

我说过，新时期文学三十年我省有三位作家三部作品获得茅盾文学奖，在全国是鲜有的，是陕西文化、陕西文学的盛景。但不是独有，四川有周克芹、阿来、柳建伟、麦加，但是我们陕西的作家作品分量最重、影响最大。新浪网读书版块有一民意调查，简称"民调"，我原文照读："截至26日中午，在谁最可能获得本届茅盾文学奖读者调查中，前三位分别是《秦腔》《四十一炮》《平原》（《秦腔》列第一位），在读者最喜欢的茅盾文学奖获奖作品调查中，《平凡的世界》以88%的比例高居榜首，《白鹿原》63.33%名列第二。"我省获奖的作品，第三届《平凡的世界》位列第二；第四届《白鹿原》位列第一（我看的资料是位列第一，有资料说位列第二，但在我们的心中，在文学心中，在读者心中是毫无疑义位列第一的）；第七届，也就是本届，《秦腔》位列第一。在本届评奖中，大家有个共识，名家名作多，竞争激烈，但像《白鹿原》那样公认的、不存在异议的、不评就说不过去的作品没有。我看陈建功也这样认为，据载，"评委会副主任陈建功认为，从茅盾文学奖的参评作品看，总体水平比往届高，但是特别突出的作品却很少"。毫无疑义，《秦腔》很骄傲地排在这很少之列。也就是在这次大会的发言中，我说，这是对的，我们说到《白鹿原》，它是一个高峰，是陈忠实个人创作的产物，但是我们必须顾及《白鹿原》产生的时代背景、文化背景，它诞生于中国思想、文化最活跃的时期之一，它也是那个时代氛围、营养的产物，是特定语境的成果。所以如果那个语境不再复现，也许《白鹿原》就是新时期文学的绝唱、茅盾文学奖的绝唱。

以茅盾文学奖为参照背景，我以为，我们陕西文学为中国文学贡献了三个现象：

第一个现象是路遥。这个现象这样解读，新时期以来还没有一个作家过世多年以后，大家会越来越怀念他；还没有一个作家，随着他离世时间越来越久，他的作品愈来愈有生命力；还没有一个作家像路遥这样是不能言说，失去了辩护权的。是时间，是读者向主流施压，说，你得重视路遥，你得重新评估路遥。路遥的《早晨从中午开始》是中国文学的精神标尺，路遥的敏感，直指这个社会不合理的结构安排，直指这个社会因为机制、因为身份设置而导致的原罪现象。我们现在突显的城乡二元对立问题，早在二十多年前的高加林的心里就开始冲撞。历史证明，路遥的敏感是对的，文学的敏感是对的。否则我们就无法理解现在逐步改进实行的农村政策，我们就无法解读这个社会的文明进程。

第二个现象是《白鹿原》。《白鹿原》被认为是新时期最好的长篇小说之一，而且至今还没有整体上超越它的长篇出现，而且它是新时期以来长篇中唯一一部长销书。它不畅销，畅销容易；它长销，长销意味着什么，意味着正在经历经典化。

第三个现象就是贾平凹。我这样解读，第一，贾平凹是新时期以来中国最勤奋、创作生命力最旺盛的作家之一，新时期文学的每一个阶段、每一个思潮都有他的身影；第二，贾平凹是中国最具国际性影响的作家之一，为什么，影响必然说明了它的价值；第三，如果我们较深地解读贾平凹，他的作品隐现着这个时代的痛苦、诉求，突显着沧桑，融渗着对国家、民族、底层的忧思。但是，请允许我说一句话，平凹取得如此成就，他得感谢生活，感谢民众，感谢社会情绪和社会诉求，感谢广阔的资源。陕西的创作应该感谢陕西的评论资源，陕西的评论家是陕西文学的思想库、智库。所以，我说，我们陕西文学所达到的高度是中国文学所达到的高度之一，陕西文化大省的建设中，陕西文学是领军之一。

中国作协党组书记金炳华为什么说陕西作协的换届工作，其意义和影响远远超出陕西？他这样说的时候，我理解，绝不是浅薄地说代际转换，而是包含着一种背景，一种评价，一种对陕西文学由衷的、真诚的尊敬。

十一年前，正是平凹走霉运的时候，我有一篇文章，题目叫作《贾平凹，一个具有国际影响的作家》，请允许我读一段，作为我对以贾平凹们为代表的陕西作家的敬意，作为我发言的结束：

"曾经，和世界文学的交往被京、津、沪一些活跃的作家所垄断。现在，愈来愈多的有价值的文学现象正在中国内陆腹地发生。勤奋、质朴的陕西作家已经开始用自己的创造向异国的读者显示着中华文化的魅力和真正的文学征服力。他们通过自己的体验和写作，通过对具体的民族苦难和欢乐的叙写，也在表达着这个时代人类共同关心的课题……贾平凹近期的创作弥漫着浓重的沧桑感和悲剧感，显示着艺术家的勇气，也显示出他由才子向大家的迈进。贾平凹的心灵发生着前所未有的冲突，这个食欲不振、不敢喝酒、时常去医院打点滴的孱弱之躯，心灵是追求独立的，性格是倔强的、桀骜不驯的。贾平凹的创作是这个时代的一个悖论……"我还想说的是贾平凹的创作离不开陕西文学的总体结构，有时候，他从这个群体超拔而出，有时候则从这个群体汲取营养，陕西作家群的创作始终保持着自己的精神品位,在经历了多种冲撞之后,真正的视文学为生命的作家愈来愈重视自己的精神成长。

  我们该祝贺这些底层劳动人民出身的知识分子在更广阔的空间里显示自己的力量,让我们理解他们的谦卑,让我们认识他们的高贵。

原载《教师报》2008年11月12日

路遥：一个作家与时代的命题

在前不久召开的第三届中国文学博鳌论坛上，铁凝回顾改革开放四十年来中国文学的发展历程，有过一个表达："改革开放是改变中国命运的关键，它雕刻着我们每一个人的表情、神态，塑造了我们的思想、感情，当然也决定了我们的命运。很多人在敞开的机会中获得了书写和表达的天地，每一个作家都在探索和汲取对个人、对文学、对生活与世界的新的认识、新的表达方式。"钱小芊书记论述路遥的创作道路，也是放在宏阔的改革开放大背景中的表达，他们描述了四十年来改革开放大背景下几代中国作家所走过的道路，着眼于文学和时代的关系，强调同构和共享，实际上也传导出几代作家的感知和体验。

关于路遥文学生涯、创作道路的研讨，我们可以给出许多命题，在改革开放四十年大背景下，在一个民族的历程中，路遥与改革开放大时代的关系是一个具有启发性的命题。

可以在三个层面打开：

第一个层面，像在座的贾平凹一样，像全国许多作家一样，路遥的文学生涯，并不始于改革开放，而是有一个发蒙期，这个发蒙期和改革开放有一个裂缝，但又有着历史上的逻辑关联。朴素的创作、旧观念的束缚、视野的有限性在这一代作家身上都不同程度存在，对一个旧时代的本能的反动、生活所赋予他们的时代敏感和历史冲动，在他们身上都不同程度地发生。但是，如果我们要问，是什么给了这一代作家上升空间，是什么使路遥一代飞跃起来——是时代之变局，是改革开放的思想新变、时代新变，使他们获得了文学生命，打开了格局。路遥是改革开放时期涌现的第一代青年作家，贾平凹也是。上世纪80年代，有一个陕西中青年作家群体的崛起，路遥、贾平凹是这个群体的代表。这个崛起是改革开放给予的，是新的时代给予的资源和启迪，给予的激情和动力。这个可以论证，这个论证一定会取得历史逻辑和理论逻辑的统一。

路遥的创作道路和改革开放的关系具有典型意义。他的创作道路，几乎和改革开放构成互文关系，他的创作成就，得改革开放之滋养，而他的思考和他的文本，是一个形象的标本，是改革开放这一时代命题的形象践行和展开。

第二个层面，应该怎样描述路遥？路遥有着朴素而坚挚的文学观。今天再读他的文字，用得上两个词，大气和庄重。他的写作隐含着一个命题，向经典和前辈致敬，这是对传统遗产、人类文学经验的服膺和敬重。但是，路遥的另一面还没有充分打开。这一面，应和着改革开放的时代命题。路遥说："我并不排斥现代派作品，我十分留意现实主义以外的各种流派。许多大师的作品我十分尊敬，我的精神常如火如荼地沉浸于从陀思妥耶夫斯基和卡夫卡开始直至欧美及伟大的拉丁美洲当代文学之中，他们都极其深刻地影响了我。"路遥并不是一个保守主义者，他当时的文学阅读和文学接受一点也不亚于同时代的先锋作家。而且，路遥的文学接受较早地在中国作家中呈立体状、复活状，呈开放性，他对鲁迅、巴金以降，柳青以降的研读接续着觉醒和自立的中国文学的传统，同时他也接受时代的洗礼，热烈地拥抱时代，与时代同行。作家高建群说："一个贫困少年站在黄土高原仰望星空想象苏联宇航员加加林遨游太空的情形，是贫困给予的馈赠。"这可以从心理学、想象力角度给以解读，但是他的文学态度和文学判断则是改革开放思想、思潮、氛围给予的熏陶和启迪，离开了这个时代背景，不能解释一个人思想的开放和敞开。路遥和同代作家的阅读史、接受史，叠合着开放史，意味着中国作家精神结构的丰富和再构，意味着在什么层面看世界，然后，重新认识自己，书写生养自己的民族。

路遥说："文学形式的变革和人类生活自身一样，是经常的、不可避免的，即使某些实验的失败，也无可非议。"但是，他所期待和追求的是"在我们民族伟大历史文化的土壤上产生出真正具有我们自己特性的新文学成果"。吸收他者营养，拥抱世界资源，"反过来重新立足本土的历史文化"。从这些思考，可以读出什么？开放而超越自己创作的文学观，开放而多维的方法论，实际上已深入到了价值论层面。

这个价值认知在当代的文学实践中的某些时段并不明晰，而现在，则日益形成共识。如果讨论一个作家和改革开放的关系，这是一层面，改革开放塑造了路遥开放的文学胸怀，塑造了一个追求广博而具有独立思考精神的作家。

第三个层面，其实人们对路遥的解读愈来愈有共识：他是一个自觉地将自己的创作融入时代、和时代共振共鸣的作家，他对文学的认知，甚至超越了文学的界限；他急迫而恳切地呼唤时代变革，呼唤社会进步；他的作品，人物命运的主题和社会历史运动的主题相合一，展现的是当代生活全景式画卷。

这可以从认识论和表现论两个层面进行解读。路遥有过表达："应该把自己的生活体验，放在时代、社会的大背景和大环境中加以思考和表达，看是不是有时代意义和社会意义。"这是路遥对自己创作初心、动机和目的的自我考量，是解决认识论问题。而他的"立交桥"论，他的"重返人民大众"论，他关于文学和时代和生活关系的整体论，可以看作他核心思考的展开和延伸。他的《平凡的世界》所展示的叙事空间、所表现的主题，是时代运动的图景，是改革开放的生活母题，浓烈地追求着一种新愿景。

我们不用恢宏这个词，但是越来越多的作家，还是不得不佩服路遥的格局和气度，佩服他将时代和文学进行同构共建的总体性，佩服他作品结构中冲撞着的开放的气象和精神。这个格局的发生和形成，所要解决的实际上是一个认识论和价值论问题，是文学和自我和灵魂和时代和人民的关系问题。

路遥说，作家的劳动，绝不是取悦于当代，而更重要的是给历史一个深厚的交代。他的文学道路，践行着这样的文学观，他的文学探索，给改革开放以来的文学提供了经验，也可以说他的文学经验，是改革开放的成果。

原载《文艺报》2018年12月12日

路遥研究的史料问题

——兼议姜红伟的路遥考

一、路遥研究的难度

在当代已经故去的作家中,许多成为持续关注、深入研究的对象,比如老舍、沈从文、孙犁、汪曾祺,他们都是跨代作家,他们的文学探索和创作成果已经成为当代文学的重要资源。如果设一个时间限度考察,在新时期起家又谢世的当代作家中,一些也已成为深入研究的对象,其中,路遥研究无疑是显学之一。如果有心人作一下统计,在新时期起家又离世的作家中,研究、评论最多的,可能就是路遥。[①]

路遥的创作,集中于上世纪80年代,他的言说方式突出地折射着风云际会的时代思潮和迭变冲突的文学思潮。路遥研究伴随着他的创作和他文字的生命力,每隔一个时段便会有一个高潮。如果细致考察,就是在一个被虚构或被误判的有压抑感的情境中,路遥研究也未曾沉寂,而是有重量级评论家的关注,有重头的具有奠基意味的文章出现。近年来学术上的

---

① 赵学勇统计1993年至2019年路遥研究论著34部[赵学勇:《路遥的小说世界》(增订本),陕西师范大学出版社,2019年,第310页]。刘启涛在中国知网检索统计,2010年以来,有关《平凡的世界》的文章高达一千多篇(刘启涛:《〈平凡的世界〉的"两极评价现象"及其经典性问题》,载《文艺争鸣》2019年第10期)。

耿耿于怀便是文学史叙述问题，是不是存在一个"被遮蔽"的路遥是一个讨论话题。这个话题的讨论前提是不管问题发生的年代和有无文学史观层面的对话，而把文学史叙述和教科书叙述画等号了。当代文学史如何写、如何重写、如何叙述？诸多作家如何摆放、如何评价？在一个相对的时段里，谁是经典？在一个未知的历史中，谁会成为经典？这都需要等待又一波整体性的思考和论证。列车还在行驶，仍有乘客上下，文学宫殿的椅子还不固定，大历史叙述和大文学史叙述还没有到来，历史老人和历史哲人还没有出现。

路遥的创作如果细考可以分段说，关于路遥的研究也可以分段说，近年来尤其成为一个热点。笼统地说，路遥研究迎来了一个新阶段、新语境，取得了丰硕的成果。但是同时，路遥研究实际上变得越来越有难度。2017年的时候，延安大学召开路遥研讨会，我讲了路遥研究的难度。这个难度在哪里？第一，学术研究，要求始终秉持理性。当代文学研究，要投入学术热情，又要有平静的理性，需要安静的书桌，历史上某些文学的"热病"，文学研究的"热病"，已经成为历史的教训。第二，研究的前提应该是对研究历史、研究成果有一个历史的考察，对路遥研究该有一个学理上的归整，对此前关于路遥的学术话题该有一个系统的搜集、整理。怎样避免议题重复、同义反复，或者进行同义深入是一个问题，在已有的研究成果的基础上开辟新的空间也是一个问题。研究热情、研究动力和研究目的同样抵制重复论证和平庸阐释。已有学者例如梁向阳、赵学勇在做这样的盘点工作，但仍无法阻止学术生产的重复和具体论述的陈陈沿袭。我读到过杨庆祥的一篇文章，他这篇文章写于十年之前，杨庆祥说："今年7月我准备写一篇关于路遥的《人生》的文章，在搜集相关资料的过程中发现一个很让我惊讶的事实，那就是近二十年来关于这部小说的评论和研究都在一个低水平线上重复。在一部前几年出版的《路遥评论集》中，收录了自1983年到2007年发表的三十多篇研究文章，但就我的研究需要而言，仅仅只有两篇文章给我提供了有限的利用价值……在我看来，这两篇文章的价值就在于不是简单地复述文本已经预设的故事、人物和意图，而是试图在一个'大历史'的视野中把人物、故事从文本里剥离出来，'缝合'到当代的历史语境而不是文本语境中去。"[1]杨庆祥这样说的时候，是在为他的命题寻找参考，"就我的研究需要而言"，但也不能不说坦率地指出了路遥研究的重复现象。第三，路遥研究需要寻找新的方法论。我举了贺桂梅、程凯关于柳青《创业史》的研究，引入社会史方法之后把对《创业史》的研究引向了深入，使一个作家一部作品的研究拥有了开阔的视野和历史的厚度；路遥研究我则举了上世纪90年代初期邵燕君的文学生产和传播研究，将对路遥研究从文本解读中拓展开去，由解释学延伸到了接受美学，至今，还有研究者沿着这一路径在做丰富和拓展工作。令人感到遗憾的是，在比以前条件更好的环境中，已经很难见到更为细致的文学田野调查工作。所谓文学研究的"成功学""英雄论"会导致懒惰。

第四，关于路遥研究的史料考释。路遥于1949年生，1992年离世，享年43岁。上世纪70年代开始文学生涯，改革开放之后迎来自己创作的旺盛期、蓬勃期，1984年到1988年完成长篇小说《平凡的世界》，然后是绝唱《早晨从中午开始》。算下来，路遥创作的黄金期，就是他的盛年期。多少年？十年左右。他不是一个长跑作家，和他同代的作家还在写作。路遥在上演了壮阔的文学、生命戏剧之后，已不能言说，他的言说方式，就是他此前的文字。这是研究者基本的依据。按说，路遥生长于一个昌明的年代，他的作品也已有全集出版，多种传记、年谱和许多回忆文章几乎无差异地描述了他的人生道路。如果从事阐释学研究，路遥是一个稳定的对象，整体考察和评价不会存在问题。但是，如果置于史的视野之下，路遥研究还有许多工作要做。比如延安大学申朝晖关于北京知青和路遥关系的史料考释，就打开了一个新层面，进入了"接受研究"和"影响研究"；再例如程光炜关于路遥的史料考察，他重考、再考路遥的一段感情史、道

---

[1] 杨庆祥：《社会问题与文学想象》，上海文艺出版社，2007年，第33—34页。

德行为史，不仅有新材料的引征，而且引入了社会演变史、时代运动史、社会情绪史的背景，把道德评判置于历史的维度，给史料以更广阔的论证、解释。程光炜的考释，从材料出发，用材料说话，核心材料和背景材料并举，多重论证，看似严守实证主义的史学的规则，实际上运用的是思想史的方法论。从事精神生产者都有一个精神实践的过程，没有一个作家是横空出世的，借鉴戈登·柴尔德的考古学术语，路遥的创作，有一个"史前史"，然后才进入人们投入精力、热情关注的创造期。对路遥文学生涯"史前史"的考察开始进入人们的视野。这是一个文学逻辑，隐含着一个作家的文学发生学；也是一个历史逻辑，伴随着旧时代的投影和新时代的降生。当代许多作家都有一个走出70年代和走进80年代的过程，路遥是一个典型。现在，有更多的史料发现，有更充足的条件支撑人们寻找脉络，进行考辨。

有意无意间，我注意到了姜红伟的路遥研究。

二、被夸大的悲情

姜红伟何许人也？此前我不知道，现在也不认识，没有联系。像我长期订阅《读书》杂志一样，我长期阅读《南方周末》。在2019年11月18日的《南方周末》上读到姜红伟的文章《〈花城〉刊登〈平凡的世界〉第一部始末》，因为提到我的名字和我经历的事情，还因为他个别地方的史料硬伤，我对其印象深刻。这篇文章刊载的时间距离路遥诞辰七十周年不足一个月时间，当然有文章作者的关注和感情，也有为路遥诞辰七十周年纪念预热的意味。文章讲述了《平凡的世界》第一部在《花城》发表的源起、背景、来龙去脉，编辑和作者、编辑和编辑之间的互动过程，编辑部评价以及编辑部的后续动作，钩沉出一段史料，并且描述出了逻辑链条。当然，还有记述或转述的错误。

姜红伟有关路遥研究的文章，就我所见，除了上面这篇，还有《〈长安〉与路遥〈平凡的世界〉鲜为人知的故事》①《〈路遥全集〉遗漏的两篇重要'轶文'》②《〈收获〉刊登路遥〈人生〉的来龙去脉》③《路遥给金谷的一封信》④，可能还有，我没有读到。姜红伟的这些文章，可以归类为史料的搜集、整理和考释。他无心插柳，种瓜得豆，虽然有的有点接近文史随笔，有的是典型的史料考释，但背后都有文献版本，有流布校辨方面的用心和自觉的史料意识。姜红伟文章中提到的一些事情，岁月流转，已成陈迹，"鲜为人知"了，文章还提到我一些前辈、朋友和同事，让我陡增伤感。姜红伟写到的金谷，让我想到上世纪60年代的三线背景，一大批上海人、东北人迁徙西北，金谷先生是不是其中一员，我没有向他曾经的同事求证。姜红伟的有些发现和披露，硬材料里渗透着历史逻辑的血脉，隐含着时代雷声和路遥的思想裂变，在路遥研究方面，具有很高的价值；有些，则唤起我曾经的质疑，逗引我产生对一次本不应是事件的事件的考辨。

姜红伟的《〈花城〉刊登〈平凡的世界〉第一部始末》一文，提到《平凡的世界》第一部研讨会，文章有这样的记述，1986年12月29日至30日，由《花城》编辑部联合《小说评论》编辑部举办的"路遥长篇小说《平凡的世界》（第一部）研讨会"在人民文学出版社会议室举行。这个记述有误。这个活动不是在他记述的人民文学出版社会议室召开，而是在北京北三环的七省市驻京办事处举办。因为我是会务人员，这个会议商妥之后，我打前站，先行到达北京。周明是北京的主要筹办者，我记得我到北京后，先到东四八条的《人民文学》编辑部，找到周明，周明交代事宜，先行安排我入住七省市驻京办事处投入会务。那么，这个研讨会在人民文学出版社会议室召开从何而来？厚夫的《路遥传》也这样记述。厚夫

---

① 来源：手机中国网，2019年10月23日。
② 《〈路遥全集〉遗漏的两篇重要'轶文'》，载《作家》2019年第10期。
③ 姜红伟：《〈收获〉刊登路遥〈人生〉的来龙去脉》，载《收获》（微信公众号）2020年2月21日。
④ 姜红伟：《路遥给金谷的一封信》，载《作家》2020年第4期。

在这里打了个盹,他没有考,依从了周昌义的说法。严谨的姜红伟同志百有一疏,可能转述的也是周昌义的记述。周昌义的文章很有影响,常被文学研究者作为硬材料引用。文章细述他去西安组稿的过程,有一段讲到《平凡的世界》第一部作品研讨会。其实这个时候,他已经不是当事人了,这方面记述不是眼见实录。周昌义文章记述:"《花城》从《当代》得知路遥有长篇新作,他们的新任主编谢望新,立刻从北京飞往西安,把《平凡的世界》带回广东,很快就刊登。而且,很快就在北京举办作品研讨会,雷厉风行,而且轰轰烈烈。那时候,《花城》和《当代》的关系很亲近,花城出版社和人民文学出版社的关系也亲近。《平凡的世界》的研讨会,就在我们社会议室开的。很多《当代》编辑都去了。我没去……我记得散会之后,老何率先回到《当代》,见了我,第一句话是说,大家私下的评价不怎么高哇。"[1]周昌义这一段记述,有多处错误:当时的谢望新,是《花城》的副主编,不是主编;研讨会并不是在他们社会议室开的,《当代》也没有去那么多编辑;他文章中说的老何,是何启治先生,何启治并没有参加研讨会,何启治向他说"大家私下的评价不怎么高哇",或有说过,但也是转述的研讨会下的研讨,并非研讨会现场的真实面貌,亦不排除何启治先生"此情此景"下还有可能有莫名的情绪、心理。

这个重要不重要?不重要。至多是文学活动史的一个记述失误,够不上"领导权"问题。恰巧我是当事人,做一下勘校工作。我要辨析的是对研讨会的评估,和研讨会对《平凡的世界》第一部的评价。如果置于当代文学史的维度,就涉及一段文学史话和一部作品的评价史的问题,相关记述也就涉及史料澄训和史学意识问题,还有记述者的理性和感情问题。

对一段或一次文学活动的判断、认证和评估,最重要的依据应该是文字记录,《平凡的世界》(第一部)研讨会当时的参加者有鲍昌、谢永旺、朱寨、陈丹晨、缪俊杰、何西来、顾骧、刘锡诚、蔡葵、雷达、曾镇

---

[1] 周昌义:《记得当年毁路遥》,载《文艺理论与批评》2007年第6期。

南、李炳银、白烨、王富仁等等。鲍昌时任中国作家协会书记处常务书记,其他主要参会者我不能多费笔墨,治史者可以考一考,按照现在的说法大都来自主导话语权的位置,"几乎囊括了中国当时最权威与最优秀的文学评论家"。路遥的一生,有过三次研讨会,其他两次不叙。《平凡的世界》的研讨会不光在他的创作生涯中至关重要,而且当时、现在看也可以说是少有的顶尖级的。这个研讨会在路遥的研究评论史上的重要性也不言而喻,回过头来看研讨会涉及的话题和由研讨会催生出的文章,现在说这个研讨会对《平凡的世界》的评价奠定了此后评价的基础,为他获得茅盾文学奖打下了基础一点也不为过。

  这个研讨会的纪要是我所作,刊载在1987年第二期的《小说评论》和1987年第三期的《花城》上,那时候我们作纪要的方式,一支笔,一沓稿纸,全神贯注,紧张记录,趁热打铁,尽快作出。当时我的能力,也不允许我虚构,更没有胆量黑白。上世纪80年代中后期,中国长篇小说的产量,一年三十余部,1986年,王蒙写出了《活动变人形》,张炜的《古船》在《当代》1986年第5期发表,贾平凹的《浮躁》还没有面世,许多同代作家还在为长篇创作蓄势。这个研讨会并没有就事论事,讨论了当时中国文学的总体态势,给予路遥《平凡的世界》第一部以充分的评价,认为是一部具有内在魅力和激情的现实主义力作,是一部全景性地反映当代农村生活、农民命运的优秀作品,认为从宏观方面说,它和《活动变人形》《古船》等一起,构成了新时期文学第一个十年长篇创作的总体高度,预示着长篇创作的前景。有点意思的是,纪要中记述的当时的一些命意,仍然是现在的话题,当时的一些用语,仍然是现在的"热词",例如"从路遥的《人生》到《平凡的世界》,能够看出作家有两个自信:一是用现实主义可以表现中国的现实;二是现实主义可以在中国文学中得到拓展和发展"[①],再如"路遥作品有一个主旋律,就是对农民的深挚理解,对他们

[①] 李国平:《一部具有内在魅力的现实主义力作》,载《花城》1997年第3期。

生活状况的焦灼与痛苦，以及农村中进步知识分子对于生活幸福的追求、人格解放的渴望和对于文明的接受和向往"①。纪要从创作方法、美学追求、作家的精神态度、作品的人物形象等方面对研讨会的发言进行了归纳，虽然说二度复原，但从二度复原中也能读出这个研讨会的质量、视野和高度。它的氛围，我不描述，避免有主观之嫌，更具体的评说，有白纸黑字，我不作更多的复述。

若干年前，读到过白描关于这次研讨会的回忆，我小有吃惊，记得当时就和参会者李星、白烨有过交流。白描这个回忆被王刚写到了《路遥年谱》之中，作为了历史记录：

> 1986年的冬季，我陪路遥赶到北京，参加《平凡的世界》（第一部）研讨会，研讨会上，绝大多数评论人士都对作品表示了失望，认为是一部失败的长篇小说……回到西安，路遥去了一趟长安县柳青墓。在墓前转了很长时间，猛地跪倒在柳青墓前，放声大哭。②

目前的路遥传记研究，较有代表性的是厚夫的《路遥传》、张艳茜的《平凡世界里的路遥》和王刚的《路遥年谱》。我知道文学史家程光炜先生很重视这三本书，还专门开了《路遥年谱》的研讨会，他当然是由点及面，展开的是当代文学的史料问题的讨论。这三本书介于史料、学术和文化读本之间，有的具有突出的文学色彩、情感色彩。这没有错，问题在于他们在征信、选择史料方面存在问题，而我看到的一些评论、研究文章不做考释，偏听偏信，以讹传讹，用以支撑自己的论证，直让人哭笑不得。

在对《平凡的世界》（第一部）研讨会的记述方面，厚夫的《路遥传》采纳的也是白描的回忆："当时也一同赶京参会的《延河》主编白描在路遥逝世二十周年座谈会上回忆：第一部研讨会在京召开，评论家却对其几乎全盘否定，正面肯定的只有朱寨和蔡葵等少数几位。他回忆，当时

---

① 李国平：《一部具有内在魅力的现实主义力作》，载《花城》1997年第3期。
② 王刚：《路遥年谱》，北京时代华文书局，2016年，第210页。

一些评论家甚至不敢相信《平凡的世界》第一部出自《人生》作者之手。面对许多人的尖刻批评和否定，路遥当时真有些'林教头风雪山神庙'的苍凉心情。"①张艳茜的《平凡世界里的路遥》在史料采信方面，也转述的是白描的回忆："这次座谈会上，《平凡的世界》几乎遭遇到了全盘否定，很多评论家认为这部作品写法陈旧，有人甚至刻薄地说，这不是《人生》的作者写出来的作品。现实主义写法行将死去，路遥还在坚持这样写，多么沉闷，多么没意思。"②

多年之后，我又读到白描的讲述：

> 那是1986年冬天一个雪花飘飘的日子，会议上大多数评论家对《平凡的世界》持批评态度，明确肯定《平凡的世界》价值的只有三个人，是朱寨、蔡葵和曾镇南。……最后我陪路遥回陕西，那天还是大雪纷飞，1986年没有机场高速，当时通机场的路就是现在的辅路，出租车打滑，差点翻到路旁的沟里，我和司机吓得要死，回头看坐在后排的路遥，全然无动于衷，那几天他整个人都呆滞了。③

雪花飘飘，大雪纷飞，是精彩的文学背景，但不能用于指陈研讨会的实际内容，万幸避免的事故和主人公遭遇的远远超过冷遇的打击，恰遇恶劣的气象背景，似乎成了一场悲情事件的余绪。我说这几部著述带有感情、文学色彩的描述，甚至缺失文学常识的想象判断，还可以举例，比如厚夫描述研讨会上的路遥："他坐在会议的角落里，像小学生一样毕恭毕敬地接受中国文学界考官严苛的审视。"④虽说是一个形象刻画的细节，以厚夫对路遥的了解，他显然作了文学化的想象和渲染，这是不应该出现的对路遥行为方式、性格气质的失察。比如张艳茜《平凡世界里的路遥》

---

① 厚夫：《路遥传》，人民文学出版社，2015年，第224页。
② 张艳茜：《平凡世界里的路遥》，陕西人民出版社，2013年，第238页。
③ 白描：《论路遥的现实主义写作》，载《小说评论》2020年第1期。
④ 厚夫：《路遥传》，人民文学出版社，2015年，第224页。

不加引号引用了白描所说的"只有著名评论家朱寨、蔡葵、曾镇南给予小说肯定"[①],然后引述会议一段文字,慷慨地就把纪要所归纳的总体评价送给了这三位先生。这个移花接木随意了,不严谨,是为了文章的起承转合、气氛烘托,用文学抒情代替了史料文献逻辑。至于现实主义过时说、死亡论,放在这个研讨会的情境中,则是一个缺失学术常识的判断,是把一个语焉不详、没有史实考证的话语,或者当时思潮性的蛛丝马迹、风声雨声,移到了研讨会的场景中。如果略微考察一下参会者的学术谱系、评论思想,读一下他们此前和此后的文字,考释一下他们对待现实主义的态度,至少从学理上无法推导出现实主义过时论和死亡论会出自他们之口,更不会在这个研讨会上出现。

王刚《路遥年谱》所引用的白描记述路遥在柳青墓前放声大哭的情景,亦是对事件发生时间的主观调度。时间被从春夏之交移到了雪花飘飘的冬季,用以强化虚构一个没有预约的共谋——主人公的悲情遭遇。这个场景,当事人路遥的弟弟王天乐有过文字记述。1986年春夏之交,路遥写完了二稿《平凡的世界》,去了一趟广州。这一年五六月间,路遥有一段难得的时光享受,看了墨西哥世界杯,这届世界杯,德国拿了冠军,最佳射手是英国的莱因克尔,金球奖则归属现在已经很胖了的迭戈·马拉多纳。1986年的白描,距离40岁的年龄,还得再长几年,我们一起看球,之前和之后发生的一些事情,包括路遥拜谒柳青墓的时间,白描如果认真回忆,当能记起。路遥拜谒柳青墓,就发生在他从广州回来之后。王天乐回忆:"回到西安之后,路遥忽然要领我去一趟长安的柳青墓……他在柳青墓前转了很长时间,猛地跪倒在碑前,放声大哭。"[②]王天乐说,之后路遥让他走开,一个人单独在柳青墓前待了一个多小时。为何这样,王天乐一直不得其解,说这是路遥一生中唯一没有向他说的"隐私"。1986年春

---

① 张艳茜:《平凡世界里的路遥》,陕西人民出版社,2013年,第238页。
② 王天乐:《〈平凡的世界〉诞生记》,转引自厚夫《路遥传》,人民文学出版社,2015年,第227页。

夏，路遥写完《平凡的世界》第一部，有一段难得的放松，迎来自己最喜爱的文化享受，然后，又要投入新的更艰苦的战役，他到柳青墓前放声大哭，这个情感行为，有兴趣的路遥研究者可以展开心理分析。只是，得尊重史实，如果移置于后来才发生的研讨会的情境中，则谬以千里。

路遥如果不是英年早逝，他应该是很幸运的了。青年时代，遇到曹谷溪，文学创作的关键节点，遇到秦兆阳——路遥说秦兆阳是"我的文学教父"。1980年发表第一篇中篇小说《惊心动魄的一幕》，1982年获第一届全国优秀中篇小说奖，1982年末发表《人生》，1983年获第二届全国优秀中篇小说奖，1989年出版《平凡的世界》第三部，1991年获第三届茅盾文学奖。路遥也是一个悲情作家，从他的童年遭遇到爱情、家庭，一生不能摆脱的贫困，致命的疾病和英年早逝，一直伴随着浓重的悲情。他的《早晨从中午开始》某种意味上，也是悲情之作。在这本书中，他描述了《平凡的世界》的创作背景和他所认为的悲情遭遇，但更多的是面对自己："必须正视我国文学发展的这个现实。作为作家，绝不能狭隘地对待各种不同的文学观点和创作……别人不是唯一的，你也不是唯一的。"[①]他不拒绝红地毯，但也不能让全世界的聚光灯都照向自己。他向朱寨、蔡葵、曾镇南表达了敬意，但无一字指陈《平凡的世界》（第一部）研讨会，因为这个研讨会没有保留和冷落，更没有放逐、否定、批判的阴影留在他心中，用现在的话来说，他不能无中生有，违背自己的人格伦理和文学伦理。如果我们依据史实考察，遵循学理、逻辑考辨，可不可以讨论出，就是这次研讨会，奠定了路遥研究、《平凡的世界》论说的基调和尺度，甚至构成了他获得茅盾文学奖的评价基础。研讨会后，蔡葵、丹晨、曾镇南、雷达、李星等参会者都写出了评价很高的文章，形成了对这部作品评价的第一波热潮。如果按照白描先生在几部史传中的描述和一些研究文章的引用、传播，研讨会发出的"尖刻的批评"给予失败之作"全盘否定"

[①] 路遥：《路遥全集·早晨从中午开始》，广州出版社、太白文艺出版社，2000年，第60页。

的定性，进而按照这个逻辑继续搜集素材，连带其他参会者后来陆续还产生的文章，还指证不出一篇否定性的论说，那就说明，他们没有很快背叛自己，而且始终没有背叛自己。竹内好论鲁迅，说："鲁迅是一个疑问，尤其是传记里的疑问之处更多。"①路遥生前在《早晨从中午开始》里有写，有些材料为他的经历"编排了一些不真实的'故事'"②。这个路遥无法看到的故事由雪花飘飘到放声大哭剪辑完整，由"全盘否定""尖锐的批评和否定"构成内容，还有一个被压抑的氛围塑造的被离散出去的主人公，再辅之以引证、传播、史传引发的效应，打上了浓重的悲情印记。这个悲情事件存在不存在？其实，是一个虚构的夸张，缺少史料考证和史识意识的追问。

三、《路遥全集》问题

路遥生前出版的主要著作有：《人生》（单行版）、《当代纪事》、《姐姐的爱情》、《路遥小说选》、《平凡的世界》、《早晨从中午开始》、《路遥中篇小说名作选》，最主要的是《路遥文集》一到五卷。《路遥文集》是由路遥生前自己编选，亲自撰写了编后记，陕西人民出版社1993年1月出版，路遥没有看到。《路遥文集》是《路遥全集》的第一基础。

《路遥全集》的第一动议和第一个版本应该归属太白文艺出版社，时在1997年。在太白文艺出版社工作的朱鸿策划，邀我加盟，我把保存的"关于收集整理编辑《路遥全集》稿件的协议"的主要条款抄录如下："甲方：李国平，乙方：太白文艺出版社，经协商，双方达成如下协议，一、乙方委托李国平收集整理编辑路遥发表与未发表的所有文字，以便其全集名副其实；二、乙方付甲方报酬标准为：全集中新搜集的文字千字10

---

① 竹内好：《近代的超克》，生活·读书·新知三联书店，2005年，第90页。
② 路遥：《路遥全集·早晨从中午开始》，广州出版社、太白文艺出版社，2000年，第96页。

元,其余文字千字8元。"当然有双方签字盖章,时间是1997年9月25日。另外我还手持乙方开具的一份委托书,因为我要进行寻访工作,不能空口无凭,时间是1997年10月18日。这中间的事情我省略不叙。直到2000年9月,这个版本的《路遥全集》才由广州出版社和太白文艺出版社共同出版。这个"关于联合出版《路遥全集》的协议"我手握一份,让我抄下若干条款,也许会是路遥研究和中国当代作家作品出版研究有用的史料。甲方是广州出版社,乙方是太白文艺出版社:"一、乙方同意与甲方联合出版《路遥全集》,并共同拥有该全集的专有出版权,甲乙双方所享权利、义务及期限以乙方与林达于1997年6月6日所签合同为依据。二、甲方完全履行乙方与该全集著作权人林达签订的合同,即,在该全集出版两月之内,按千字30元标准付其稿酬,乙方接受林达提出的增加稿酬千字10元的要求,甲方同意这一要求,并按规定在重印和再版时按基本稿酬的8%付其印数稿酬。三,乙方已聘请李国平将路遥存世的文字尽可能完备地收集、整理,编辑完毕,甲方完全履行乙方与该全集稿件收集整理编辑人李国平签订的协议。"第五款则是"甲乙双方同意该全集署名为两家出版社,即广州出版社和太白文艺出版社……同意将'原责任编辑朱鸿、李国平'改为'特约编辑朱鸿、李国平'",时间是1999年4月16日。

现在回忆,我当时梳理了一些线索,征询了一些意见,跑了北京、延安等地,拜见了一些当事人,翻检了《山花》和70年代的《陕西文艺》,也向能想到的当事人发函求助,遇到了慷慨回应,也遇到过石沉大海。我印象深刻的突出感受就是,路遥的有些朋友还不能把路遥的文字看作公共财产,而是视作珍贵的个人财富。这个从知识产权角度人家没错,我的收集工作也在许多方面受阻,这是客观限制。这个版本的体例还是主要依据路遥自己编辑的《路遥文集》,有所增加的是,没有编入文集的若干公开发表或内部刊行的作品,以70年代创作的为主,还有散轶的若干言论和三十余封信件。必须检讨的是,我当时在搜集工作方面没有下足功夫,当时的史料知识准备还相当欠缺,也没有在汇校、统筹、校勘、体例等方面思考和用心，这个全集虽可以称为《路遥全集》的第二基础，但离真正意义上的《路遥全集》还有很大距离。这个版本的《路遥全集》已经停版。

2010年，北京十月文艺出版社出过一版《路遥全集》，据说，遭到日本学者安本·实致信批评。安本·实注重实证研究，他的批评多半在史料方面。2012年北京十月文艺出版社邀请延安大学梁向阳先生作为"特邀编辑"，编辑出版了2013年版《路遥全集》。这个版本主要增加的篇目，集中在全集第六卷《早晨从中午开始》，这个版本梁向阳从原则到体例都做出了贡献，被姜红伟注意到《红卫兵之歌》和披露出的路遥致金谷的信。梁向阳早有注意，编辑过程中也建议收录，但是，他遇到了冲突，不是他和自己的冲突，也不是他和出版社的冲突，而是和第三方的冲突。梁向阳搜集、掌握了更多的史料，拿到了未披露的信件，例如路遥致谢望新的近二十封信，致曹谷溪的近十封信，还有致白烨的信等等，都未能收入这一版的《路遥全集》。这些信件，有些我私下读过，但未经授权，我不能披露。

当代文学的史料问题，是一个浩大的工程，伴随着整理也伴随着遗漏。我要说一般性的原则性立论，体系性建构大于具体的工作，恐怕有违事实，但是思潮性的、单元性的、地域性的归类整理大于精微的"琐细"的挖掘、考释恐怕不是言过其实。史料专家队伍是一回事；史料意识、耐心、功夫是一回事；史料工作者面临的问题是一回事。《路遥全集》编纂过程中遇到的一些问题，恐怕是当代作家文集、全集编纂、研究过程中的共同问题。是面向研究者、学术界还是面对图书市场、普通读者，这中间有相交的同一性，但版本样态还是会呈现出文献工作方面的差异；已发现的材料，应收而未收或不能不许收录，这是一个冲突，这个冲突的深层，用旧话说，就是一个"讳"的问题，用现在的话说，就是一个认知能力和认知水平问题；对于研究者来说，希望更多地占有材料，以便有个完整的理路，深入到丰富性和复杂性之中，还原解释一个作家的整体创造，探究他的精神心理，考证他和时代的关系，他就要遇到一个材料的有限和论据展开的充分问题。我们"书生"认为在学理上"反常"的现象，在当代文学史料编纂和当代作家文集、全集编辑出版的过程中,反而是普遍的"正常"的现象。

姜红伟考证出了《路遥全集》遗漏的两篇重要"轶文",第一篇题为《使作品更深刻更广阔些——就〈人生〉等作品的创作答读者问》,刊在1983年8月28日的《文学报》上,这篇文章的内容在路遥自己编辑的《路遥文集》和后来几版的《路遥全集》中均有收录,只是文章标题不一样,小标题也略有不同,在《路遥文集》和《路遥全集》中以《答中央广播电视大学问》的题目出现,相关文字无甚差别,篇幅问题,我不能引述对照。但是,姜红伟的发现,仍应该算作"轶文",它有助于双重论证那个时段路遥面对的文学环境和他的文学体会、文学思考。姜红伟考证出来的路遥第二篇"轶文",标题为《注意感情的积累》刊登在1985年12月19日的《文学报》上,这篇文章我查找对照过,在《路遥文集》和《路遥全集》中未发现相同的文字,是一篇新发现的典型的"轶文",应该引起路遥研究者的重视。

何谓"轶文"?一是针对全集而说,是全集该收而未收;二是在历史时间、空间中的新发现、新考证;三则涉及价值面,治史者关注史料背景的信息,要考轶文的史料价值,看其能否推进作家的研究,补充、丰富一些认识,甚至改写一个文学史结论。姜红伟文章《路遥给金谷的一封信》提到的政治抒情长诗《红卫兵之歌》,马一夫、厚夫主编的《路遥研究资料汇编》和王刚编著的《路遥年谱》均有记录,[1]金谷先生的文章《观剧忆路遥》[2]也有回忆讲述,公开刊载。它是一篇重要"轶文",没有,也不能收入《路遥全集》之中,但史家以后会把它放在作家的创作道路上考辨,也会考释这则史料所折射的文化样态和时代脉络。

被梁向阳他们掌握、被姜红伟第一次披露的路遥致金谷的信,是研究

---

[1] 马一夫、厚夫:《路遥研究资料汇编》,中国文史出版社,2006年,第754页。王刚:《路遥年谱》,北京时代华文书局,2016年,第98页。
[2] 金谷:《观剧忆路遥》,载《上海文学》2017年第7期。

路遥的珍贵史料，它在路遥文学活动、社会思考、思想演变上具有重要的价值。这封写于1978年12月8日的信我转抄部分：

  我有什么新闻要告诉你呢？没有，一年来，生活表面上充满了愉快，但心情是沉重的，这不是为了自己。

  个人的幸福永远代替不了整个社会问题的忧虑和关切……

  你又回到那个"时髦"的地方了。你能报告我那里的一些什么情况呢？那里的同行们能冷静地分析社会问题吗？他们知道上海以外人们的心理吗？我想，真理是无法"修改"的，辩证法是无情的，为真理而斗争的人们不会绝灭。祖国万岁！真理万岁！谎言和极左派的高调必将被历史嘲笑！

  北方已经开始飘雪了，千百万人又受了这冬的洗礼。

  冬天是严峻的，但它包含着火与温暖。[①]

当代许多作家，都和70年代文化、文学发生过密切关系，70年代是他们生长、成长的腐殖土，整个70年代，呈现着复杂的历史特征和结构特征。1975年年末的路遥和林达的恋爱已经稳定，大学毕业之后的去向也基本心中有数，但路遥仍难掩心中的烦恼，他告别青春的痛苦之后又进入了精神的痛苦。1975年年末，社会生活虽然还在旧时代的投影下行走，但已经出现了许多新的变化，历史的冲动已经孕育着新时代的降生。路遥致金谷的信就写于两个时代的过渡阶段，他的表达方式，或抽象，或形象，有某种昂扬，又有些许不安，明暗交错，带着那个时代的痕迹，折射着那个时代的语境，但可以读出历史的宏大叙事在一个人心里的回声，可以考辨出旧的路遥和新的路遥的心理裂变。借用哈贝马斯所说的，路遥开始了"从整个历史视野出发，对自己的位置做反思性认识"[②]的过程。这封信函，包含着个人思想和时代演变的内容，应该作为考察路遥从70年代到

[①] 姜宏伟：《路遥给金谷的一封信》，载《作家》2020年第4期。
[②] 于尔根·哈贝马斯：《现代性的哲学话语》，曹卫东等译，译林出版社，2004年，第5页。

80年代链接和切割的具有节点意义的材料,如果对这位作家作历史或"断代"研究,它是具有逻辑链和思想感的依据。它没有被收入全集,由一个民间有心人披露而出,而幸免于被历史长期淹没。唉,这个全集的游子。

四、"思想史上的失迹者"

瓦尔特·本雅明有许多有意思的话语,他说藏书者的生活与许多事情紧密相连,比如神秘地拥有关系,每个回忆、每个念头、每种感觉都成为他的财富的基座、支架和锁钥。本雅明说,一本书的命运就是收藏者和他的收藏的邂逅,一本旧书在一个真正的藏书者的手中又获新生,意味着复活一个旧时代,这是驱使藏书者去搜救新藏品的最深的动机。戈登·柴尔德论考古,注重考古材料的阐释,解读物质材料中的社会历史信息,他说:"这从根本上将考古学与集邮者、鼻烟壶收藏者和文物爱好者区分开来。集邮者或鼻烟壶收藏者或许会同样热衷于收藏数量的积累,并且仔细地记录、描述这些收藏,甚至颇专业地进行分类,但是其收藏的价值主要取决于藏品本身,即取决于它自身的品相,尤其取决于其稀缺程度。而考古学家所追求的价值,则是通过对其他事物——遗存的创造者和使用者的行为与思想意识——线索的探索来实现的。"[1]柴尔德是一个人类"史前史"考古践行者和理论建树者,发展了"地质年代学"方法论,他主张对历史"失踪者"的考察,为重建意识的、文化的、思想的历史提供坚实的基础。

我转述和引述戈登·柴尔德的话语,得益于姜红伟的唤醒。姜红伟何许人也?让我也简化引述网络上的介绍:他1966年出生,现供职于黑龙江省大兴安岭地区呼中区委组织部;他是一位藏家,是80年代民间诗歌、校园诗歌报刊收藏者。他的研究也是有重点和主题的,著有《海子年谱》和相关80年代诗歌史料书稿,我专门找来了他的上下两册《寻找诗歌史上

---

[1] 戈登·柴尔德:《历史的重建——考古材料的阐释》,方辉、方堃杨译,上海三联书局,2012年,第3页。

的失踪者——二十世纪八十年代校园诗歌备忘录》。这样看来，这个姜红伟具备两种身份，职业身份和业余身份，职业身份是体制内的，业余身份是体制外的，相较于现在的大学体制、学术结构，他游弋于体制之外。他的学术背景、史料建树和有意无意的发现，除了诗歌研究领域，恐怕不会有更多的人注意，他所做的文学的田野调查工作似乎已经不是学院大墙内职业人士所做的事情，现在的学术体制已经非常忽视学术结构之外"必要的张力"。我觉得某种意味上这位陌生的姜红伟是孤独的，但我想象他又是自足的，是循着自己的爱好做自己喜欢的事。他无疑也是史料中人，问题中人，不能不说也是学术中人，他的史料考证成果作为补充参照也罢，研究之前的研究也罢，别开生面也罢，他的工作方式，是不是可以比喻为"第三空间"的一个存在？我不知道。

对姜红伟编著的《寻找诗歌史上的失踪者——二十世纪八十年代校园诗歌运动备忘录》，诗歌研究者张立群有很好的评述：它重现了一个时代的诗坛往事，以口述的方式，再现了80年代大学生诗歌运动的状况，是丰富而详细的诗歌档案，为诗歌史研究及书写，抢救了重要的文献资料。姜红伟这本书访谈和涉及的人物，比如陈建功、王家新、叶延滨、徐敬亚、程光炜、瞿永明、骆一禾、韩东、燎原、海子等等，都为80年代中国诗歌创作和诗歌理论作出了重要贡献，以这些名字为符号，可以读出80年代以降以诗歌为方式的思想的失踪、中断或延续。这个名单里，一些诗人已经离去，但是他们的思想遗产仍在延续。从80代的校园诗歌略往前追溯，白洋淀诗歌群落，70年代后期的北京诗潮，萌动于新时期之前而蓬勃于改革开放之后的朦胧诗派，一直到大学生诗歌的加入和叠合，诗歌扮演着新时期文学先锋的角色，张扬着思想开放的信息。由此考察，对姜红伟的工作的评估，不能局限于诗歌领域，它有思潮史的意义，也有思想史的意义。姜红伟还有对顾城70年代"轶诗"的考释，对莫言80年代初"轶文"的考释，再加上他自己的研究，史料的内涵和外延、能指和所指，都隐含着个体创作和时代精神、思想演变的命题，可以钩沉一段消逝的思想史。

多年之前，朱学勤的文章《思想史上的失踪者》，描述了一个时代思想方式的隐形结构，旨在怀恋一种思想存在的生命形态，并寻找那些游弋于体制内外尚未除尽的"余数"。他所置身的学术场域让他采用了一种消极逻辑。钱理群这位"精神界战士"则用积极的逻辑给予了回应："一个民族思想、学术的发展，尽管一般来说，是以学院的专业研究作为主力，同时又必须以民间的业余的研究作为基础和后盾……我的学术研究是不能离开我的这些散落在民间的精神兄弟的，他们对我的意义不仅是一种精神的支持与监督，他们既是我的写作也即精神对话的主要对象，而且也是我的理想、灵感的一个来源。"①

朱学勤和钱理群所讨论的话题，发生于上世纪90年代，并不邈渺，但也快成文学史料了，"失踪者"已经成为一个历史命题。现在人们在研究当代文学的生产制度而无有所终之后，逐渐开始讨论文学研究的制度形态，似乎在收获红利之后又有所困惑，讨论出身草莽的吴亮、程德培们还会不会出现，曾经被拦在槛外的谢泳还会不会遭遇幸运。朱学勤和钱理群所描述的那种表层混沌、深层有序的学术实践方式似乎已经被学院式研究埋在了历史深处。失踪了的是不是还有学术实践方式所托扶的思想方式？霍布斯曾经比较两个不能离开房间的人的困境：一个人有离开的能力，但受到围墙和链条的限制和束缚，以致无力离开；另一个人就是缺乏能力，因为他被疾病困在床上。柏林区分两种自由，消极自由是摆脱强制的自由，积极自由是遵循某种生活方式的自由。讨论到此为止。不过，仍有所启示，由路遥的史料散漫到"失踪者"的考释，都应该尽可能地复活一种历史性格，唤醒思想史的命题。

原载《当代作家评论》2020年第5期

---

① 钱理群：《我的精神自传》，广西师范大学出版社，2007年，第282页。

路遥的创作生涯

路遥在青海人民出版社1985年出版的《路遥小说选》自序中曾自述自己的经历：1973年进入延安大学中文系读书；1976年大学毕业后来到省城的文学团体工作；1982年成为专业作家。他的生活经历中最重要的一段就是从农村到城市的这样一个漫长而复杂的过程。按照中国的体制，对文学职业往往有两种理解：宽泛的理解便是从事文学工作就是文学职业的标志，另一理解则要狭窄，就是成为专业作家，专事写作为生才是进入文学的职业生涯。后一种理解常常发生于文学界内部，并不为一般人心中的职业分类所习惯。如果我们考察作为专业作家的路遥，那么我们见到的路遥是一个更多地将自己的个性、自己的精神对象化在作品中的路遥。如果我们考察"到省城的文学团体工作"的路遥，那么，路遥的形象则要感性得多，我们也无法回避他的"生活经历中最重要的一段"。

走上职业生涯前的一段生活经历，对于许多青年来说，是不可缺少、无法逃避的一段生活链条。每个人的发展、成长都是以前一个阶段向后一个阶段过渡的形式进行的，尽管这种形式在不同的人身上表现得或隐或显，甚或有所跳跃。但是，一般说来，生命历程中向下一个阶段的过程准备是由本阶段的发展为前提的。如果在前一发展阶段形成的、向下一发展阶段过渡的准备很完全，那么，向下一阶段的过渡就能顺利地进行，遇到或所要克服的困难和障碍则要少、要小；反之则相反。可以说，前一阶段的发展是使后一阶段的发展得以顺利、完善、成功所不能缺少的基础。在路遥的生活道路上，在他的精神历程中，他明显地经历了这样一个过程。在这个过程中，他的思想在逐渐成熟，他的兴趣和关心的领域在扩大，他所接受的熏陶和营养也在增多。随着对自我认识的深化，对社会的认识也开始深化，价值观人生观开始形成，他对一些大是大非问题、国家形势、社会走向有了更进一步的忧虑、热情和判断。这个过程当然伴随着反思，同时，他的人生设计也由朦胧变得更带有理性色彩。

70年代初期，路遥从社会政治运动的前沿迅速被推向边缘，路遥第一次参与社会重要活动受挫，陷入了迷惘和消沉。不久又狂热地迷恋上了文学。70年代初期，中国的政治形势发生了微妙的变化，政治生活、经济生活、文化生活显露出复苏、正常的迹象，人民的愿望开始以各种形式在地下奔突。正是在这样的大背景下，也正是因为路遥当时作为一个农村青年所显露出的文学才能和取得的文学成绩，使他进入了人们的视野。许多人都描述过当时见到路遥的情形。

"那时的路遥是很清苦的。农家的穿戴，衣服补了一些补丁。头发也乱糟糟的。一个普普通通的陕北后生。他话不多，说几句，就定定地望着一个地方，仿佛陷入了沉思。"[1] "在延川县一个土窑洞里，一位二十多岁的青年穿着一身农民式的棉衣，坐在炕头憨厚地笑着，时而提出一些令人深思的文学创作问题……我这才注意到，这位青年黑黑的方脸盘上有一双聪慧机智的眼睛。他的善于思考和提问题的勇气，给我留下了深刻的印象。"[2]

"沉郁、孤傲、自尊、蹙眉思索；虽然只是个返乡青年，但必须保持自己在人格上和任何人平等。——这就是路遥留给我的第一印象。"[3]

---

[1] 银笙：《路遥，你走得太匆匆》，见晓雷、李星编《星的殒落——关于路遥的回忆》，陕西人民出版社，1993年，第197页。
[2] 抒玉：《短暂辉煌的一生》，见晓雷、李星编《星的殒落——关于路遥的回忆》，陕西人民出版社，1993年，第79页。
[3] 李小巴：《留在我记忆中的》，见晓雷、李星编《星的殒落——关于路遥的回忆》，陕西人民出版社，1993年，第162页。

"我感觉到,这时候的路遥,变得年少而沉隐。在他那标准陕北后生的脸上,却笼罩着同他年龄不相符的忧郁和早熟。"①

在1970年就和路遥认识并在70年代和路遥在延川县合作创作过诗歌、歌剧的闻频回忆说:"路遥平时话不多,也不爱与人交谈。但他爱和北京知青交往,他在那里获益匪浅。他常向我讲述他和张五爱、陶正、孙立哲等清华附中学生交往中的感知,可以说,是这帮知青打开了这个陕北后生的思路,把他的视野从这片黄土高坡,导向了全国,导向了全世界,导向了社会的高层。"②

这一时期的路遥,仍然未能摆脱贫困的困扰,但贫困已不是他人生的主要问题。他质朴、谦逊,内心保持着强烈的敏感和自尊。他才华初露,这才华并不浮,让人感到有较深厚的潜质。他独立不羁。有回忆说,他当时曾因和合作者为一句诗的恰当与否而争论不休,以至于要请第三者来从中调解。还有回忆说,路遥在大学时代,便自觉地按个人理想设计自己,塑造自己。"有时候,上课铃响了,同学们开始上到二层楼的教室,路遥猫着腰揣着书向教室楼下一晃一晃地走出校门,或许是钻到杨家岭旧址哪个理想的旮旯,或许是到校门前菜地埂下的延河滩,直看书到开饭前返回。有时候,老师在讲台上正讲着课,他趴在桌上漫不经心地听着听着,就会发出熟睡的鼾声……"③更多的时候,路遥给人的印象是一个思考者,对个人前途的焦灼依然存在,但他的兴趣和思考更多地伸向了外部。他已逐渐成长为一个有正义感、关心国家前途命运的知识青年。路遥的同学曾经回忆说,1976年那个非常时期,周恩来总理逝世。有指示不开追悼会,不许戴黑纱,路遥担着政治风险,组织全班三十多名同学每人捐款五元,扯

---

① 赵熙:《一个站起来的路遥》,见晓雷、李星编《星的殒落——关于路遥的回忆》,陕西人民出版社,1993年,第11页。
② 闻频:《回忆路遥》,见晓雷、李星编《星的殒落——关于路遥的回忆》,陕西人民出版社,1993年,第211页。
③ 徐来见:《炽热年华展雄才》,见晓雷、李星编《星的殒落——关于路遥的回忆》,陕西人民出版社,1993年,第284页。

黑布做黑纱,每个同学都戴黑纱三天。在对周总理表述深厚感情的行动中,也显示了路遥面对重大社会问题的理性判断能力和在政治上的成熟。

在走上职业生涯之前,路遥的选择已经比较明确,文学积累也日渐深厚起来。路遥的大学同学回忆说:"三年里,他发奋看书,像海绵一样以最大的限度和空间来吸收各种知识,充实自己,丰富自己……他十分崇拜柳青,把《创业史》读了四遍。为了研究长篇小说,他熟读了《战争与和平》《青年近卫军》《堂·吉诃德》等大量大部头中外文学作品。他的学习阵地是学校的阅览室,他每天坚持阅读各种报纸,了解国内外新发生的事情,同时有计划有步骤地翻阅了'五四'时期以后的各种文学期刊和主要报纸,了解建国前那段时间中国文学的发展轨迹,弥补自己有生之前那段生活的空白。大学三年里,路遥为后来的文学创作奠定了丰厚的基础。"[①]

路遥后来不止一次在答文学青年问中,谈到他当时广泛地阅读文学作品,他曾翻阅了建国之后中国主要文学刊物的主要作品。这一方面说明了路遥已经有了自己比较明确的自我设计,另一方面则表明,文学在某种意义上已经开始构成了路遥的生命方式,路遥对文学的选择,其意义显然不是职业问题这种表层所能框定。

路遥是幸运的。由于他的创作成就,在当时长期凋零刚刚复苏的陕西文学界,他很快地引起了人们的注意。1972年,陕西作协恢复工作,一批老编辑受命筹备恢复《延河》文学月刊,这样,发现、扶持、组织作者和作者队伍便被提上了议事日程。就是这一时期,陕西作协的贺抒玉、高斌、董得理、汪炎、李小巴等人都分别去过陕北,去过延川,和路遥开始了认识、交流,甚或有着写作、采访中的合作。路遥的第一篇小说《优胜红旗》就是被他们拿回来在复刊后的第一期《陕西文艺》(即《延河》)上发表的。在不断的交往中,路遥无疑从他们身上获得了教益和启迪,开

---

① 徐来见:《炽热年华展雄才》,见晓雷、李星编《星的殒落——关于路遥的回忆》,陕西人民出版社,1993年,第284—285页。

阔了眼界。而他们也认可了路遥的思想品格和文学才能。这样，作为重点培养的对象，路遥在1974年冬到1975年秋天间，曾被借调到《延河》编辑部做过一段编辑工作。

1976年，中国发生了一系列重大事件，这一年也是路遥人生中重要的一年。这一年秋，路遥从延安大学毕业，面临着职业的选择。"按照当时省教育部门的规定。延大毕业的学生一律不向关中分配，只准分配到陕北各地县。而路遥的意愿是能到省上的文学单位工作，以实现自己的鸿鹄之志。编辑部几位负责同志也看准了路遥是棵好苗子，在文学上会有发展，决心要把他调来。"[①]为此，《延河》的董得理等同志多次跑省高教部门，做了许多说服工作。当时的《延河》主编王丕祥同志曾亲自出马，到延安向延安教育局和延安大学做融通工作。

就这样，路遥1976年大学毕业后来到了省城的文学团体工作，开始了自己的职业生涯。

实事求是地说，路遥能走上文学道路，与他遇到许多公正、爱才的伯乐有着非常大的关系，他在他们那里尤其是在那个文学饥荒的年代受益匪浅。他在他们那里听到了许多陌生作家、作品的名字，他们的文学修养激活了他的文学潜质。他在文学创作上受过他们的指教，甚至在非文学问题上接受过他们的意见和指导。例如，他考大学的时候，作协的专业作家、具有很深的文学修养、曾经大大开阔了路遥的文学视野的李小巴恰恰在延川县写关于孙立哲的报告文学《土窑洞里的赤脚医生》，路遥曾多次找李小巴征询意见。路遥起初想考北京大学，李小巴则分析了他和北京知青相比在知识结构等方面的劣势，并建议他考了延安大学。李小巴说，考延大保险系数大。"我有志于文学创作，而这个，上不上名牌大学无所谓，读书靠自己。"

诚然，路遥能走上职业的文学生涯，最根本的是他自己对文学的热

---

① 董得理：《灿烂而短促的闪耀》，见晓雷、李星编《星的殒落——关于路遥的回忆》，陕西人民出版社，1993年，第39页。

爱，还有他的勤奋和已取得的文学实绩。

"山花"时期，路遥已经小有名气，省城的文学伯乐们看重的也是他的成绩和潜力。据资料表明，路遥在从事专职的文学工作之前，已经创作了相当多的文学作品，例如诗歌《车过南京桥》《塞上柳》《老汉走着就想跑》《红卫兵之歌》，歌剧《延安路上》《第九支队》，报告文学《吴堡行》，散文《银花灿烂》《灯光闪闪》，小说《优胜红旗》，等等。路遥的这些作品，"尽管幼嫩一些，但却像刚刚破土萌生的山花，饱含着浓浓的山地泥土的馨香"[①]。在当时的文学背景中，路遥的创作无论是质量还是数量都达到了一定的层次，有些作品初步显露出了路遥渲染氛围、展开冲突、营构宏大场面的能力。路遥这一阶段的创作，亦可以有文学层次的划分，但总体看来，无论从题材、立意等方面衡量，都还显得肤浅、单薄，烙印着公式化、口号化、概念化的痕迹，自然，它们标志着路遥职业生涯前的一段重要历程，但它们并不意味着路遥已经步入了艺术创作的境界。"在没有机会表现天才的地方，也就没有天才。"[②]那个阶段的路遥确实无法挣脱当时创作思想的束缚，无法超越当时文学的整体水准，时代的局限在路遥身上投下了沉重的投影。

也只有在一个新时期的开始，路遥的创作才真正翻开新的一页。这一页和他的职业生涯同步。

《延河》编辑部的副主编董得理曾描述过1976年10月在编辑部召开的一次座谈会上第一次见到路遥的情形："个头不高，敦敦实实，脸上一副淳朴憨实相，整个人给人一种黄土高原的厚重感，丝毫没有那种所谓的艺术气质和那种浮泛的才子气。"[③]后来，作协的姜鸿章同志也描述了他第

[①] 赵熙：《一个站起来的路遥》，见晓雷、李星编《星的殒落——关于路遥的回忆》，陕西人民出版社，1993年，第11页。

[②] 车尔尼雪夫斯基：《生活与美学》（鲁艺丛书之四），周扬译，华北书店发行，1942年。

[③] 董得理：《灿烂而短促的闪耀》，见晓雷、李星编《星的殒落——关于路遥的回忆》，陕西人民出版社，1993年，第36页。

一次见到路遥的印象。这一次，是路遥刚刚进入省城的文学团体工作的时候，姜鸿章是这样追述的："记得1976年秋天，我在西安市建国路71号大院门口，看见一位全身落满黄土尘末的青年，背着沾满黄土的行装，脸庞黑红，头发蓬乱，衣着不整，一眼就看出他是从黄土高原来的。他的外貌显得土气十足，但这种土气背后却蕴蓄着一种伟大的精神力量。"[1] "伟大的精神力量"也许有些夸张，但是这种对路遥形象的勾画，却是许多人共有的。不难想象，从一个穷苦的农村青年，经历了"漫长而复杂的过程"，终于走入专职文学队伍的路遥内心涌动着的是何等复杂的心绪！路遥始终保持着质朴、勤劳、扎实、认真的品性，而且在担任《延河》小说组编辑、副组长、组长的几年审稿过程中表现出了很高的文学眼光。董得理回忆说："路遥在许多方面都显得十分执着。干什么都想干得好一些，标准高一些。他在编辑部熬夜写小说的那一段日子，除了早晨起得迟一些，上班迟到一会儿，本职工作未受什么影响。……他担任小说组副组长，轮他主持组里的集稿发稿工作，我这个终审忽然感到轻松了许多。他选送的稿子大都可以采用。对有些需要编辑稍作改动的稿子，我们三言两语就把问题说清了，不需要说很多的话，对有的稿子，他说由他来动。每期发些什么稿子，他根据这一段的要求，从备用的积稿中不断搭配组合，直到编前会发排为止。后来我逐渐发现，路遥对那些处境困难的作者的稿子，给予更多的关注，想各种办法，使其稿件达到发表水平。"[2]

在路遥的职业生涯中，许多爱好和习惯都给人留下了深刻的印象，有些习惯和他的童年经历有关，有些则反映了他性格的深层，有些是生命冲动的另一种方式，有些可能属于一个人的生活习惯，有些则有可能给心理学家留下课题。

---

[1] 姜鸿章：《黄土地的儿子》，见晓雷、李星编《星的殒落——关于路遥的回忆》，陕西人民出版社，1993年，第216页。
[2] 董得理：《灿烂而短促的闪耀》，见晓雷、李星编《星的殒落——关于路遥的回忆》，陕西人民出版社，1993年，第41—42页。

闻频曾经回忆，70年代时他就发现，路遥从来都要单独小便，这个习惯后来一直延续，而且，路遥从来不进公共浴室。

路遥总是晚睡晚起，所谓"早晨从中午开始"。1978年，路遥刚来作协不久，住在一间小平房里，晚上写作熬夜，早上起得要晚，结果因为炉筒和炉子交接处堵实，导致煤气中毒。所幸同志们有所警觉，另一方面则是路遥快到天亮才入睡，才使他得以脱离危险。路遥的《平凡的世界》等作品，都是"早晨从中午开始"之前这一段时间完成的。路遥处于非写作状态的时候，也是很晚入睡。

许多人发现，他的办公桌从来擦得很干净，桌上稿件、文具、烟缸都井然有序，而地上则可以狼藉一片。

许多人都描述过路遥一手拿馒头、一手拿黄瓜边走边吃的情形。他对吃饭极不讲究，他曾在答青年作者问时说，最讨厌吃宴席，觉得那是浪费时间。

路遥嗜烟如命，起初是劣质烟，后来则极讲究，有一个阶段专抽一个牌号，"买烟必须是带咀的，而抽时，而必须把过滤咀掐掉"。路遥即使在非写作状态，一天抽烟量也将近两包，对于他来说，别的什么情况，很难使他中断写作，而一旦断烟，写作当即中断。

一般说来，路遥的业余爱好并不多，偶尔，他会独自哼起陕北民歌或俄罗斯民歌，来表达他忧郁的、深沉的情绪。路遥业余最大的爱好是足球，大概在欣赏足球赛的过程中，路遥性格的另一面，他强烈渴求参与宏大、激烈的社会群体活动的欲望才得以用另外一种形式宣泄出来。对足球赛，路遥格外偏爱欣赏德国足球，德国足球所表现出的组织性、坚韧性和无论顺境还是逆境中的那种坚持到底、毫不气馁、简朴无华的精神，和路遥精神深处的某些地方发生着共鸣。

许多人知道，路遥曾多次放弃外出开会、旅游，甚至率团出国访问的机会，这并不是仅仅出于文学创作的需要，他本质上是一个内向的人，并不擅长于交际。"路遥外表粗犷，完全无愧被称为典型的高原汉子，内心却十分丰富和敏感。与不熟悉的人交往或攀谈，于他往往是一种十分尴尬又十分不自由的束缚。"①这大约与路遥童年的遭遇有关。路遥曾经说过，他上小学时，因为穷，穿着破烂，别的孩子拥成堆耍闹，他却孤零零远远躲开。童年时代熔铸在路遥性格中的某些东西在他成年后常常有所表现。

路遥是个极具英雄"情结"和崇高感的人。他曾说："我喜欢生活和艺术中一切宏大的东西，如史诗性著作、交响乐、主题深邃的油画、大型雕塑、粗犷的大自然景象……"②"对他真正有吸引力的是荣誉，是成就，他总是期待最高的荣誉和最高成就，期待出类拔萃和出人头地，他毫不掩饰地表示，不拒绝鲜花和红地毯。"③路遥非常自尊，他在生活中总要扮演一个强者的角色，他的哲学是奋斗哲学，他的这种哲学无疑有着生活经历的影子，但是路遥所理解的成就和荣誉、路遥所理解的鲜花和红地毯，远远超越了个人奋斗的意义。

留在人们心中最深的印象是路遥作为一个思考者的形象。"在编辑部的院子里，我时常能看到路遥转悠着、沉思着；有时下班了骑车出门，我又时常见到他独坐在门口喷水池的围栏上，默默地沉思着。思索，是路遥的习惯。"④路遥"经常独自一人，不是坐在前院的喷水池旁，要么就是在后院的某个角落，静静地吸着烟，谁也弄不清他这时的思绪在一个什么样的天地里漫游。"和这样的思考方式相对应，路遥确是一个善于独立思考、勤于独立思考的人。70年代末、80年代初，和路遥同时起步的陕西

---

① 莫伸：《永远无悔的牺牲》，见晓雷、李星编《星的殒落——关于路遥的回忆》，陕西人民出版社，1993年，第175页。
② 路遥：《答〈延河〉编辑部问》，见《路遥文集》第2卷，陕西人民出版社，1993年，第390页。
③ 晓雷：《雪霏霏兮天垂》，见晓雷、李星编《星的殒落——关于路遥的回忆》，陕西人民出版社，1993年，第29页。
④ 汪炎：《漫忆路遥》，见晓雷、李星编《星的殒落——关于路遥的回忆》，陕西人民出版社，1993年，第189页。

作家因一两个短篇小说很快引起全国的注意，而路遥的作品并未引起"轰动效应"。这对路遥构成了压力，但是路遥并不盲目追赶当时"伤痕"文学、"反思"文学的潮流，一是这样的创作并不对应他的题材领域和心理体验，二是他更多地在思考文学的价值和生命力。他当时和朋友讨论文学问题时，就表示了对俄罗斯文学的喜爱和倾慕，感叹中国文学的现状，"他说，苏联只有两亿多人口，但这个优秀的民族，产生了多少风格各异的文学大师，多么富于震撼力的作品"[1]。路遥的中篇小说《惊心动魄的一幕》在当时就是一部逆文学时尚的作品，而《人生》典型地体现了路遥文学思考的独特性和创造性。

路遥的读书领域偏重于外国文学。大学时代就读过《战争与和平》《红与黑》《堂·吉诃德》等等。中国当代作家的作品，他唯一崇拜的是柳青的《创业史》。路遥后来更侧重于俄罗斯文学，他喜欢托尔斯泰的宏大，也喜欢艾特玛托夫的忧伤的抒情。路遥说他喜读鲁迅的全部著作，这一线索似有待考察，一是几乎所有有关路遥的记述均未提到路遥读及或谈及鲁迅，二是从路遥的文学性格来看，他喜欢鲁迅的深刻和深沉，但是他一般并不喜欢艰涩隐晦的表达。"我们觉得首先是鲁迅的那种文学家与思想家相结合的气度对路遥很有吸引力量。追求肃整、深沉，将思想家的识见化作文学家的形象，把对现实的关注思考升华为感性与理性高度统一的艺术。"[2]李继凯的这种分析道出了路遥和鲁迅精神相通之处。

在长篇小说《平凡的世界》创作准备时期，路遥阅读了古今中外近百部长篇小说，路遥的读书兴趣有所转移，读书范围有所扩大，更多地转向了历史，对《资治通鉴》《二十四史》《万历十五年》《中国人史纲》等古籍和现代论著，他都产生了浓厚的兴趣。这时候，路遥从实用主义中摆

---

[1] 董得理：《灿烂而短促的闪耀》，见晓雷、李星编《星的殒落——关于路遥的回忆》，陕西人民出版社，1993年，第43页。
[2] 李继凯：《沉入"平凡的世界"——路遥创作心理探析》，见畅广元主编《神秘黑箱的窥视——路遥、贾平凹、陈忠实、邹志安、李天芳创作心理研究》，陕西人民教育出版社，1993年，第69页。

脱出来，大约他已经意识到了对自己文化性格、知识结构的丰富和塑造，他开始做着由一个作家向文学家的准备。

然而，在《平凡的世界》完成之后，路遥的身体状况急剧恶化，他的精神状态亦出现危机。这时候出现在人们面前的路遥是另一种形象。

"同他在作品中洋溢的雄浑的英气相比，他已显得臃肿而老态，背有点驼了，步履蹒跚。"①

"进入90年代，路遥的精神日渐委顿，常常沉默不语，……话很少，坐着坐着就打起盹来，睡着了。"②

"今年（1992年）3月，……他的小了一圈的蜡黄的脸，他的像灰烬一样贴在头皮上的头发，很使我吃惊。"③

"好像是1990年的一个炎夏之夜，我去陕西作协院里有点事，一进后门，就从乘凉的人中发现了他。他悠然地摊在一个破藤椅上，听别人聊天。我笑问，你也有这闲工夫？他说，他一直犯困，坐在这里，听着听着就睡着了。总是困，想睡，坐着就睡。他无可奈何地说重复话，疲倦中显了一点过早出现的老态。这个硬汉子第一次表现出精神上的某种衰弱……"④

90年代初期，在完成了长篇小说《平凡的世界》之后，路遥的精神世界发生了显著的变化，他曾经向朋友描述过他新构思的一部长篇小说，名字叫作《生命树》，从他和文学朋友日常的交谈看，从他的读书范围中，人们明显地感到，路遥对人生和社会的思索，对艺术本身的探求，已经更

---

① 赵熙：《一个站起来的路遥》，见晓雷、李星编《星的殒落——关于路遥的回忆》，陕西人民出版社，1993年，第14页。
② 董得理：《灿烂而短促的闪耀》，见晓雷、李星编《星的殒落——关于路遥的回忆》，陕西人民出版社，1993年，第47页。
③ 高建群：《扶路遥上山》，见晓雷、李星编《星的殒落——关于路遥的回忆》，陕西人民出版社，1993年，第109页。
④ 肖云儒：《文始文终记路遥》，见晓雷、李星编《星的殒落——关于路遥的回忆》，陕西人民出版社，1993年，第70页。

为深刻了。有迹象表明，在《平凡的世界》创作完成之后，他一方面对自己以前的创作进行阐释总结，同时也进行了深层的反思。他已不满足于对客观世界的呆板摹写，也不满足于对人的社会活动的烦冗描述，他要在更深的层次上揭示生命的本源和社会的底蕴。

路遥精神世界的另一变化，是他由一个人生的强者、搏斗者、奋进者逐渐过渡为一个温和者。他曾多次向朋友流露出一种疲倦的、返璞归真的、温和宽容的情绪，他曾告诉赵熙，"他很想到太白山林里去住住"。他曾同晓雷商议，一同去陕北漫游，一同住在他清涧老家的石窑内，让他母亲为他们做陕北的花样茶饭。这些情绪的流露是真实的，但并不意味着路遥人生观的主色调的变弱或改变，也不能仅仅看成路遥思想状态的短暂调整，而应该看成路遥人生观日渐丰富、日渐阔大的一种表现。

在路遥的精神结构中，常常表现出的是矛盾性。他本身就是一个矛盾的立体型人物。他一方面矢志文学，将文学视为自己最重要的生命方式，另一方面又以多种形式表现出参与社会运动、投身群体活动的欲望，不少接近路遥、了解路遥的人把它视作路遥的遗憾和不足。我们则认为这种表面矛盾的现象在路遥的文学生命中是一个统一体，路遥不是一个传统的中国文人式的作家，他的创作力图连接更广大的范围，他并不把自己局限于"纯"文学之中，他敏感的社会感知给他的作品带来了社会良知和人类关怀，他对文学和文学之外问题的思考显示了他向大作家行列跨进的心灵气象。

路遥的精神世界中有神秘的殉道般的宗教色彩。据许多人回忆，路遥在创作《平凡的世界》过程中肯定已经意识到了自己患有肝病，甚至已经意识到了自己生命的终结，他似乎宿命般地将自己置于苦难之中，他是在浓重的苦难之中成就了自己的精神之花。路遥的生活道路短暂而丰富，路遥的精神世界丰富而宏大。他的《人生》《平凡的世界》以及他关于作家的劳动以及文学的历史感等许多文学思想是留给中国文学的宝贵财富。路遥是我们这个时代的重要的、杰出的作家。

1992年8月1日，路遥带着浓重的悲壮悄然一人从西安乘车赴延安，后来被送往医院。1992年11月17日上午8时20分，路遥因肝硬化（失代偿期），并消化道出血，经多方抢救无效，走完了他的人生历程，终年42岁。

原载《延安文学》1998年第1期

伟大的作家都是思想家

陈忠实逝世后,我执笔撰写了他的生平。这是一个公共行为,但也掩藏着我的感情。除此之外,没有写任何文字,没有勇气触碰心灵深处的东西。回顾他的创作道路,探索他的文学思考,整理他的精神遗产,情感上仍然不愿承认应该进行这样的工作了。

在当代中国,陈忠实这样的作家,无疑具有文化标本意义。他令人想起四川的周克芹,想起河北的贾大山,他们这一代或稍后的作家,星布于鲁豫和云贵,像陕西的路遥、贾平凹们,出身卑微,依托的背景就是大地和天空,拥有的资源就是乡村和田野,最应该接受知识的青春成长期却遭遇知识匮乏的时代,还无可避免地要面对极"左"思潮的影响、"文化大革命"的伤害。是改革开放、思想解放的时代变局使他们获得了文学新生。他们,更新或者丰富了百年以来中国文学的主体结构,他们的创作,在相当长的一个时期内构成了当代文学的主要成就。因为命运时钟的安排,他们抵达的终点不同,但是他们的文学道路,累积着中国当代文学的丰富经验,折射着浓重的社会政治文化信息。

若探究陈忠实的文学接受,有一涓涓细流,被人忽视,又极其重要,这就是新文学的传统。陈忠实早期的阅读,他自己记述有茅盾的作品,巴金的"激流三部曲""爱情三部曲",柔石的小说,蒋光慈的作品,李广田的散文。陈忠实对鲁迅的《阿Q正传》和《风波》有作为一个作家独特的体悟和解读,发生于他对自己创作痛苦的考辨期,鲁迅的深广直接启迪着他的思考。陈忠实最直接的文学情感亲近者是赵树理,最直接的导师是柳青。赵树理的创作,本身就是新文学的一部分,是新文学在时代流变中生发的新的特征。柳青深受新文学的影响,陈忠实对柳青的师承,隐秘地铺垫着新文学的谱系。这里有着对文学传统的直接的接受和间接的渡让关系。现代意义上的新文学呼应的民族救亡的主题,引入的启蒙思想,寻求新思想、新生力的愿景,现实主义精神和人道主义思潮,是滋养陈忠实一生的思想营养。这一脉络,以对传统文化的思考为主要方式,集中于《白鹿原》中,形成了新的文学成果。

陈忠实的文学道路上,曾经发生过不止一次危机。他在心理层面和文学叙述层面用"苦闷""痛苦"和"枯涩"进行描述。陈忠实记述过他创作史上作品人物弃他而去的"集体叛离"现象,这是他"从事写作以来所经历的最严重的痛苦"。如何处置自己的文学危机,将精神旧我蜕变为精神新我,在陈忠实也是一个激烈痛苦的过程,借喻阿·托尔斯泰的"在清水里泡三次,血水里浴三次,碱水里煮三次"的说法也不过分。陈忠实称之为"剥离","无异于在心理上进行一种剥刮腐肉的手术",进行"一次又一次从血肉到精神再到心理的剥离过程"。这个过程,陈忠实在文学层面有过剖析:"涤荡自己意识和思维中的极左话语,使自己从已经僵化的叙述模式中走出来。"在精神层面,陈忠实创作道路上所发生的跃升则可以说明,以最严酷的自我否定、自我批判精神和最积极的开放思想迎接时代精神的洗礼,从而赋予作品更大的思想格局。陈忠实的文化剥离和精神新生,在当代文学史上恐非个案,恐怕在道路意义上的探讨,也是一个普遍现象和普遍课题。

陈忠实的《白鹿原》已有共识。陈忠实对自己的创作却有清醒的认识:"离高峰还很远,只能把这当作攀向另一个高峰的台阶,争取获得另一次突破的途径和力量。"陈忠实有文章记述自己对当代世界文学的阅读和接受,他热烈而诚实地认同《活动变人形》和《古船》对自己的启发。有一篇文章题目就叫《难忘1985,打开自己》,他在对当代最前沿的思想成果和文学资源的吸纳中，在对中国当代文学成果、传统的尊重中，"强烈地意识到他自己的历史地位和当代价值"（艾略特语），以自己的创作给当代文学的动态体系增加了意义。更重要的是，他和当代作家一起，共同分享着这个时代的文学经验和思想成果，不断地背离和超越原来的思维，在更宽广的世界视野中打开自己，获得一种新的参照。这也应该是陈忠实和中国当代作家一起开拓的当代中国文学新的道路。

陈忠实在文学道路上从来没有停止过思考，他读鲁迅，读出"要有穿透封建权力的思想和对独裁制度批判的力量"，他把当代作家置于更宽广的文学传统中评价，说包括自己在内，还要追寻"五四"时代新文化先行者的思想穿透力。"文学依然神圣"是陈忠实提出的一个命题，是有感而发。"伟大的作家都是思想家"，是陈忠实创作后期的感悟，这一认知，今天已成习常，但在陈忠实，却非轻易道出，几乎出自他一生的文学道路。"什么制约着作家不能进入一个新的创作境界？就是思想"，"如果没有形成独立的思想，不具备那种能够穿透历史和现实的独立精神力量的话，他就不能够把自己的精神上升到一个应有的高度"。和当代许多作家一样，在追寻思想家这个高度上，陈忠实意识到了，没有完成，在追攀这个目标的道路上，陈忠实停止了，倒下了，但是他的思考和追求，应该能获得当代作家的共鸣。

恩格斯在马克思墓前有个致辞，说"马克思发现了人类历史的发展规律"，"不仅如此，马克思还发现了资产阶级社会的特殊的运动规律"，"一生中能够有这样两个发现，该是很够了，甚至能做出这样一个发现，也已经是很幸福的了"。

我请求恩格斯，让我把它借过来，献给陈忠实。

原载《文艺报》2016年6月13日

陈忠实的精神遗产

纪念陈忠实逝世五周年，以具有深度的文学话题为内容，是特别有意义的方式。关于陈忠实的精神遗产，我在《伟大的作家都是思想家》《将自己滚烫的手指按在时代的脉搏上》两篇文章中有所触及。借此机会，表达三点。

第一，在当代中国，陈忠实这样的作家，无疑具有文化标本意义。他令人想起四川的周克芹，想起河北的贾大山，他和陕西的路遥、贾平凹们有许多共同特征。他们的创作，始于两个时代之交，历史的冲动已经孕育着新时代的降生，是改革开放、思想解放的时代变局使他们获得了文学新生，打开了格局。上世纪80年代，有一个陕西中青年作家群崛起，陈忠实、路遥、贾平凹是这个群体的代表。这个崛起是改革开放给予的，是新的时代给予的激情和动力，给予的资源和启迪，这是一个文学逻辑，更是一个历史逻辑。陈忠实的创作成就，得改革开放的滋养，而他的思考和他的文本，是一个形象的标本，是改革开放这一时代命题的形象践行和展开。陈忠实这一代作家，如何从一个乡村知识者，呼应时代潮流，吸收时代的思想资源，增长着气度，扩展着格局，用文学的方式思考时代，书写时代的变革，是一个超越了文学的、具有思想意义和精神向度的话题。

陈忠实多次谈到过他对作家与时代关系的认识，陈忠实说："作为文学主体的作家，通过自己的体验和认识，将国家和民族在各个历史时期所经历的痛苦和欢乐真实再现出来是至关重要的。我曾在评价路遥的作品时，认为路遥就是取得这样成就的作家，也因为这一点，我很敬重他，他总是把自己的思想和情绪，最关注的焦点跟民族的命运紧紧结合起来，不是人为地接近，而是自然地关注。作为一个时代的画卷的长篇小说，反映时代精神，揭示时代精神……杰克·伦敦说'他从来都是将自己滚烫的手按在时代的脉搏上'，我想一个对国家和民族的过去、现在和未来负责的人，他的手不按在时代的脉搏上，他放在哪儿呢？"这是陈忠实的文学认识，也是他的文学书写的践行。《白鹿原》写作和出版的时期已逼近世纪之交，中华民族经历过反思、探索，开始走向了全面振兴、寻求科学发展的道路，民族正处在一个转型期、复兴期。陈忠实从自己的生命体验和文学创作实践中，"不断感知过去的过去性，而且感知过去的现在性"（艾略特语），获得了深沉的历史意识和峻烈的时代情感。《白鹿原》就是在作家对历史、现实、时代的认识基础上，形象地描绘了中国道路，彰显了中国精神，表达了民族愿景。

　　和当代许多作家一样，陈忠实的创作，应和着时代变革的重大命题，如果陈忠实在天有灵，他一定感慨自己是幸运的，时代给了他充分的条件，让他分享时代的经验和思想成果，他也一定会认为，他的创作本身就是时代的成果。

　　第二，陈忠实是一个具有自觉的反省意识和反省能力的作家。他的文学道路上，曾经不止一次发生过危机，"痛苦"，"最严重的痛苦"。如何处置自己的文学危机，将精神的旧我蜕变为精神的新我，在陈忠实是一个痛苦的、激烈的灵魂搏斗的过程，借喻阿·托尔斯泰"在清水里泡三次，在血水里浴三次，在碱水里煮三次"的说法也不为过。陈忠实称之为"剥离"，"无异于在心灵上进行一种剥刮腐肉的手术"，进行"一次又一次从血肉到精神再到心理的剥离的过程"。这个"剥离"陈忠实在艺术层面作过描述，但并不认为"剥离"仅限于艺术层面，"艺术和思想是互为融合的，一个好的艺术形态不会独立地从天而降，它是与那种新的思想在穿越现实或历史的过程中同步发现、同步酝酿、同步创作而成的"。怎样认识自己脚下的土地、生养自己的乡村,进而怎样认识从近代到当代发生的历史变迁和时代变革,是陈忠实用自己的创作回应时代的命题。这个剥离过程,从陈忠实刻骨铭心的描述中,我们能读出强大的性格和个人意志,但是陈忠实强调的是什么?强调的是生活的力量、历史的逻辑,是时代的精神气象对自己的影响。

所以,对陈忠实"剥离"的理解,不能止步于自我质疑和自我批判,更不能局限于个人意志,更积极的一面则是建构,如何新生,在对旧的观念的批判的基础上建立新的精神坐标,树立新的精神理想。这里隐含着一个普遍话题,可以总结出中国作家所获得的经验。今天纪念、追思陈忠实,这是我们应该获得的启示。

第三,我读周燕芬老师的文章,论述80年代文学思潮中的陈忠实和路遥,涉及他们的阅读史,她有分辨,其实在共时性的维度上,他们的文学阅读和文学接受在前期还相对贫乏,真正使陈忠实这代作家有广泛的阅读、有开阔的视野的是改革开放之后,路遥的《早晨从中午开始》、陈忠实的《寻找属于自己的句子——〈白鹿原〉写作手记》记录了自己的文学阅读。我们看到,这一代作家的阅读史都有重合或相交,它意味着格局和境界的打开,这是改革开放送给这一代作家的礼物。陈忠实和其同代作家的文学阅读、文学接受,叠合着改革开放的大时代,意味着中国作家精神结构的丰富和再塑,意味着在什么层面看世界,然后,重新认识自己,书写生养自己的民族。

我这里要强调,这一代作家开阔的视野,开放的胸襟,陈忠实的气度和格局。我们读路遥《早晨从中午开始》看路遥崇尚的是什么,读陈忠实《寻找属于自己的句子》看陈忠实崇尚的是什么。他们是我们眼中作家中的作家,可是,在他们眼中还有作家中的作家。陈忠实是非常优秀的作家,他也会真诚地将赞美给予同时代的优秀作家,他谈到《活动变人形》和《古船》对自己的启发,毫无保留地认为它们"把长篇小说创作推到了一个标志性的高度"。《白鹿原》无疑是中国当代文学的高峰,我们听陈忠实怎么说："离高峰还很远，只能把这当作攀向另一个高峰的台阶，争取获得另一次突破的途径和力量。"这不仅仅是谦虚，也不意味着别的什么，相反，中国作家中，陈忠实是一个典型，伴随着他的生命，他一直追求和完成着自己精神结构的丰富和再塑，他的创作都包含着一个向大师、向经典致敬的主题。这丝毫不贬损陈忠实的光辉，相反，是对他更高的评价。超越具象的创作，在文学思想上、在方法论上、在价值论层面，这是陈忠实给我们的启示，给后代作家开辟的更广阔的道路。

最后我要说，陈忠实、《白鹿原》的研究已经取得了丰富的成果，简单的、重复的论断阶段已经结束。陈忠实研究，需要宏观的、深入的、具有识见的研究，需要结合时代对文学的新的期待、新的思想资源更充分地打开，这是对陈忠实最好的纪念。

原载《文汇报》2016年9月2日

陈忠实：将自己滚烫的手指按在时代的脉搏上

说来已三十年有余，上世纪90年代初期，国内有一个文学热点叫"陕军东征"。说的是同一年陕西五位作家的五部长篇小说同时在北京出版的事情。那时，长篇小说出版并不像现在这么繁盛，说它刺激了此后的长篇小说创作并唤醒了市场也不为过。书有书的命运，当时这五部长篇或收获好评，或引起争议，原因在于作品折射出了浓重的时代情绪，拨动了人们对社会精神状况更深刻的认知与更深入的思考。其中，获共识最多的是陈忠实的《白鹿原》。人们普遍认为，陈忠实的《白鹿原》是上世纪90年代，甚至是新时期文学发展过程中中国长篇小说创作的重要收获之一，作品反映出那一时期中国长篇小说创作所能达到的最高水平。即使把《白鹿原》放在整个20世纪中国文学的大格局中考量，无论其思想容量还是审美境界，亦都有独特的无可替代的地位。《白鹿原》不仅获得了第四届茅盾文学奖，在此后的百年百种优秀中国文学图书等重要图书排行榜中也都榜上有名。

文学评奖历来都有自己的价值标准和定位，都有自己的选择，也会发生遗憾、遗漏。我国的茅盾文学奖旨在推动中国当代长篇小说的发展繁荣，由茅盾先生倡议，并以茅盾先生命名，体现出老一代作家对当代长篇小说创作和后辈作家所寄托的厚望。它的意义在于激励中国作家不断在长篇小说领域创作出能代表不同阶段长篇水准的优秀作品，经过分阶段的积累，形成经验和规律，也希望通过评奖激励当代作家不断向文学高峰迈进。

第四届茅盾文学奖和《白鹿原》的相遇可以说是必然。这届茅奖的评选过程比前三届要长，人们对参评作品的考量和讨论也更充分、透彻，其焦点即《白鹿原》。关于《白鹿原》的讨论，胡平有过记述："多数评委以为对作品适度加以修订是一个可以考虑的方案，前提是作者本人也持相同看法……实际上，此时《白鹿原》正准备由人民文学出版社重版，作者陈忠实也正准备借重版之际做一些修订工作，修订上的想法与多数评委的意见不谋而合。"这一细节的记述，折射出了茅奖评委对待一部作品的审慎态度和整体评估。对一部厚重的作品，有多种评论、评价是正常现象，但文学评奖是要寻求基本的共识和全面的把握。第四届茅奖评选中对《白鹿原》的态度，为如何全面客观地评价一部作品，为文学评选、评奖积累了宝贵经验。同时，文学评奖也是一个打开人们政治文化视野、深化文学认识，在思想性和艺术性的综合层面形成共识的过程。陈涌说："陈忠实是一个清醒的现实主义作家；真实地、突出地表现了白鹿原这个地区现实关系的复杂性"，"他的这部作品，深刻地反映了新中国成立前中国现实的真实"。还有论者对《白鹿原》的主题进行了显豁的阐释："《白鹿原》真实地表现了中国人民对和平生活的执着追求和为寻求富民强国道路做出的艰苦努力，客观地展现了以共产党人为核心的进步力量在创建人民共和国的历程中表现出的顽强精神和所付出的代价，也预示了通向现代化路途的艰难和曲折。对中国文化精神作出正面论述，揭示了背离中国传统文化精神的一切势力和运动最终不能长久的深层哲理。"这些评价，可以说恳切地揭示了《白鹿原》的思想内容和主题指向。

学术界对"茅奖"有很多研究、归纳，我的体味是，历届茅盾文学奖获奖作品都或隐或显地折射出了时代前行的特点，尤其是折射出了社会诉求和思想思潮。例如：第一届评出的《冬天里的春天》《芙蓉镇》，既是对文学复苏期的反映，也是对整个社会拨乱反正的反映；第三届获奖的《平凡的世界》则折射出了我国改革开放初期农村的新气象和新一代农村青年的新冲动，释放的是社会变革中城乡二元结构冲突的讯息；第五届评出的《抉择》则是对反腐思潮、追求公平正义社会思潮的回应；第六届评出的《张居正》用文学的方式为改革提供了历史参照和深远资源；晚近的第十届茅奖获奖作品，则突出地强化着文化自信，作家对创作方法的继承和创新。关于茅盾文学奖，陈忠实曾谈过自己的认识：

> 作为我国最具有权威的文学大奖，将反映时代精神作为评奖宗旨，我认为是理所当然的。作为文学主体的作家，通过自己的体验和认识，将国家和民族在各个历史时期所经历的痛苦和欢乐真实再现出来是至关重要的。我曾在评价路遥的作品时，认为路遥就是取得这样成就的作家，也因为这一点，我很敬重他。他总是把自己的思想和情绪，最关注的焦点跟民族的命运紧紧结合起来，不是人为地接近，而是自然地关注。作为一个时代的画卷的长篇小说，反映时代精神，揭示时代精神，揭示作品中那个时代人们的精神状态，不光是胜利的凯歌，也有人们奋斗、追求和探索过程中的痛苦、艰难。杰克·伦敦说"他从来都是将自己滚烫的手按在时代的脉搏上"。我想一个对国家和民族的过去、现在和未来负责的人，他的手不按在时代的脉搏上，他放在哪儿呢？

这是陈忠实对茅盾文学奖的认识，也是他的文学认识，还是他对文学书写的践行。《白鹿原》写作和出版的时期已逼近世纪之交，中华民族经过反思、探索，开始走向全面振兴，寻求科学发展的道路，整个民族正处在一个转型期，从农耕社会向现代化社会前行的时期，陈忠实通过对历史的考察建立起自己的理性认识："所有悲剧的发生都不是偶然的，都是这个民族从衰败走向复兴复壮过程中的必然。这是一个生活演变的过程，也是历史演进的过程。"陈忠实从自己的生命体验和文学创作实践中，"不仅感知过去的过去性，而且感知过去的现在性"（艾略特语），获得了深沉的历史意识和峻烈的时代情感。《白鹿原》形象地描绘了中国道路，彰显了中国精神，表达了民族的愿景。茅盾文学奖重视生活的细密化，但更重视文学作品所呼应、所传导出的大命题。在这个更高的层面上，《白鹿原》和第四届茅盾文学奖的相遇，也是一个必然。

　　陈忠实说，柳青是他"最崇拜的作家之一"，并自认"受柳青影响是重大的"。柳青对陈忠实的影响体现在几个方面，首先是对文学精神的体认和朴素的表达。柳青曾以"六十年一个单元"作为自己对文学恒心、耐力和文学质量的考量。路遥崇尚的是："像牛一样劳动，像土地一样奉献。"陈忠实说："像农民对于土地上的丰收的追求一样，我总是企图在自己的'土地'上翻耕得深一些、细一些，争取创作上的丰收和优质"，"农民有一种极可贵的品质……他们总是把更大的希望寄托于继来的春天，更加辛勤地劳作，不断地提高耕耘土地、培育新的绿色生命的能力，满怀信心地在争取又一个丰收的秋天"。其二是文学接受和文学视野的开阔。柳青是毛泽东《在延安文艺座谈会上的讲话》精神的践行者，同时也是世界文学的接受者。青年时代，欧洲和苏联古典文学，以及同时代的文学是柳青重要的文学滋养，20世纪五六十年代，柳青更是"马、恩、列、斯"文艺论著、卢纳察尔斯基的文学论、卢卡契的文艺论的热烈的阅读者。陈忠实有创作谈《寻找属于自己的句子——〈白鹿原〉写作手记》，路遥有《早晨从中午开始》，人们会从中读出，他们的文学接受达到了他们所处时代的宽阔度。陈忠实一代作家对柳青的师承，隐秘又鲜明地铺垫着一种开放的传统。柳青之后，路遥是一个典型，陈忠实也是一个典型。伴随着自己的文学生命，陈忠实一直追寻和完成着自己文学世界、精神结构的丰富和再塑。

　　柳青对陈忠实最大的影响在于对文学与时代关系的认识和处理。《创业史》超越当时众多农村题材小说之处在于，其从一个具象的农村、农民的生命冲动，写出了历史的走向，写出了历史运动的整体逻辑，因而包含着意识到的历史内容和作品内在的宏阔性。陈忠实曾多次描述过他阅读《创业史》和他所经历的农村生活的比照。他的深切感受是："作为一个农村题材写作者，你将怎样面对三十年前'合作'，三十年之后又分开的中国乡村的历史和现实？"陈忠实说，像柳青一样，这是自己遭遇的必须回答的重大现实生活命题，"一个生活演变的大命题横在我的心头"，促使他必须"将自己滚烫的手指按在时代的脉搏上"，而他的思想方法"运用艺术手法对生活走向的把握"则来源于柳青开创的历史哲学的总体性思维——打通历史、贯穿当代、面向未来的大思维。

艾略特曾精当地辨析过个人创作和文学传统的关系，它们之间有一种累积关系，离开了文学传统、文学背景，一部作品不能单独具有完全的意义。从这个意义上说，《白鹿原》并非横空出世，它是新中国70年文学实践探索和改革开放以来文学变革的结果。陈忠实曾谈到过《活动变人形》和《古船》对自己的启发，毫无保留地认为它们"把长篇小说创作推到了一个标志性的高度"。在描述自己创作的变化和《白鹿原》的完成时，陈忠实强调精神剥离和精神更新。"我以积极的挑战自我的心态，实现一次又一次精神和心理的'剥离'。"他反复强调，是改革开放、思想解放的时代背景帮助他完成了"剥离"——怎样认识中国的乡村历史和现实，怎样认识从近代到当代发生的历史变迁和社会变革，进而展示中国道路和中国未来？正是改革开放的时代思潮和风云际会的社会变革为陈忠实打开了新思维，完成了"剥离"和觉悟，也实现了其创作上的突破和迈进。陈忠实的创作和《白鹿原》的完成，实际上应和着当代中国文学的思潮，映照着当代文学探索前行的轨迹，也凝结着当代文学的宝贵经验。

原载《文艺报》2019年12月23日

贾平凹：一个具有国际影响的作家

贾平凹获得"法国女评委外国文学奖"的时候，并没有引起文学界太多的惊讶，这是一个成熟的反应。人们有理由认为，这是习常的事情。以贾平凹的实力实绩，他再获得类似的奖也不会令人感到意外。参照我们近年来不断获得的常识性信息，贾平凹已经无可非议地成为一个具有国际影响的作家，这种影响已不仅仅局限于海外华语语境，而且超出了华语语境。陕西作家中具有国际影响的作家并不多。十年前，路遥的《人生》有法译本和俄译本面世。晚近，陈忠实的《白鹿原》有日语、韩语等语种传播。曾经，中国文学和世界文学的交往被京、津、沪一些活跃的作家所垄断。现在，愈来愈多的有价值的文学现象正在中国内陆腹地发生。勤奋、朴实的陕西作家已经开始用自己的创造向异国的读者显示中华文化的魅力和真正的文学征服力。他们通过自己的体验和写作，通过对具体的民族苦难和欢乐的描摹也在表达着这个时代人类共同关心的课题。

证之以贾平凹的是，贾平凹的创作呈现出了前所未有的浓重的文化色彩和生命色彩，其整体意象已不是过去的阐释所能概括的。深重、凝重等等不仅仅是对单纯、明朗、秀丽等词汇的取代，显然，这个过程渗透着深深的生命、心灵和阅历的投影。贾平凹对自己曾经钟情的东西已冷落，他不止一次表达过对"苍茫劲力"的向往，贾平凹谈自己的创作，说"早期虽清新可爱，但人生的体证不多……有了体证的作品，似乎没有章法，胡乱说，却句句都是自己生命之所得所悟，而文学的价值恰在这里"。这个信号的分量人们通过贾平凹的作品可以感觉。他近期的创作弥漫着浓重的沧桑感和悲剧感，显示着"艺术家的勇气"，也显示出他由才子向大家的迈进。许多人都注意到了贾平凹艺术人格方面纤弱、内倾、自卑的一面，但这只是一个面，实际上贾平凹的心灵发生着前所未有的冲突，这个食欲不振、不敢喝酒、时常去医院打点滴的孱弱之驱，心灵是追求独立的，性格是倔犟的、桀骜不驯的。贾平凹的创作是这个时代图景的一个悖论，是文学的世俗话语的一种反动。我还想说的是，贾平凹的创作离不开陕西文学的总体结构，有时候，他从这个群体超拔而出，有时候则从这个群体汲取营养。陕西作家群的创作始终保持着自己的精神品位，在经历了多种冲撞之后，真正的视文学为生命的作家愈来愈会直视自身的精神成长。我们该祝福这些底层劳动人民出身的知识分子在更广阔的空间显示自己的力量。让我们理解他们的谦卑，让我们认识他们的高贵。

原载《三秦都市报》1997年11月18日

贾平凹研究的新命题

一、新时期文学与贾平凹

如果我们回想一下，时间并不遥远，内地有多种有关新时期文学三十年的研讨会或盘点，而且多以代表性作家、典型个案为话题切入点，例如张炜与新时期文学三十年。我们《小说评论》也和贾平凹先生的家乡学校商洛学院共同举办了"贾平凹与新时期文学三十年"研讨会。贾平凹是与中国新时期文学共同成长起来的重要作家，新时期中国社会的重要思潮，都有他以内敛的、感性的文学方式作的回应，都有他以形象形态、命运方式表达的认知和态度。新时期文学的每一个思潮，每一个节点，都有他的身影。新时期文学，贾平凹具有标识意义。贾平凹这一代作家，在当代中国，具有文化标本意义。遭遇知识匮乏时代，遭遇极"左"思潮的伤害，经历另一个时代之大变局，是改革开放、思想解放的时代变局使他们获得了文学生命，打开了格局。若考量他们的身世、血统，非名门望族，乃草根、底层居多，乡村知识者的血液，如何吸收了现代思想营养，如何增长了现代知识分子的气度，是一个超出文学的话题。和"五四"一代相比较，贾平凹一代，更新或者丰富了百年以来中国文学的主体结构，借用杨义先生的话，改写或者重绘了当代中国文学的地图。

所谓新时期文学三十年、四十年，虽然具有丰富的内容，但其宏观的关联词，则是改革开放、思想解放。贾平凹一代，得改革开放、思想解放之滋养，他们的文学又是这一时代命题的形象践行和展开。此一视角，虽然空疏，但评价贾平凹，不能少了这样的社会背景和思想背景。

二、贾平凹的精神谱系

如果感性地说，贾平凹是谦和的、低调的，甚至是孱弱的，但他的心灵是追求独立的，性格是倔强的，精神是桀骜不驯的。这里有两个贾平凹，世俗贾平凹和精神贾平凹。证之于他的文学世界，他的创作呈现出来的往往是悲伤，是挽歌，是历史逻辑和美学逻辑、文学伦理的分裂或者对抗。

贾平凹所生活的陕西关中，曾有大儒张载说：为天地立心，为生民立命。虽然贾平凹从不直接引征，但民本和天地思想，是贾平凹精神谱系最基础的部分。

贾平凹的文学接受，"五四"是一个谱系，这里隐秘地铺垫着传统，但探究者少。从塞万提斯、莎士比亚、歌德、狄更斯、雨果、陀思妥耶夫斯基等以降的西方文学，是一个谱系，也被忽视。这个谱系，以批判现实主义者和人道主义者为主，它的潜台词是启蒙和人文。贾平凹的文学，从形式层面，看似与西方叙事方式愈行愈远，但西方叙事对其精神层面的影响始终存在。亦应超越文学影响，进入精神谱系层面考察。

贾平凹文学谱系呈现多元状态。沈从文、孙犁、汪曾祺是一路考察；上古神话、魏晋志怪、明清世情是一个空间。具象的考辨无疑是一个理路，但实际上贾平凹的精神谱系有两个坐标：中和西。还是以贾平凹的表述为依据。他早期的《"卧虎"说》和《四十岁说》一直是他坚执的认知："以中国传统美的表现手法，真实地表达现代人的生活和情绪"，"要作为一个好作家，就是要表达出自己对社会人生的一份态度，这个态度不仅是自己的，也表达了更多的人乃至人类的东西"。"这么多年，西方现代的东西对我影响很大"，"我主张在作品的境界内涵上一定要借鉴西方现代意识，而形式上要坚持民族的"。贾平凹曾谈过他对川端康成的认识："川端正是深入地研究和掌握了日本民族的东西，又着眼考察和体验了当时的社会变革，因而他的作品初看是日本的，细看却是极现代的。"这是作家对作家的体悟。所以，贾平凹说，"近代中国史有一句著名的话，'中学为体，西学为用'，进而发展的在文学上只能借鉴西方写作技巧的说法，我觉得哪儿总有毛病发生。"所以贾平凹认为，工具理性应抵达价值理性，"达到人类相通的最高境界中去"。"'越是民族的，越是世界的'的说法，关键在这个'民族的'是不是通往人类相通的境界去。"贾平凹说："作品的境界价值一定要现代。"仿佛自我印证或自我实现，从《废都》到《秦腔》到《古炉》等，贾平凹的文学表达和文学认知相互对应并相互支持。他以艺术认知为内容，表达以感性为主，实际上非知识谱系、文学谱系所能完全内括，呈现出开放的精神谱系特征。事实上不仅涉及中西，也涉及古今。

三、贾平凹研究的新命题

最近，学术研究发生着微妙的转向，问题的复杂性在于，文化提倡和几代学人的努力，学术累积、学术诉求呈交错、重叠状，近百年中国遭遇的命题，例如中西对撞、儒学的现代转换、传统的生命力又重新遭遇。这些，在贾平凹这里都能找到感性的感应或回应。贾平凹的文学探索，实际上超越了文体、叙事诸具象层面，若从文学层面讲，杨义先生、陈平原先生对中国古典文学叙事传统的研究，对中国现代小说史的研究，几乎和林毓生们同时发生。近三十年来，中国传统叙事的现代转换在学术界的讨论此起彼伏，但似乎务虚居多，引入当代，似乎问题无法解决。在杨义先生、陈平原先生思考这一问题的八九十年代，似乎在当代作家这里也不太容易找到讨论的对象。但现在创作实绩和文学研究是不是可以互相启动，对贾平凹一代的研究应该进入一个文学整体观、大文学史观，应该置放于百年来的文化思潮这一广阔的思维中,开启新的思维,打开新的命题,展开新的维度和视野。

我举一例,海外曾有"伟大的中国小说"这一命题,但这曾经是一个想象性的命题。内地有一位批评家在论述贾平凹的过程中又重提了这一命题,他并不把它看成一个论断,但是,他一定认为,"伟大的中国小说"这一命题,终于在贾平凹这里有了讨论的可能性和现实性,而如果说伟大的中国小说,它一定具有民族性和世界性。

原载《澳门日报》2017年3月25日

胡采的遗产

我是1982年大学毕业分配到陕西省作家协会《延河》编辑部评论组的，在王愚、陈贤仲、李星的直接领导下工作（陈贤仲最近写了回忆陕西省作协的长文，提到了在座的一些人，流露出深厚的感情）。胡采当时是省作协主席，但他是搞评论的，因此我与他一开始就接触较多。

上世纪80年代，我印象深刻的事情很多，说三件：

一是1982年杜鹏程去延安参加纪念《在延安文艺座谈会上的讲话》四十周年会议，我负责照顾老杜。印象深刻的是，贠恩凤对老杜们的崇敬，使我认识到文学的地位、作家的分量，或者说叫人们对知识、对文化的尊敬。

第二件事是1983年我陪胡采去宝鸡进行文学讲座，是坐火车去的。其间，胡采去看望了时在宝鸡的魏钢焰同志。就是这一次，我认识了年轻的文学青年常智奇。上世纪八九十年代，常智奇平时在宝鸡，间或来西安，总说，陪我去看看胡采同志。我把这看成年轻一代对老一代人的一种尊敬。（我顺便说一下，今天杨乐生坐在这里，王愚退休后，尤其是生病后的晚年，杨乐生每年春节前后，都会对我说，你在单位没有？我要去看望王愚。我把这也看成一代人对一代人的尊重。今天，我认真地说，我把这看成一种情怀。）

第三件事是1984年李星和我受笔耕组的委托去西北四省商议编写《西北中青年作家论》事宜（我提请大家注意中青年作家这几个字，在1984

年，这是极有胸怀和眼光的事），那应该是笔耕组最有标识性的动作和成就之一。今天我带来了这本书。除了笔耕组成员，现在有这本书的人肯定不多了。这本书有胡采的体温、印记、心血和思想。是他为这本书作序的。

这本书的后记中提到了我们今天在座的一些人，这些人有的已经过世，有的还在给陕西文学贡献着智慧和思想。

因为是纪念会，我带了另外两本书，是胡采同志题赠我的。题赠时间分别是1983年1月27日和1984年2月。上次西北大学举行雷抒雁追思会，我带去了雷抒雁几年前诗歌朗诵会的请柬和节目单，旁边的吴克敬说，你还心细。我心说不是心细，是我保留了一份情感。

接下来就是1985年《小说评论》创刊。胡采是第一任主编，王愚是第二任主编，在座的李星是第三任主编。《小说评论》是他们留给陕西文学的重要的、宝贵的遗产。是他们，甚至可以说，是笔耕组，是陕西文学批评界构建了这本刊物的品格和高度。我这里不是信口开河，毫不夸张，我们可以听听外界的评价。在北京，在全国其他省，当他们说陕西文学的时候，他们说陈忠实、贾平凹等作家的时候，他们还会说"你们还有《小说评论》"。这时候，我们要饮水思源。

胡采先生早期，是一个追求进步的青年。在民族危难中，是激荡热血的青年，是一个受"五四"精神、中国文学影响感召，向往民主自由的文艺青年，后来成长为一个坚定的马克思主义文艺理论家、评论家。胡采逝世后，他的生平是我撰写的。我翻阅档案的过程中，最大的感触是，档案里四分之三的内容是检查，是检讨。人们总认为胡采是一个标准的马克思主义文艺理论家，是一个《讲话》的践行者，是一个不流露情感的人，这是一般的印象。胡采在上世纪五六十年代所写的批评文字，其间的才华、激情，今天我们未必能达到。我要强调的是胡采思想的开放性，他对"左"的东西的警惕和批判，他对改革开放和思想解放的拥护和欢呼。胡采在许多文字中都讲到了思想解放和改革开放对他的激励和鼓舞，他说："我的有些文章中闪现的某些思想情怀，就是被这种时代浪潮激发出来的。"

我读一段胡采对王愚的评价，其中涉及对"左"的批判。如果我们局限于一般印象，我们不会相信，这些文字出于胡采笔下。这些文字恰恰体现了胡采对"左"的东西的痛心疾首，对改革开放、思想解放的感同身受。

我们如何对待前辈，实际上映射着如何对待自己；我们如何对待历史，实际上映射着如何对待现实。一个时代，或一个时期的文学，不仅由那个时代或那个时期的作家为标志，如果我们考察五六十年代的陕西文学，考察胡采和杜鹏程、王汶石、李若冰等作家的关系，一定会得出这样的结论。

前一阵，有记者问我陕军东征和陕西评论的关系。我说，这是一个思维方法的问题。我给他说，恩格斯说："一个民族想要站在科学的最高峰，就一刻不能没有理论思维。"一个作家的创作如果总是居于本能的、感性的、经验的层面，那么他所达到的高度一定是有限的。好作家、大作家一定是注重理论思维的，一定是汲取时代的最新思想成果的，一定离不开文学批评营造的文学氛围、传导的文学思想。陕西的文学传统，五六十年代胡采就有开创之功，那个时代创作和批评成正比，八九十年代陕西文学继承了这样的传统，批评和文学创作具有同步性。文学评论起到了传播和启迪的功能，是陕西文学的智库和思想库。今天陈忠实老师、贾平凹老师也在座，我想他们有更深的体悟。可不可以这样说，没有胡采、王愚、畅广元、刘建军、李星等一代评论家，就不会有路遥、陈忠实、贾平凹所达到的高度，不会有陕西文学今天所达到的高度。

今天我们纪念胡采，怀念一种人格、一种修养、一种对文学规律的尊重，回顾胡采对思想建设、队伍建设、文学阵地建设的重视，更主要的是我们要寻找一种资源、一份遗产。这份遗产在胡采时代以降的又一个时期，实际上是陕西文学发展的典范；这份遗产，如果不好好继承，就可能走向它的反面——丢失。

原载《陕西文学界》2019年第3期

陕西的两代作家

座谈会的通知，勾起了我的回忆，唤起了我的感情。我很幸运，曾经和陕西作协的前辈、先辈一起共事。当然我是小同事。其实和杜鹏程、王汶石、魏纲焰他们更熟悉，交流受益更多的是李星他们，他们有更多的感受。我1982年到作协，这年，毛泽东《在延安文艺座谈会上的讲话》发表四十周年纪念会在延安召开，由于老杜的身体，单位安排我和他同屋，这是我和大作家的近距离接触。我至今记得，贠恩凤对老杜的崇拜，二人长时间的谈话，贠恩凤向老杜虔诚请教，使我惊讶不已。也就是这一时期，宝鸡李凤杰、蒋金彦他们请胡采去讲课，安排我陪同。现在想来，胡采去宝鸡，还有一个重要事情，他要去看望魏纲焰。魏纲焰当时在宝鸡党校。他们谈话的情形我不复述。胡采的心事，粉碎"四人帮"了，改革开放了，解放生产力了，文艺要繁荣，一切向前看，是该让这样一位创作成就突出的作家回家了。胡采的心事，代表着他们那一代人的胸怀。

杜鹏程、王汶石、魏纲焰这一代作家，有着共同的履历、共同的道路、共同的命运。青年时代亲历国家民族灾难，接受新文化熏陶，追求进步，投身民族救亡运动，戎马生涯，浴火重生。战场，曾经是他们的舞台，笔，也是他们的武器。他们这一代作家，是毛泽东《在延安文艺座谈会上的讲话》的实践者、执行者。他们有着什么样的文学观？刚华栋书记做了概括，而他们的作品就是最好的证明。他们一生经历三个时代，延安时期、新中国成立后的十七年时期和改革开放时期。其实，他们从青年时代到晚年，始终伴随着时代的巨大变动、艰难曲折、风云激荡，接受着时代的洗礼。这样的阅历，后来者没有，这样的阅历的背后，是坚定的理想和价值，是宽厚开阔的胸襟。

"船夫曲，是1921年在浙江南湖的一只小船上，写下的第一个音符……开始了新的乐章。"这是魏钢焰《船夫曲》的抒情叙事。我读它的意思是说，书写革命战争和社会主义建设是上世纪五六十年代文学的主旋律。而这一时期，就是杜鹏程、王汶石、魏钢焰创作的旺盛期、收获期。《保卫延安》《风雪之夜》《船夫曲》等，是时代文学的重要收获，在当代文学中具有重要地位。当时，他们的影响有多大？我读一段王维玲的回忆："'文革'前，《风雪之夜》就印了九次，突破了二十万册……'文化大革命'前中青社出版的短篇小说集，只有两位作家的集子超过二十万册，一位是孙犁的《白洋淀纪事》，再就是王汶石的《风雪之夜》。"[1]现在，除了文学史教育，这一代作家的书我们都不读了，或者很难读到，可是，路遥、陈忠实、贾平凹这一代都读过他们的作品。我们会问，问读过他们作品的作家们，一定会对他们作品呈现出的大气和才华由衷地敬佩三分的。

我这里多说几句，王愿坚有小说《党费》，我们都知道柳青捐稿费的故事。王汶石的《黑凤》出版后，得稿费一万一千元，只留下一千元用于购书和应酬，另一万元他亲自送到省级直属机关党委交了党费。王维玲感慨说："对王汶石这一代老作家来说，作品盖世，固然可贵，但淡泊名利，立志宏大，更令人敬佩……与王汶石这样作家相识相交，我感到自豪欣慰。"[2]

我最后想说的是上世纪80年代的陕西作家群。陕西文学有若干阶段。陕西作为"中国文学重镇"，杜鹏程、王汶石、魏钢焰无疑是上世纪

---

[1] 王维玲：《我所知道的王汶石》，见《品尝记忆：我编辑生涯中人和书的故事》，中国书籍出版社，2014年，第150页。
[2] 同上，第153页。

五六十年代文学重镇的主力、主将。陕西中青年作家群崛起于上世纪80年代，和他们共生共存的正是老一代作家群体，没有杜鹏程、王汶石、魏钢焰这一代作家做榜样，没有他们的心血，没有他们的扶托，就没有青年一代作家的崛起。杜鹏程给王晓新、给京夫、给赵熙等写了多少中肯热烈的评论。王汶石和陈忠实关于《初夏》的通信，给陈忠实带来多大的信心。我读一段杜鹏程对京夫的评论："《深深的脚印》首先使我想到我们脚下的土地、老百姓的恩泽，以及使人奋发向上的时代环境。老实说，没有这一切，京夫这样的人是不会成为作家的，而忘却这一切，京夫便是一个昙花一现的人物。我们用不着预卜什么，还是看看他的作为。这作为是：他把自己的笔墨献给站在生活第一线的普通人，表达他们的心声，表达他们的希冀，表达他们的沉思和苦干，表达他们的痛苦和欢乐。"[1]如果隐去背景，我说这是现在人写的，也没有人不信。不用我解读，这是一个有力的对一个青年作家的评价和希冀。我再举一例，陈忠实《信任》发表，老杜看了，喜形于色，说："汶石也看了，认为很不错。"当天晚上，见到《人民文学》编辑向前，向前说，她已经见过王汶石了，老王一见面就谈《信任》，而且建议由《人民文学》转载。陈忠实说："此前三年，我在刚刚复刊的《人民文学》上发表过一篇迎合当时潮流的反'走资派'的小说，随着'四人帮'的倒台以及一切领域里的拨乱反正，我陷入一种尴尬而又羞愧的境地里……1979年春天我重新铺开稿纸写小说了。在这样的处境和心境里，老王老杜们的一句关爱的话和关切的行动，必然会铸就我心灵里永久的记忆。我更想到另外一层，他们早已是文学大树，这样关注一个走了弯路的青年作者，在他最需要支持和处于羞愧心境的时候做出如此热诚的举动，足够我去体味《风雪之夜》创作者的胸怀、修养和人格境界了……我要接受的显然不单是《风雪之夜》的艺术，而是创作者本人的人格魅力了。许多年之后，我经历了更多的创作实践……愈来愈觉得作家自

---

[1] 杜鹏程：《致友人书——略谈京夫的小说》，见《杜鹏程文集》第3卷，陕西人民出版社，2008年，第408页。

身精神境界和人格修养对于创作的关键作用。"①

　　我想，再没有什么能像他们的文字这样说明两代作家的关系了。路遥有文章《杜鹏程：燃烧的烈火》，路遥说："二十多年相处的日子里，他的人民性，他的自我折磨式的伟大劳动精神，都曾强烈地影响了我。我曾默默地思考过他，默默地学习过他。"②

　　归纳总结，上世纪80年代，陕西中青年作家崛起之际，两代作家共同占据着文学陕军的中央舞台，老一代作家用宽厚的心胸，用无私的精神，用文学的正气和新一代作家进行了一场完美的交接。哈罗德·布鲁姆说："没有文学影响的过程……就不会有感染力强烈的经典作品出现"，"创造力强的作家不是选择前辈，而是为前辈所选，但他们有才气把先辈转化到自己的写作中"。③我想，陈忠实、路遥的自述，这两代作家的关系，都可以揭示这样一个命题。

　　参加这样一个座谈会，我还是有些感慨。前几日，是杨振宁先生的百岁诞辰。但愿人长久，千里共同途。杨振宁饱含沧桑地说："邓稼先和我的关系不只是学术上的关系，也超过了兄弟关系。"某种原因，杜鹏程、王汶石、魏钢焰被提及得很少了，这是不应该的。如果他们健在，已是百岁老人，云淡风轻，可是他们的人格、文格、气度、气象，仍然是今天的财富，仍然是今天追之不及的。

原载《陕西文学界》2021年第7期

---

① 陈忠实：《为了十九岁的崇拜》，见《岁月·生活·文学》，陕西人民出版社，2020年，第50页。
② 转引自厚夫：《路遥传》，人民文学出版社，2015年，第325—326页。
③ 哈罗德·布鲁姆：《西方正典：伟大作家和不朽作品》，江宁康译，泽林出版社，2005年，第6、8页。

阎纲：家乡之子、文学之子

  阎纲文学创作座谈会，有些特别，它是一个包含着浓浓情感的文学研讨。

  我记得两年前，白烨找我说，阎纲快九十岁了，我们一定要搞活动，总结他的成就。我当时看他的表情，他是动了感情的。

  也是前两年，一个场合，李敬泽主席问李星怎么样啊，谁谁谁怎么样啊，特别问起、谈到阎纲，我记得他说，阎纲九十大寿的时候，他一定要过来。他总是说老阎老阎怎样，这是缘分吧。他工作的第一站，就是和阎纲在一起，他和阎纲的历史、他们的感情，某种意义上说就是和新时期文学的历史、和文学的感情、和一个时代文学的关系。李敬泽要过来，否则，他不能说服自己，他感情上过不去。

  让我从阎纲回到家乡说起。阎纲回到家乡，他的兄长对他有要求，且立有规矩："你到这里，一要说家乡话，二要守纪律，不要特殊化。"阎纲向我们说这句话的时候，像一个发蒙的儿童，表情是那么纯净、虔诚，一下子肃敬起来。我理解，他的哥哥是在说，你从这片土地走出去，现在回来了，你是地之子，虽然你为这片土地争得了荣誉，虽然你可以骄傲，但更应该感恩这片土地，以这片土地哺育了你为荣。

  阎纲说，真正理解司马迁的文学家不多。他也不能说彻底理解了，他也一直在追赶司马迁的路上。阎纲人生的青少年时期，我这样简略概括：家学和家教，张寒晖、宋伯鲁……他说，"生于乱世"，我说是感知、伴随着外部世界的动荡，或者说在民族国家的动荡中开始求索。关中这片文明礼仪之地，司马迁、张载精神代不绝续，不能忽视阎纲身心所接受的家乡有形无形的影响，这个，我们从阎纲后来的文字中贯穿的实践理性精神中可以读出。要定义他和家乡的关系，可以说，他是大地之子。

探讨阎纲和陕西文学的关系，也就是在探讨北京陕籍评论家群体，其中阎纲是代表。今天在座的还有周明、白烨、白描。在当代，并不是只有一个批评家群体，例如闽派批评，可是，闽派批评家似乎外在于、独立于他们本省的创作。在当代，没有一个省份的在京批评家给予家乡的作家那么多的关注、爱护、鼓励和支持，构成如此密切的关系，生活上、道义上、精神上、文学上，都倾注了浓烈的感情。阎纲、周明们，白烨、白描们，他们和陕西几代作家都是亦师亦友的关系，和肖云儒、李星这一代评论家都是事业上、业务上的挚友，过去我们说陕西的评论，是把在京的陕籍评论家连在一起说的。可以这样说：没有他们在中国最高端发声，在更高层面评价，没有他们给予陕西文学的视野、启迪，陕西文学不会获得充分的打开，不会获得今天这样的认同。

让我以阎纲为例。现在的柳青研究是一个显学，柳青研究有几个阶段、高潮。第一阶段，我简单说，上世纪60年代，严家炎和柳青争论对话时期。第二个高潮在改革开放初期，以什么为代表，以阎纲的专著《〈创业史〉与小说艺术》和刘建军、蒙万夫、张长仓的《论柳青的艺术观》为代表。阎纲曾经四访柳青，从作代会到长安，从乡村到病房，如果算上祭拜，那么他曾六访柳青。

80年代初期，中国当代第一套"中国当代文学评论丛书"筹备编选，阎纲和刘锡诚是执行主编，（他们的筛选）很严格，他们的评判很珍贵，他把目光投向陕西，选择了胡采和王愚。

这中间的跨度让我省略。我们可以列举一大串作家、许许多多事情讲陕西文学和阎纲的关系，一定有人说过，有人感怀。直到今天，直到他近年间回到家乡敬恭桑梓，他的作为、他的精神，非效益、功利所能比拟。

阎纲有两个家乡，一个陕西，一个北京。阎纲的写作期、事业期在北京。阎纲给自己的人生划过代。白烨说："新的时代和新的文学造就了阎纲。"阎纲的写作，是和蒋子龙、张贤亮、张一弓、谌容等一大批作家的名字联系在一起的，是和我们省的肖云儒、李星等一大批评论家联系在一起的。80年代他在《文艺报》时期主持"读书班"，激活了一大批评论家的创造力，成为当代批评的中坚，并且承上启下，至今，这个传统仍然以另一种方式在延续。而阎纲本人，连接共和国文学的风风雨雨，更联系着改革开放的新时期，阎纲可以说是半个多世纪中国文学的活地图，是新时期文学的史证和心证。他的著述热情热烈而又沉郁顿挫，春秋大义，蚌病成珠。他的激情、他的理性、他的敏锐的现场感和史家的判断力，反映着一个时代文学的广阔内容。现在，我们讨论阎纲的文学工作和文学成就，我认为，阎纲和改革开放新时代文学形成了互文和互证。是改革开放的思想潮流唤醒了他的才情，激发了他的思考；而他的工作、他的思考、他的文字，也已不是个人财富，应该是作为当代文学有机部分的历程、经验，并且伴随着这个历程的前行，会带来多方面的启迪。

祝福阎纲。

原载《中华读书报》2022年8月17日

雷抒雁：变革时代的抒情诗人

在当代中国诗人中，雷抒雁是曾经活跃的一位，是成就突出的一位。他上世纪70年代末步入诗坛，几十年来执着于诗歌写作，出版有诗集《沙海军歌》《漫长的边境线》《云雀》《春神》《绿色的交响乐》《跨世纪的桥》《掌上的心》《时间在惊醒》《雷抒雁抒情诗百首》《小草在歌唱》《父母之河》《踏尘而过》《激情编年1979-2008》等十几种。1979年，他因政治抒情诗《小草在歌唱》成名于诗坛。

2008年他编辑出版了自己1979年至2008年三十年的年编诗选，以《激情编年》名之，作为自己诗歌写作的阶段性总结。雷抒雁的写作后期，将更多的精力给予历史散文、文化散文和哲思散文的写作，同时又有凝重的感情、浓重的笔墨写就的体式宏大的抒情诗面世。两种文体的交相书写，体现出了诗人的智慧之诗和智慧之思。在2010年的第13届国际诗人笔会上，雷抒雁获得了"中国当代诗魂金奖"，这是对他改革开放三十年来坚持诗歌写作的肯定；因为诗歌创作所传达的强烈的时代诉求和人民性，他被誉为"人民诗人"。对于这两种称号，雷抒雁表现出了作为一个诗人的理性。他表达自己心情以"惭愧"和"惶恐"述之。雷抒雁说："有人说我是'人民诗人'，我觉得我自己担当不起，但我希望自己能为人民多写点东西。"谈论到诗，他则充满了期待："诗歌不应如马拉松赛跑，越跑超稀，越跑越少，而应如长江大河，不同流域都有支流汇入，渐行渐大。"而诗，对于雷抒雁来说，从来都是没有止境的追求："让我们感谢诗，敬畏诗，以履、临之姿写诗。""诗，博大精深，我们都在靠近诗。"2013年2月14日，雷抒雁因病去世，终结了自己的诗歌写作。

雷抒雁是从陕西关中大地走出去的当代著名诗人，是从西北大学走出去的当代著名诗人。在2009年西北大学举办的"雷抒雁诗歌创作学术研讨会上"，雷抒雁表达了对故乡、对母校的虔敬之心："回到陕西，我永远是这片土地的儿子，回到西大，我永远是这所学校的学生。""儿子""学生"，可以作为意象来读，可以读出雷抒雁的思想资源和诗歌资源。在诗集《踏尘而过》的后记中雷抒雁曾述及自己的诗歌资源。他说："我最慷慨的老师，是我周围的乡亲。"[1]他说他是在农人的歌唱中接受了诗歌的启蒙："他们在最快乐时唱，在家乡桃花、杏花开满的原野上一边耕种，一边歌唱；在收割的季节，在金黄的麦田里，一边流汗，一边歌唱；痛苦时也唱，如死了人，唱对死者的颂扬和对亲人的思念……我被他们的歌吸引着，向他们靠拢着。及至写诗了，我想这些人其实是在用一种情绪浸泡我，使我懂得了人的情绪是可以用优美的形式表达出来的。一种表达的愿望常常激励着我。我觉得自己生活着的田野里，在树木庄稼之外，还有一种东西生长着，诱惑着人。"[2]雷抒雁对诗歌感知的浓度，对诗歌感知的深度，或者说，他的知识积累史、思想成长史上重要的一个阶段则是在西北大学求学阶段。也是在《踏尘而过》的后记中，雷抒雁说："如我这个年龄的诗人，读完大学者不能算多……我上大学之后，除了注意读书，扩展视野之外，仍然专注于创作。确切地说，专注于诗。读各类诗，写各类诗。"[3]在《叩问变革年代的诗境——雷抒雁访谈》中，雷抒雁在较深的层面谈到他和母校、和大学教育的关系。雷抒雁说："我们这一代人传统文化的底子，是在我们的基因里头。虽然，我们与传统文化的关系，没有老一

---

[1] 雷抒雁：《踏尘而过：雷抒雁抒情诗自选集》，解放军出版社，1996年，第267页。
[2] 同上，第116页。
[3] 同上，第268页。

代那么深厚，但也没有年轻一代那么浅薄。我是1962年上大学的。这之前，当然政治运动很多。但1962年到'文革'前，恰恰是一个短暂的安静。杜甫研究专家傅庚生给我们讲古诗，让我们不要戴着'白手套'读，要脱掉'白手套'。就是不要把传统文学都仅仅看作'封资修'。我对诗词意境的把握，对入诗方式的探究，都与这个传统有关。"[1]如果说以上所涉及的，还多在诗艺层面，那么在西北大学举行的"雷抒雁诗歌创作学术研讨会"上，雷抒雁述说自己的创作，则触及了自己的诗歌创作的深层资源，触及了影响他诗歌观、文学观的深远传统。雷抒雁说："司马迁，是我的精神与文学教父。""乡土、故乡教我活得尊严，泾渭分明，构成了我的个性的爱憎分明，骨气、气节、正直等等，都是乡土元素。"研究雷抒雁，这是重要的线索。第一，它呈现出了雷抒雁诗歌创作艺术资源的某一重要部分，这一部分在他的诗歌创作中构成了若明若暗、或隐或显的底色，构成了他诗歌艺术生命的有机组成部分。第二，更重要的，人们在评价雷抒雁的文学观、诗歌观的时候，在评价雷抒雁诗歌创作的思想特色的时候，在这条线索里，可以找到作者的思想资源。在雷抒雁的青少年时期，在他求学的西北大学开放宽容、注重人格培养和人文素养提升的氛围里，中国传统诗学的"兴""观""群""怨"说，白居易的"文章合为时而著，诗歌合为事而作"，古代诗人感时抒怀背后包含的再现民间疾苦的意愿，"为天地立心，为生民立命""天下兴亡，匹夫有责"，这片儒学传统浓厚的大地上倡导的经世致用、济世匡时的人格和文格，养成了雷抒雁的诗歌性格，深刻地影响了他的文学观和诗歌观，可以说是他全部诗歌创作的深远资源、精神档案。

一般以为，雷抒雁是1979年以《小草在歌唱》蜚声诗坛、树立诗人形象、奠定诗歌地位的，其实，此前，雷抒雁已有相当的诗歌创作积累。孙

---

[1] 雷抒雁、牛宏宝：《叩问变革年代的诗境——雷抒雁访谈》，载《延河》2009年第6期。

绍振在《新的美学原则在崛起》一文中说:"当前出现了一些新诗人,他们的才华和智慧才开出了有限的花朵,远远还不足以充分估计他们的未来的发展,除了雷抒雁之外,他们之中还没有一个人出版过一个诗集。"①这是描述新时期初期诗歌创作队伍的情形,足见雷抒雁当时的创作实绩。新时期初期,在当代诗歌创作群落里复出的和新涌现的有多个方阵和队列,复出的老诗人如艾青、臧克家、田间、卞之琳等,稍晚一代的有牛汉、绿原、邹狄帆等,正值中年迎来诗歌创作高峰期的如公刘、白桦、李瑛、流沙河、邵燕祥等,雷抒雁则处于上世纪七八十年代崭露头角的青年诗人行列。难能可贵的是,雷抒雁很快并且从此一直站在诗歌创作的前沿,成为当代中国诗坛的中坚。如果我们考察中国现代当代诗歌的流变,再考察上世纪90年代之后出现的诸多失去创作实绩和公共认同性的"流派"和诗潮,就会发现,雷抒雁是难以归类的一个,是特立独行的一个。而他的诗歌创作,恰恰是新时期诗歌史的实践者和见证者。

有评价说,雷抒雁是变革时代的抒情诗人,这个评价定位是恰切的。雷抒雁崇尚狄德罗的话:"什么时候产生诗,那是在经历了大灾难和大忧患之后,当困乏的人们开始喘息的时候。"他也崇尚雪莱的话:"在一个伟大民族觉醒起来为实现思想或制度上的有益改革的斗争中,诗人就是一个最可靠的先驱、伙伴和追随者。"②雷抒雁把自己定位为一个追随者,他说,他的诗歌即使不是历史事件的记叙,也是历史事件在心里留下的擦痕。和许许多多诗人一样,雷抒雁是思想解放和改革开放的受益者,他又以诗的方式参与整个民族的精神苏醒和精神成长,"真理往往像珍珠那样是精神和血肉之躯在长期痛苦中的结晶/三十年凝结成一颗巨大的珍珠/它的名字叫作:觉醒。"这是白桦写的和雷抒雁《小草在歌唱》同时代、同年份的诗句。必须在思想解放,启蒙、批判、反思的时代背景和思想背

---

① 孙绍振:《新的美学原则在崛起》,载《诗刊》1981年第3期。
② 转引自雷抒雁、牛宏宝:《叩问变革年代的诗境——雷抒雁访谈》,载《延河》2009年第6期。

景中看待雷抒雁的创作，由此视角，雷抒雁的功绩，则不仅仅在于主体性的觉醒，还在于对抒情主人公的改变，无疑，应该把雷抒雁看作变革时代敏感的先锋。

雷抒雁曾说："流派蜂起，我无派无流。"如果一定要给雷抒雁找一流派，那么，他是现实主义派。自思想解放诗歌大喷发之后，晚近以来，诗歌与公共事务渐行渐远，典型者如所谓"民间写作"和"知识分子写作"两股思潮。"民间写作"更多的是关注个人的生活空间，要摆脱的是"历史动物""文化动物"，要抵达的是"诗到语言为止"。而知识分子写作，实际上忽略了知识分子的公共关怀，着意强调的是作为一个特殊知识系统的诗歌。两股思潮有着惊人的本质相似。在诗界，人们力图斩断审美与社会的关系，诗人们相信诗的目的在诗本身，拒绝对历史社会等公共空间的书写成为诗的崇尚。在这样的思潮背景下看雷抒雁，他毋宁是一个孤独者，也是一个现实主义诗歌观的坚守者。雷抒雁曾谈到人类的情感疆界，他说："感情疆界的大小及远近，正是一个人心胸和精神境界宽窄的证明。"[①]"一个好的诗人，除了关注自己，还应该关注大家，关注千百万的人民。……一个诗人应该是有思想的，好的诗人也应该是个哲人，他提供给我们的，不仅是审美的，同时也应该是启迪的、思考的，这些是促进人类进步的东西。"[②]在新时期后期的诗坛，雷抒雁的声音并无惊艳之处，但几成空谷足音。雷抒雁广纳百川，无宗无派，他承传的是从艾青到公刘以后中国现当代诗歌史上宝贵的现实主义传统，他是中国当代现实主义诗歌创作链条最具代表性的诗人之一，他的对诗的认识和坚守，创作理念和实践，是当代诗歌的一笔宝贵资源。

在当代中国诗坛，雷抒雁是一个丰富的文本，他的诗的意象不但有祖国、人民，不但有反思、忧患，还有生死，还有爱情，还有对生命的体

---

① 雷抒雁：《雁过留声》，长江文艺出版社，2005年，第305页。
② 雷抒雁、牛宏宝：《叩问变革年代的诗境——雷抒雁访谈》，载《延河》2009年第6期。

悟和探究。他的诗歌的最突出特点，在于将历史的宏大叙事与个人的生命经验及独立思考相结合，表现出了积极用世的社会热情和浓烈的饱满的诗意。研究雷抒雁，目前较多的话语注重于他的诗歌和时代关系，他的诗歌本体，粗略地探究他的创作背景，应有助于对雷抒雁诗歌创作的解读。

原载《西北大学学报》（哲学社会科学版）2013年第4期

作家高建群

有句话说，大隐隐于市。在我们生活的这个城市里，有几个不肆张扬却令人肃然起敬的大家。比如陈忠实，比如贾平凹，当然，还有高建群。如果把文学生态比作树林的话，高建群是一棵大树；如果以作品的品貌为依据把作家分层次的话，高建群居于一流。我甚至觉着，这些从乡村走出来的创造者，他们所显示出来的实力，取得的成绩，愈来愈是一个宏阔的充满谜团的课题，当思想的行程走到今天的时候，很难界定他们是作家，还是知识分子，沾带着泥土和草根的知识分子。

上个世纪八九十年代，当高建群以《遥远的白房子》和《最后一个匈奴》名世的时候，就显示出了特立独行和卓尔不群的气质和姿态。在精神气质方面，如果要找出和高建群相类似的作家，我相信人们会想到张承志、周涛、张炜，还有已故的作家昌耀和路遥。他们是一张画像上的一群，又是一个个心灵丰富的个人。在这些作家的血液里，有浓烈的理想在燃烧，有桀骜的气质在抵抗，还有纯净的文学认知和表达。人们承认高建群的大气质和大气象，当《最后一个匈奴》行世的时候，有评论认为，它接近了一个史诗的建构，黄土高原的生命冲动史诗和革命的史诗。但是，这不妨碍许多赞叹给予《遥远的白房子》，它也有史，但是史更自如地在传奇、在风情、在感伤、在严酷的浪漫和美好的人性的诗意的河床里激荡。如果说到托尔斯泰，人们会想到《战争与和平》和《安娜·卡列尼娜》，英国作家高尔斯华绥说，它们就像托尔斯泰驾驶的两匹马，第一匹雄伟得有时难以驯服；第二匹马的嘶鸣，则传达出了托尔斯泰胸腔深处的叹息，接下来是广袤的俄罗斯的叹息。我们还可能说路遥。路遥的《平凡的世界》和《人生》都是代表作，但是有迹象显示，随着文学流程的积淀，依据对文学常规的认知，更多的评价还是给予了后者。就是路遥提出，注意高建群。这个文学道路上的殉道者多年前说这话的时候，刚刚成为英雄不久，它的潜台词是什么，请注意黄土高原上另一颗闪光的星辰。

　　通常，作家都是一个矛盾体，都有着多重性格组合，高建群也不例外。有时候，他是木讷的，你会在他忧伤的眼神里读出谦卑和高傲的组合；有时候，他是一个纤细的多情善感的诗人；有时候这个诗人又显示出豪迈自信的情怀，他会泛滥地将美好的词汇赠予他遇到的每一位女性，同时又慷慨地赠予洗礼过他们的山川河流；有时候，他是一个敏感和受了屈辱的孩童；有时候他又像是一个彻悟了天地的哲人，显示出智者的一面。高建群的精神图腾是加缪，是普希金，是纪伯伦，是已成为精神象征的堂·吉诃德和西西弗斯，还有民间的生命哲学。高建群说，他有三个生活基地，陕北、渭河平原和遥远辽阔的北疆地区，这是高建群的人文地理坐标，这三者蕴藏和腾跃出的人文气质是他的精神资源。我猜想，高建群大概不会否认他躯体里流淌着红色经典的血液和来自大地、来自民间的智慧气息，这些构成了他文化资源和精神支架的主干。这一切，在他的创作中尤其是近年来的散文创作中得到了舒畅的裸露。

　　西部诗人周涛说，谁有大气象呢？谁的作品有大气象谁就有大气象。高建群是小说高手，也是大散文的营造者，他的散文漂亮、流畅，大开大合，才华横溢。一般说来，我们在惊讶于一位作家的才华时是一个较高的评价，但它仅仅是构成大气象、大散文的一个层面，而非充足的质素。在高建群这里，更充足的是，大视野下对文明变迁史、人文地理史的诗化探索，是公共关怀中悲悯和伤感的色泽和品貌，是粗犷辽阔的意象，是民间生命智慧的传达，是生命的感悟力和精神指向性还有胸襟气度的畅扬。

　　我最后想指出的是，在高建群晚近的写作中，赤诚咏叹在减少，平易宽阔的气象在增长！

原载《陕西日报》2004年12月3日

关于冯积岐

我曾经读过冯积岐的短篇小说《舅舅外甥》，这篇小说写人和人之间、欲望和欲望之间的冲突，进而由此折射出鲜明的时代色彩和历史演进过程中的永恒内容。我记得这至少是四五年前的事了。在当时这个文学大省轰轰烈烈的蜂拥中，冯积岐的这篇小说有点像一个刚刚进入城市的农村青年，带着更接近人的本质的质朴，又像这个青年怀揣着的一包泥土，散发着浓郁的生活气息。一些陌生的同行也看到了冯积岐初露的才华的闪光，但是这道光并没有迅速燃烧起来。尽管冯积岐后来的几篇小说以地道刻刀般的笔法对农业生活的雕刻使人信服地感到他的创造潜力，但潜力终未变成炫目的现实。后来我发现冯积岐不止一次说到或写到《舅舅外甥》，仿佛一个人面对自己处女作的兴奋，在自己有限的创作生涯中《舅舅外甥》便有了里程碑的味道。其实冯积岐知道，它只是和时下印刷的许多更平庸的小说相比，比较好一点而已。此后冯积岐就遇到了机遇的难题。时代的短暂的喧嚣折射到冯积岐身上，便成了苦闷。沉默构成了嘲讽。其实许多深知这条道的悲剧意味的同行，还是理解敬畏这个沉默者受挫者忧愁的面孔的。

后来我见到冯积岐的时候，发现了纤细柔弱、天生的忧愁和痛苦、真诚的自卑和压抑，以及一些无奈的充满怀才不遇和自怨自艾的话语。这个形象的切入陡然给我以强烈的伤悲和亲切。在这个时代"假冒伪劣"几乎骗取了心灵的本质的时候，冯积岐的不乏高尚的内心生活恰恰是用最真诚本色毫无矫饰的方式表现出来的。我猜想冯积岐晚上走在这个城市灯红酒绿的大街上，定会感到一种强烈的格格不入和无所适从。冯积岐崇拜凡·高们，凡·高们在巴黎的穷苦工人进出的小酒馆里大声喊着："泥土之中比巴黎的所有沙龙中有更多的富于诗意的东西"，"痛苦比漂亮更重要，赤裸裸的严酷现实比法国全部财富的价值更高"。性格不允许冯积岐有发宣言的勇气，冯积岐从刺痛心的混杂着污浊与傲慢的城市图像中走回来，只会咽咽唾沫，用精神折磨来显示自己的桀骜不驯，来抵抗这个世界。

　　如果这个时代还承认渺小的苦斗者，冯积岐便可以忝列其后。冯积岐曾经说："我的做文章首先是一种自娱。"这正应了文学是一种逃避一说，但冯积岐的全部行动都在反驳着冯积岐自己。冯积岐内心深处必定有着一个情结。不必说破。我所知道的是，冯积岐目睹着这些年文学潮流的涨落起伏，惊讶之中也在急切地左冲右突，寻找着实现自我的可能性。我读过冯积岐若干不错的也许今后也发表不了的小说，感到他有时候抓住了自己生命的存在，有时候则被流行的时尚裹挟走了。冯积岐曾经告诉我，他想写得和陕西作家不一样一些。作家的话里有时埋藏着更深的思考，冯积岐也许是想说他对随波逐流的反动、对陈陈相袭的厌恶，但这表述至少表面并不大气。在人们的欣赏趣味愈来愈苛刻的时候，在人们对冯积岐的期待中，即使冯积岐陆续拿出真货，也不易引起人们的惊异和惊喜。

　　事实上，冯积岐的追求一直处于真正的文学层次，区别心志高远者和庸常之辈的不在于表面的目标，而在于对人类生活感知的深度和写作者具有艺术素质的纯洁与正直。从表面看，冯积岐的笔触仍然没有离开农村，没有离开深重的背景，但是背景从前台向后站了，变得名副其实了，重大的社会事件以及事件直捷的辐射失去了位置，对现实生活的关注、对乡土的炽烈的爱恋的情感也已退居幕后，随之而来的是人的存在的显示代替了激动人心的故事，鲜明的描写里增加了奇异、荒诞和隐喻，宛若冬日里黄土地瑟瑟抖动的树干。冯积岐的有些笔法使人想到干燥和冷峻，单调的话语的编排和某一些生活空间、人的精神本质构成了奇异的统一。小说的制作过程是一次欲望的宣泄,读小说的时候最重要的在于体悟,当意义揭示出来的时候,人便变得无聊。

在冯积岐的这一组小说里,古老沉重的村社文化的压力无处不在,因此欲望的实现采取了节制的甚至于压抑的方式,规范成了天性中的自然,男女之间的纠葛采取了暧昧和忽隐忽现的形式而不是轰轰烈烈,性的憧憬转换成了压抑中的抗议,精神的匮乏和精神的渴望互为因果。《烟》便是如此。对男人来说,性的诱惑带来的是难言的幽怨,对女人来说,幽怨中包含着抗议和善良。这篇小说在写了人性的矛盾的悲凉之后又说:"烟其实什么也不是,烟就是烟。"在《断指》中作者也揭示道:"含混比明朗更具有意味,不少真实的东西是在模糊中包藏着的。"就如同冯积岐把竹竿、木棍作象征性的道具使用一样,恰切、自然等等之后仍留着技术层面的痕迹,此类提示并不高明。作者似乎是要急切挣脱具象的限制而升华人类存在的普遍意义,其实这一组小说的价值恰恰在于写出了人的具体境遇。有一则消息说,上海国际电影节上《凤凰琴》未能评上奖是因为外国人对中国的民办教师、公办教师一说不能理解,实质上这是这个国家赤裸的涉及人之鸿沟、人之地位、人之尊严的现实。冯积岐小说中人物的生活方式和心理欲望,也无法摆脱特定现实的阴影。冯积岐把他们展现出来的时候,爱恋和愤慨都挤压其中。落后、闭塞的生活空间是不是限制着人的追求和境界?有限的欲望和向往里是不是常常爆发出人性中最闪光的光芒。冯积岐困惑得简直无法判断。单调、匮乏的精神生活以及封闭的环境造就了一种特定的生活,造就了《一种生活》中的李岸。人的摆脱贫乏的努力和人的劣根性形成了对照。《一种生活》是这一组小说中最显示活力的一篇,对人生的认识牵引着冯积岐即使写这种寻求激动和激情的心理,也采取了平静的方式,批判的锋芒并不是世俗的有着道德尊严的老行长,而是那个可怜的也在寻找新鲜的其乐无穷的李岸。对根旺和大燕由离婚到复婚的过程,李岸的评价很有意味:"人就是这个样子了,你两个过去不是常说再不能这样生活了,现在还不是这样生活着?"写出了人的境界的差异,还是文明的悲剧?李岸的认识很可怕可悲,还是李岸说出了生活的真谛?冯积岐不知如何把握的,恐怕冯积岐会说,你读出了什么就是什么。《烟》也是如此,《烟》中的"发乎情止乎礼义"的压抑方式,似乎也在展示着黄土地上痛苦而无奈的人生。在这一组小说中,《断指》是最具有普遍的人性意义的一篇,在出人意料和荒诞的文字底下,人的原罪意识是用沉默的方式表达出来的。这是一个深刻的主题。它最为明显地说明了冯积岐已经开始直逼人的本质。

也许可以说冯积岐全部的用心都在接通着20世纪中国文学改造国民性的主题,冯积岐艰苦的磨砺也在为内心的气象做准备。冯积岐这一组凝重的篇什使人丝毫不怀疑他对文学本质的认识已达到了相当的深度。使冯积岐感到困惑的是如何找到自己最恰当的表述方式。因为明显的事实是,生命的张力并未淋漓地释放。冯积岐还有一些困惑。其他的困惑并不重要。个人的痛苦有时不一定要扩大成忧国忧民的气度,纤瘦的身躯也是人类一分子,自卑的心灵也能感悟人类本质的一部分。对于已经把握住了文学的本质的冯积岐来说,当紧的是,树立自信。

原载《延河》1994年第1期

和谷是陕西文学的兄长

和谷是我的学长、兄长，是我尊敬的前辈。但今天不谈这些。更重要的，和谷是陕西文学的兄长。如果说柳青、杜鹏程、王汶石、李若冰们是陕西文学的父辈，那么和谷们就是陕西文学的兄长。和谷文学创作五十年，从1972年到今天，跨越两个时代，半个多世纪，跨越许多重要时期。和谷是改革开放的新时期陕西的第一代作家，是陕西作家群的主力。这一代作家以路遥、陈忠实、贾平凹为代表，和谷也是重要代表。历史越往前走，我们今天看，我们说，我有充分的理由坚定地认为，和谷也是陕西文学的旗帜之一。

陈忠实、路遥、贾平凹的创作开始于一个变革时代的前夜，和谷的创作，开始于一个时代变革的前夜，是什么打开了他们的视界，给予了他们上升的空间，让他们有了新的文学知识，改变了他们的命运？是改革开放的大时代，是国家、民族的历史进程。因此，和谷的文学，以扎实密集的叙述，以广阔的幅度，以诚实的身心感受，以向土地、乡村和普通劳动者、创业者致敬的感情，书写了现实的生活、历史的冲动和进步。这个，《国风》里的主人公和"关中民俗博物院"的前世今生，就是一个明证。

和谷真正的创作，始于改革开放之初，和谷第一阶段的创作，就给陕西文学树立了高度。80年代初期，获全国文学大奖的作家作品我举几例，贾平凹的《满月儿》、陈忠实的《信任》、莫伸的《窗口》、路遥的《惊心动魄的一幕》，邹志安略晚一点吧。和谷是陕西第一位获全国文大奖的散文作家。我说的作品是《无忧树》。那个时期的文学奖，十足的含金量。和谷他们，把起跑线和高度连接在了一起。和谷获得的荣誉和奖项，我不列举。在陕西，和谷是展现了广阔度的作家，散文、报告文学、小说、诗歌、歌剧、历史人物传记等等，他是单打选手，也是全能选手，而且是全能选手里的种子选手。在陕西，和谷属于多才多艺、题材宽广、体量丰厚、成就突出的作家之一。如果让我继续说，他是人格和文格统一的作家，是低调、内敛但有资格内心骄傲、自信的作家。和谷的小说，我们关注少了，他的小说，蕴藉，内敛，含蓄深长，无夸饰张扬之气而韵味悠远，地之子的感情和时代在土地上划过的印痕，超出个人人生的生活哲理、伦理充溢于日常叙事之中。在报告文学领域，和谷是全国一流的，而且至今是一线的、一流的报告文学作家。《市长张铁民》《春归库布其》，还有《国风》等等，它们获得的荣誉我不例举，现在让我说一下和谷的《国风》。和谷1952年出生，王勇超1957年出生。同代人，他们有重叠的人生、共同的命运，伴随着同样的时代，他们对许多事情一定有同感共振。所以，《国风》是两个人的书写，也是一个时代文化发现、文化重建、文化复兴的剪影。《国风》为什么开阔、大气？因为它展开了背景参照，又聚焦于个体生命实践，立足于主人公的人生历程。真实的创业、转型和颇有传奇的人生经历的书写，活现了一个人勤劳、善良、柔软又血气、义气的性格，展现了一种文化情怀的成长，一种文化理想的上升。

再往细点说，和谷和王勇超有许多共同的东西，农家出身，草根子弟。现在有个字叫资源，他们哪里有资源，最大的资源就是田野和乡村，就是天空和土地，还有勤劳。如果有机遇，这个机遇也是一线窄缝，是时代的大环境打开了机遇的大门。他们后来体味愈深接受愈多的东西，乡村的伦理背景，关中大地丰厚的历史文化资源，在艺术世界里来自不同方向而又重叠相交的趣味，所以，我说《国风》是眼力、识力、精神和格局的相遇。我说"格局"的时候，大不大？不大。我们可以这样说，这样问。我们在《国风》中已经读出了《国风》主人公的动机、理念、思考，正如和谷在文学写作中不断接受文学的塑造一样，《国风》的主人公也在不断接受具有历史文化信息的有形的器物的塑造，关中民俗博物院是民间的，是个人财富，但它早已超越了这个意义，而上升为公共价值。王勇超会把这个具象的关中民俗博物院带到哪里去？当然，要带到民族、民间文化的传承中去。这些，原谅我说，在《国风》中并不是表现得很充分，但已经可以读出。

今天，我们研讨的是《国风》的修订本、扩展版，我想说，《国风》这幅承载着民间历史文化、人生理想的卷轴正在打开，一直打开，那么，关于《国风》的记述、书写，一直会继续下去。

原载《西安晚报》2022年9月15日

阿莹的文学品貌

关注陕西文学的人都有一个普泛的认知，这就是陕西有一批出身农村、以写农村题材见长的作家，他们和他们的作品构成了陕西文学的主干。这大略是没有错的。但这并不能构成陕西文学的全貌。新时期的陕西文学地图，实际上呈现的是一个繁复丰富、立体交叉的景象，在作家结构和创作结构上，还有一支有意无意间被忽视被遮蔽了的有实力的创作队伍，这就是承传了杜鹏程以《在和平的日子里》为代表开启的传统、以写工业题材见长的创作队伍。如果公允地检视，这支队伍是响当当的，有实力有实绩的，是和陕西其他作家相互滋养、相互激励，参与和推动了陕西文学的成长发展的。这一支队伍里有丁盈川、莫伸、徐剑铭、张敏、韩起、周矢、庞一川等。当然，还有阿莹。他们在整个中国文学界都被认为难以驾驭、难以表现的工业题材领域里进行了执着的、可贵的探索，他们为陕西新时期文学的品貌增添了轰鸣和火花。在他们的笔下，也留下了共和国前行的曲折脚步，中华民族为自尊、自强而奋进的勇气和精神。

我觉着，评论阿莹的创作，首先离不开这个大背景。阿莹的创作，始于新时期文学发端的上世纪80年代初期，他的作品，在当时就显示出了良好的起点和才华，他的短篇创作中显示出的对社会运动和时代转型的思想追寻，对创作方法、叙述视角的探索尝试，在当时的确给人以新颖和领风气之先之感。这些年来，职业和身份不允许阿莹将主要精力投入文学创作。但是，一种浓浓的文学情怀仍然在他心中潜行生长。事务的繁忙并不和对内心的追寻构成矛盾,这得益于一个人的综合素养和修养,得益于内在品格和价值理念。不经意间,阿莹已经有了较丰富的收获,他有散文集《缘地》《俄罗斯日记》和小说集《惶恐》等行世。我特别要提及的是,他撰写的报告文学《中国9910行动》,展示了中国国防科技战线上那些勇于奉献的科学家的风采和感人事迹。我觉着,这篇报告文学,深深凝结着阿莹的文学理想和社会责任。

阿莹的小说创作,除主题和题材上有鲜明取向之外,艺术上也是讲究的,有特色的。给人留下深刻印象的是他那含而不露而情绪饱满的书写方式。他的小说集,开篇便是一般作家很少使用的第二人称叙事视角,《珍藏》就是用这种叙事方式写成的饱含挚情的作品。作品讲述的是父亲在"文革"年代一段坎坷、困苦的遭遇,作者通过一个普通工人的悲凉的人生揭示了那个动荡年代的哀伤。阿莹虽以写短篇为主,但尝试着多种叙述方法。《惶恐》注重人物内心刻画,《秘书日记》用的是笔记体,《错位》在不动声色、冷静的叙述描写中展示了特定时代现实生活的残酷,具有强烈的批判精神,而《雨声里的韵味》《雪花静静地飘》中则又充盈着清新、雅致、湿润的风格。阿莹的《山上草青青》讲述的是一个特定时代环境下的"陈世美"如何抛弃"秦香莲",二十年后心生悔恨之意,回乡寻梦忏悔的故事。这是一个看似平常的故事,却被作者刻画得特别动情。小说由石心泉回乡写起,最后落到石心泉前妻刘秀秀的坟茔,以一双黑棉布鞋为线索讲述了石心泉与刘秀秀、周玉茹之间的感情纠葛。作品始终在时代变迁的大背景下、在昨日追述与今朝的怨悔中进行时空交错。当读者终于明白了山头的那青青绿草丛中孤寂的坟茔就是刘秀秀的葬身之处,才明白了小说命名为《山上草青青》的深层含义,不由感叹作者运思之巧妙。这篇小说凸显了普通劳动人民善良、纯朴的品格,将对人性的反思和历史的反思融为一体,放在当时的"反思文学"思潮之中,也是一篇优秀之作。这篇小说,也显示出了作者良好的艺术修养和艺术功力,显示出了阿莹驾驭大制作的能力。

阿莹的散文，质朴，本色。老托尔斯泰说过，一篇东西有时可能很有趣，甚至叫读者入迷，然而，如果没有真实的为作者亲身体验过的感情，那就不能叫作真正的文学。阿莹的散文，平常的叙述中有蕴藉，平静的抒写中有情怀，无不是心灵、情感过滤后的产物。我感兴趣于阿莹对童年趣事、故乡的田园风光、乡村中的人情世故的记叙，感兴趣于阿莹笔下流淌着的民间传统和乡间智慧，更感兴趣于阿莹在对家乡的记叙中的主体情感。阿莹是位善于用笔墨表述内心世界真切感受的作家，在对昔日故乡深情回眸之后，他的笔端饱浸情感，思绪延伸得很远，于倾心抒情间，精心撷取具有厚重生活内涵的细节和片段进行点染，从而使作品产生绵长的意境和韵味。《步入永恒》和《西域情结》，都显示了阿莹捕捉细节铺展画面的能力，这种能力在阿莹的报告文学《中国9910行动》中得到了鲜明的体现。这篇作品，视野宏阔，字里行间流露着对祖国国防科技事业的挚爱和关注。作者在遵循报告文学所依据的一般准则的前提下，在真实、客观的原则下，发自内心地进行着浓郁的抒情。这篇厚重、大气、宏阔的报告文学，时而豪情满怀，时而自然深情，随着序篇对阅兵壮观场面的勾勒，文章自然而然地转入上篇——陕西军工人接受光荣的9910行动任务，投入热火朝天的战斗。多少个不眠的夜晚，多少个心血熬干的白天，陕西军工人用自己的青春，生产、铸造了辉煌的诗篇。到了中篇，阿莹用他充满文学色彩的笔触真实记录了陕西军工人执行9910行动克服种种艰难的事迹。下篇里，作者又着力于画面的渲染刻画，演习前不眠的夜晚，远程导弹划破长天，陕西省阅兵表彰会的隆重场景，讴歌了陕西军工人为国家国防事业的发展作出的卓越贡献。

阿莹并非职业作家，但是在繁忙的社会公务之余，他能独守一份宁静，在喧嚣热闹中进行艰辛的、漫长的心灵跋涉。只有对文学拥有执着情怀的人才会有这样的坚守，才会在忙碌一天之后，独坐灯下，抒写对社会、对人生、对大自然的感受，才能在繁忙的出访行程中，用宾馆的笺纸记述旅途中的丝丝心语，倾吐心中无尽的感受和情愫。《俄罗斯日记》就是在这样的情景下诞生的一部散文作品。阿莹说:"由于俄罗斯的历史与我们中国的发展道路有着太多太多的联系,几乎在我经历过的每个阶段都留下了深深浅浅的烙印,更何况我就是在苏联援建的一个军工厂里长大的,在我那幼稚的记忆里就积存了许多关于苏联的疑问和传奇。"所以,《俄罗斯日记》与其说是一次不期而遇的遭遇,毋宁说是阿莹浓郁深久的内心情绪的一次释放,一次关于人类社会进步发展的思考的追问和解答。所以,在俄罗斯的日子里,尽管公务缠身,阿莹却情不自禁地将目光深入街巷小屋树林河道中去探寻。所以,那曾经在几代人内心留下的热情和梦幻依然会在阿莹内心深处涌起共鸣和激动。那承载着许多历史故事的红场,那美丽的莫斯科郊外的晚上,那克里姆林宫塔楼上耀眼的五星,那浩浩荡荡凝结着历史的涅瓦河,那列宁格勒战役中浴血奋战的英雄,依然令阿莹迷恋、憧憬,红色情结依然在阿莹心中挥之不去。阿莹的《俄罗斯日记》远远超越了一般的游记体记叙,这本书的文字,常常散发出深长的意味和忧思。"那一栋接一栋古典但不算古老的巴洛克式建筑在竭力展现着最动人的风采,粉的黄的白的灰的墙面,有的已焕然一新,显示出历史的优雅,有的正在粉饰,透露着新鲜的妩媚;有的墙面斑驳,传达着坎坷的沧桑,与那永远流淌的涅瓦河吟唱着不朽的歌谣。""中国发生的许多事情都与苏联这个已成为历史的名字纠缠在一起,时而暴风骤雨,时而大江浩荡,时而曙光微露。"阿莹对俄罗斯过去和今天的解读,镕铸了自己对社会历史进程的思考。它是诗情和哲理的洋溢,但远远超越一般性的诗情和哲理的抒发,而是在一种沧桑和曲折中,在一种壮烈和神圣中,在对一种博大、坚强、苦难、忧郁、善良和牺牲精神的探寻中,寄寓着对人类命运、对本民族历史进程的思考和期盼,对理想社会和未来生活的热切寻求。

在阿莹的文学世界里,展现了他的两种创作取向、两种人文地理坐标:两种创作资源,一种是相对遥远的愈来愈牵动着他情感的故乡,一种是他以职业和生命投入其中并具体伴随着他整个生命历程的鲜活的沸腾的共和国的工业战线。阿莹的故乡耀县历史悠久，人文积淀深厚，那里的耀州青瓷誉满青史，那里是古代大书法家柳公权和医学家孙思邈的故里，那里民风淳朴，民众勤劳勇敢善良，千百年来的民间智慧、承传久远的民族伦理准则和悬壶济世的民本思想，从童年开始就在阿莹的血液里流淌。如果考察阿莹的人生履历，他也是差不多与共和国一同诞生，以自己的人生过程具体展示了与共和国共命运的一代人的生命特征。共和国的风风雨雨、灾难和曲折、改革和开放、复兴和谐发展，都伴随着阿莹的生命过程；共和国思想和社会的成长史、建设史，自尊、自强、向和谐小康社会迈进的历史进程，阿莹投身其中，感同身受。在阿莹身上，在他的文学细胞里，流淌着红色经典的血液和来自大地、来自民间的智慧气息。

这些，构成了阿莹创作的精神坐标。阿莹的文学世界从思想主题和艺术特色上看是丰富多彩的，但在文学理想、社会理想、人生理想的价值坐标上构成了统一。

原载《延安文学》2007年第5期

工业文学的思考、书写和收获

——评阿莹的长篇小说《长安》

阿莹的长篇小说《长安》，我是较早的读者之一。在和阿莹的交流中，我能感受到阿莹身上精益求精的文学精神，同时又能感受到因为一次写作在他内心发生的有关历史认识的、社会理想的、记忆的、情感的难以平复的翻滚。长篇小说《长安》对于阿莹来说，是刻骨铭心的安妥灵魂之作。我当时就写下了我的感言，我认为，阿莹的长篇小说《长安》是一部有历史感、洋溢着时代精神的现实主义力作。作者的创作，调动了自己的生活积累和情感积累，一如陕西的文学创作，有着厚重的生活内容和艺术上的独特追求。《长安》对历史感的追求体现在两方面：一方面是历史长安，这是一个既遥远又贴近的背景，作品很自然地将这一历史感、文化感融于作品之中，既有写实，又有寓意象征，贴合着新时代的愿景；另一方面，是中国革命的历史，这一历史始终贯通于作品，是人物性格的血液，极其合理地书写出了军工人的思想性格、职业行为、社会理想的历史逻辑。《长安》不乏诗意、抒情，甚或传奇浪漫之亮点，这个亮点映照着那个时代蓬勃向上的时代氛围，但总体上是写实的，书写的是军工战线的发生史、成长壮大史，一代军工人的奋进史，再现了共和国历史上一个特殊领域的奋斗岁月，有为一代人立传、颂扬共和国精神的主题和效应，书写共和国道路、经验的主题，连接着新时代的大主题。

《长安》出版之后，迅速引起了文学界的注意和评论家的高度评价，我也追踪关注有关《长安》的评论，以印证自己的判断，扩展自己的视野。阎晶明的"戏剧性和烟火气"，贺绍俊的"国家意识"的揭示，王春林的"宏大叙事和日常叙事"，肖云儒的"破局"，孟繁华的"富于激情的个人和国家民族命运"的分析，李敬泽的"富于宏观视野的社会主义重工业史书写"的概括，构成了一个总体上打开《长安》的丰富内涵和文学意义的景象，给人以豁然开朗之感。

　　长篇小说《长安》书写的是新中国成立之后，第一个五年计划开始之际一直到改革开放前夕，我国军工企业从无到有、从创建到发展壮大的历史，书写的是一批从战争的硝烟中走进新生的社会主义时期、投身于新中国现代化工业建设的第一批军工人的历程，是一部典型的工业题材小说。评论《长安》绕不开工业题材创作的坐标，绕不开这一领域历史性的参照。打开中国当代文学史，回顾新中国成立后的工业题材创作，几乎找不到作家作品的位置，"创作总体上乏善可陈，描述范围狭窄，人物、情节设置的公式化，是普遍问题"。洪子诚在他的《当代文学史》中的评价，几乎是当代文学史家的共识。但是尽管当代文学史上的工业题材创作没有取得像乡土创作、历史题材创作那样高的思想和艺术成就，但也不能否定这一领域作家的耕耘努力。考虑到中国是一个传统的农业大国，乡土题材创作有深厚的土壤和传统，而工业题材的创作不可避免地要受到工业发展基础、背景和经验的有限性的影响，我们在工业题材领域的开垦反而显得更难能可贵。五六十年代，艾芜的《百炼成钢》、草明的《乘风破浪》为工业题材的创作积累了经验，改革开始之前和改革开始之后蒋子龙的《机电局长的一天》和《乔厂长上任记》创造了一个时代工业题材的辉煌。这些年来，工业题材创作虽然不占显赫位置，但一直有作家在投入热情和行动，在作观念和艺术方面的探索，显然是有一个工业题材创作的谱系。当我们评论阿莹的《长安》时，就是放到陕西或者西北这样一个文学领域，我们会想到杜鹏程《在和平的日子里》开启书写共和国工业建设的传统。

现在我们评论当代文学史上的工业题材创作，应明确认识到，有几代作家在整个中国文学界都认为难以驾驭、难以表现的工业题材领域里进行了执着、可贵的探索，他们为中国当代文学的品貌增添了轰鸣和火花，在他们笔下，也留下了共和国宏阔的、曲折雄壮的脚步，中华民族的自尊、自强而奋进的行动、信念和精神。

阿莹的《长安》就是在这个延长线上出现的一部作品。

陕西有深厚的文学土壤，常常有意想不到的作家作品出现。陈彦的长篇小说《主角》获茅盾文学奖之前，并不太为"圈内"知晓，其实他已有长久的文学积累。阿莹也是这样，他是陕西改革开放之后涌现的第一批中青年作家，阿莹上世纪80年代初期的小说创作，起点很高，显示出他对社会运动和时代转型的思考追寻，对创作方法和叙述视角的探索尝试。近几十年来，阿莹在多个艺术领域实践探索，取得了可观的成果，而工业题材的创作，一直是他心之所系，例如，他的相关报告文学写作，他的话剧《秦岭深处》，聚焦的都是我国军工历史、军工建设的题材和主题。当我们把它们和《长安》联系在一起的时候，自然会把这些看作作者创作长篇小说《长安》的积累，生活经验的积累和艺术经验的积累。阿莹在《长安》的后记中讲到自己从小生活在一个负有盛名的军工大院里，"在这座军工厂里参加了工作，又参与军工企业的管理，后来我尽管离开了难以割舍的军工领域，军工情结已深深地渗透到我的血液里了"。阿莹说："我的视角应该聚焦在相对熟悉的军工企业。"阿莹的文学世界，展现着两种人文地理坐标，两种创作取向：一种是相对遥远的牵动着他情感的故乡，他主要以散文形式表现；而更重要的是他以职业和生命的双重身份投入其中并具体伴随着他整个生命历程的鲜活的沸腾的共和国的工业战线。阿莹差不多是与共和国一同诞生、以自己的人生过程见证了共和国工业历史和共和国现代化过程的一代人中的一员。在工业战线，共和国所经历的风风雨雨、灾难曲折、改革和开放、复兴和发展，阿莹都感同身受。所以阿莹说，可能是由于长期从事工业管理工作的缘故，对我国富起来的过程格外关注，看到《大国重器》这类电视节目常常会泪流满面，而我们国家发生巨大变化的原因，阿莹认为，"其中坚力量是工业的突飞猛进"。文学要宏阔地书写历史，反映时代，从事工业题材创作的作家都有共同的心愿和抱负。蒋子龙说"我国缺少一部工业题材的小说"，阿莹说，"面对波澜壮阔的时代，文学绝不能缺位啊"。阿莹说他创作《长安》是为了实现一个曾经的军工人心底的夙愿，而我们在《长安》中读出的是一位情感饱满、情怀深厚的作家在文学理想、社会理想价值坐标上的实现和统一。

  《长安》应该是挑战难度的写作，这个难度表现在两方面。一方面，在艺术经验的积累上，当代工业题材的长篇小说创作始终是一个薄弱的领域，创作实践和理论探讨并没有提供丰盛的资源。站在今天的新时代从事工业题材创作，必然有一个如何面对过往的经验和教训问题。阿莹在这方面做了充分的准备，他阅读了大量的国内外尤其是苏联和我国新中国成立后一直到改革开放时期的有关工业题材长篇小说，而且在艺术上进行了深入的思考。阿莹说："我在阅读我国工业题材的小说时，感觉这类作品喜欢沉浸在方案之中。新中国成立后的作品习惯在技术方案的先进与落后方面花费笔墨，后来的作品习惯反映改革方案的正确与否，当然这类作品也的确诞生了经典。但我想，我这部长篇小说不应拘泥于方案之争，而应抓住人物在工厂大院里的命运来铺排，所以我将人物置入巨大的工业齿轮中去咬合去博弈，以便释放人物的内在性格。也就是说想努力反映军工人的灵魂轨迹，而没有仅仅将工厂作为一个背景，以使工厂大墙里的喜怒哀乐具有更为深厚的时代烙印。"阿莹对工业题材创作的问题和局限的认识，不同于一般的理论认知，而多了一层来自创作实践的艺术感受。《长安》有宏阔的历史视野，有重大的历史事件、战争事件的背景，但着眼的是人物的具体遭遇，人物的命运，发生在军工人之间的伦理冲突、情感冲突，交织于工作与生活、现实与理想之间的爱恨情仇，有着浓重的历史印记，又有着丰富的人性内容。《长安》的难度的另外一方面，是如何面对历史，如何追求历史逻辑和文学逻辑相统一的问题。《长安》所写的是建国初期到改革开放前我国工业历史上一个特殊的国企——军工企业的完整发展过程。对这一时段的艺术把握，不像我们后来读到的国企改革类写作，哪怕你面对国企的际遇命运，表现了充足的人道主义感伤，但这个写作也有更宏阔时代背景或政策背景的参照。《长安》以西部军工企业为典型书写的这一段历史，是一个历史存在，是一个社会进程的历史逻辑问题，有浓重的政治生活、社会生活的影响和投射。书写这一段历史，要求智慧，但不仅仅是智慧，要求平衡能力，但不仅仅是平衡能力，它要求写作者有很多的综合素养。这个要求体现在文学之外，又必须体现在作品之中，它要求写出一段具象的历史现实，但必须有今天的思考和站位，要求写作者在历史条件、现实冲突，安全和命运背景，战争与和平的环境，工业生产尤其是军工生产的工具理性链和价值追寻链上展开思考，在现实需要和理想目标之间打通一个大命题，一个连接今天时代的命题。《长安》通过对军工人顽强奋斗的历程、精神丰富深化升华的历程的书写，含蓄而充分地用艺术的方式表达了这样的思考。从这一方面说，《长安》是当代工业书写的最新收获。

　　选自《2021年中国小说排行榜》，作家出版社，2022年

吴克敬的时代认知

我印象中关于吴克敬创作的研讨至少有三次，第一次发生于将近20年前，吴克敬正在媒体工作，是在他厚积薄发之际，我当时称之为吴克敬现象。第二次发生于两三年前，是在北京召开的由中国作协和陕西作协举办的《乾坤道》研讨会。

这一次应该是第三次，在吴克敬的创作呈现出丰厚和宽阔之时。但还是有点特别，我看作吴克敬向母校的一次汇报，也看作母校对她的游子的关切关怀，是母校组织的一次会考。其中包含着一个形象，母校张开宽厚的双臂，袒露出温暖的胸怀。

这个论坛两个概念，大学新文科教育或者新文科理念的实践、探索与吴克敬的创作。新文科目前是一种教育实践、探索。在这个概念还没有落地之前，其实我们西北大学已经有了许多实践、探索，积累了历史经验，提供了工具理性和价值理性两端的经验，架设起了社会与高校、理论与实践、应用和人文方面的桥梁。

西北大学有自己的人文积淀和人文承传。在陕西我们还找不出一所高校像西北大学一样和陕西文学的关系如此亲密，还找不出一所高校介入一个文化区域的文学生态，文学建设如此之深。我举一例，上世纪八九十年代，享誉全国的笔耕文学组，是一个促推陕西文学高峰的文学评论团体。西北大学是重要的发源地之一，笔耕文学组成员的构成西北大学几乎占据半壁江山。刘建军、蒙万夫、薛迪之、薛瑞生、费秉勋，还有董丁诚，堪称这个评论共同体的主体。其中陕西许多作家都和他们构成了亦师亦友的关系，是情感和文学上的朋友，例如蒙万夫和吴克敬。

早在上世纪80年代，西北大学就开始了新文科建设的实践。我说的是西北大学作家班，它集规范性与开放性于一体，又彰显着人文理念。一个作家，如果你一直处在朴素的本能的层面，如果你不具备理论素养，那你上升的高度一定有限，只有实现理性思维的提升，才能获得旺盛、持久、开阔的艺术生命。我想吴克敬一定有深切的体会，因为他深得西北大学的滋养。我说得一点都不夸张，研究当代文学的制度史、文学教育史、作家成长史，西北大学作家班提供了典型的经验，而吴克敬，就是从这里走出。

吴克敬的创作，我这样描述，起点高。他起点之高，非许多作家之可比。路遥的《惊心动魄的一幕》发表于《当代》，陈忠实的《初夏》发表于《当代》，京夫的《娘》发表于《当代》，吴克敬的《渭河五女》发表于《当代》，那是上世纪80年代初中期，而那时吴克敬的身份不能和路遥、陈忠实们相比，他还是一个声名隐微的基层作者，所以同代作家冯积岐说："当时闻讯吴克敬在《当代》杂志头条刊发了中篇小说《渭河五女》，找来认真拜读后，对克敬产生了敬佩和敬意。一个业余作者在《当代》要上头条，的确是件很不容易的事情。"

跨界多年之后，厚积薄发，这是指他在新闻战线工作多年之后，又回归文学，以《状元羊》《手铐上的兰花花》等一批作品迎来喷发期，跃升文学一线、一流行列，以实力派的姿态获得关注，认可。吴克敬的创作一度成为陕西文学的一个突出现象。人们欣喜地看到，陕西文学的优良品质，现实主义精神、浓烈的道德感、深沉的忧患、温情的叙述，在吴克敬的作品中得到了彰显和张扬。

吴克敬是有着自己一以贯之风格的作家，我这样说应该没错，如果认真读吴克敬的作品，会获得这样的感觉。从《渭河五女》到《初婚》到《乾坤道》，到最新的长篇《源头》，吴克敬的风格有一个形成到丰富的过程，但是基础的、根本的调性愈来愈突出。如今人们不怎么谈风格，风格成为一个古典的概念，而是讲调性，是从音乐借过来的一个概念，借以讲一个作家作品的深邃而统一，只能是他自己独特的品性。调性比风格更内在，更深切，包含着作品的叙述语调、节奏。氛围，作家对人和世界的情感态度，由这一切形成的独特性。如果我们考察吴克敬创作的题材、主题，他所塑造的人物，还有他的叙述方式，那么可以得出结论，吴克敬是建立起了自己的调性的作家。

这次研讨会，《初婚》是重点研讨对象，《乾坤道》也是重点研讨对象。我重点解析《乾坤道》，我觉着《乾坤道》既是他乡土写作的继续，更拓展到了更广阔的领域。

吴克敬的长篇小说《乾坤道》，主题鲜明，内容丰富，不是一下子就能充分解读的一部小说，它的直接背景，是脱贫攻坚。如果我们把脱贫攻坚放在百年历史中看，那应该把它看成一场社会实践，一种社会实践运动的方式。在这个意义上，这部小说是典型的现实题材，是现实的乡村书写，这里有着吴克敬对历史与现实的认知表达。

这是一方面。

另一方面，吴克敬是一位有着长期的农村生活农村经验的作家，他也曾是农村的枢黑娃，但一定比枢黑娃能干，一定会在特定的环境中突破人为界限，一定会穷则思变。如果没有改革开放，吴克敬也会是旧体制里寻求新生机的人物。

吴克敬在《乾坤道》后记里说，陕北不是他的家乡，但他把黄土高原作为他的故乡，他对陕北的民间文化、红色文化充满感情。如果往透里说，除了文化地理和一个人的气质对应之外，那应该是他对农村农民充满感情。《乾坤道》，虽然有着浓郁的陕北风情、风景画面，但许多细节我们能读出非他的切肤体验、生命经历，非他对农民命运的关切，不能写出。所以，《乾坤道》借人物之口反复表达的道道，便不是一种宣讲，而是出自作者自己的体验认知。

《乾坤道》是一部有原型的作品，具象地，因为乾坤湾，他所写的河川县，是有原型的，鲁艺、抗日军政大学、扶眉战役，是历史的真实存在，他作品所写到的张寒晖，是真实的历史人物，着墨不多的谷若水、河川县通讯组组长，我们也可以在现实生活中找到真实的影子，那个劳九岁，很容易让人想到孙立哲，那位白姓老人和八一敬老院最年轻的也已88岁的革命老人，化合成小说中的道老汉，这是具象原型。更重要的是《乾坤道》里写了许多具有象征性、意向性的原型，比如具有文化原型的陕北民歌，比如具有意向感的"花红棉袄"，比如极具抒情性的"萱草花"和具有镜像感的"老松树"，还有那既具有写实感又具有符号性的"三代知青"，使这部作品具有了写实与写意虚实相生的特征。

他还有浓墨重彩的民俗民情的书写，浓郁的风俗画卷里，不光有着战争、革命、历史、现实，还有着浪漫与传奇，写出了严酷的生活中的浪漫和情感之花。所谓传奇，这三代人的经历既是现实人生，又是生命的传奇。再加上作品既具有历史编年又时空跳跃的叙述结构，给如何书写红色题材、现实题材提供了一个成功的有价值的讨论文本。

《乾坤道》应该有四组人物，以道老汉为代表的陕北农民，以柯守国、胡华为代表的第一代知青，以罗衣扣、劳九岁、池东方、柯红旗、乔红叶、田子香为代表的第二代知青，以罗乾生、罗坤生、柘川秀、柘河秀为代表的第三代知青。这四组人物因为血缘、感情，因为历史、时代，还因为理想，构成经纬关系。这四组人物联系着历史与现实，又交织着思想与感情，其中的第二代知青群体和陕北农民群体构成了启蒙和被启蒙的关系，例如罗衣扣的乡村教师身份和再返乾坤湾的行为选择，实际上就包含着这两种关系。革命文化，尤其是被道道所概括，被道老汉的言传身教所显示出来的民间伦理、乡村伦理，也包含着精神和灵魂的洗礼和升华的关系。如果仔细辨识，我们会读出《乾坤道》里关于"道道"的表述，也有消极修辞和积极修辞的区别。道老汉说，道道为的就是不受苦，道道为的就是不受穷。在知识青年那里，则是为了过好日子。一个意思的两种表达，有着身份的差异，有着启蒙的内涵。

中国现当代文学有两大谱系，一个是乡土书写，一个是知识分子书写。近40年来关于知识分子的代际考察，一直是一个热点话题，最有代表性的应该是李泽厚、许纪霖的"六代说"：辛亥一代、五四一代、大革命一代、三八式一代、五六十年代一代、上山下乡一代。当然他们没有预见到也没有论述到吴克敬所写的罗乾生、罗坤生一代，这些人又有所谓"前三代"和"后三代"之说。这"前三代"和"后三代"紧扣着近现代中国启蒙与救亡的主题，加上《乾坤道》里罗乾生、罗坤生一代，又应和着革命建设改革变革的主题。

吴克敬的《乾坤道》，不经意又有自觉性地触摸到了这样一个大主题，而且给出了具有这个时代新理解的书写。《乾坤道》里的知识者，和其他若干代知识者其实有着共同的理想，救亡图存，救国救世，身心承担着具有中国特色的责任感和使命感。但是《乾坤道》里的知识者已经没有了早期知识者的迷惘、质疑、比较和选择，而是有了一致的、共同的经历、体验，共同的接受和共同的理想，尤其是有着社会运动赋予的实践品格。比如《乾坤道》里的第二代知青，主动和被动的实践行动，既来自小环境，又来自大背景。比如那个罗衣扣，作品写了她的家庭环境，写了她的叛逆冲动，大背景则是上世纪60年代到70年代不可抵御的上山下乡运动。作品所写的三代知识青年，实际上也面临着不同的社会结构和思想秩序，而他们的知识结构和社会实践方式也随着历史时代的变化而发生着变化。第一代还在战争岁月，历史赋予他们的是民族解放和国家新生的命题。第二代和第三代的社会实践方式，作品由具象写实上升到了象征意义，由挑雪肥田变成了果业公司。《乾坤道》的书写，给考察中国知识分子的精神历程、实践方式，提供了另外一个讨论空间，它应该是一部具有这个时代认知的一部书。

选自《文谈记忆》（上），西安出版社，2023年
（本文系在大学新文科教育与吴克敬小说创作高峰论坛上的发言）

一部直面现实的力作

——读文兰长篇小说《丝路摇滚》

在当今热点纷呈、标新易帜的小说界，文兰可以说是一个不被人注意的小说家，这种境况倒给文兰提供了把才华和思考转化成作品的积极条件，另一方面也说明了文兰的冷静、诚实和自信。如果读读文兰的中短篇小说集《攀越死亡线》和长篇小说《三十二盒录音带》，便会感到文兰并没有享受到他应该享受到的"待遇"。文兰的艺术资质和创作潜力确实被忽视了，或者说是被文兰所制造的假象所掩盖了。文兰对题材的广泛涉猎，其生活积累的深厚，对他所熟悉的人物心理世界、感情历程展示的细腻和深度，作品中洋溢着的对人格力量和人间正气的褒扬，以及在他匆忙身影后面潜隐着的对艺术的苦苦思考和对营养成分广泛吸收的矢志追求，均在不同程度上显示着他的文学气度和文学抱负，也在催促着文兰积蓄着的文学爆发期的来临，虽然文兰并不以为长篇小说《丝路摇滚》给他提供了一次显示自身价值的机会。文兰知道，真正的以文学为生命的作家需要的并不是文学的外在标准：虽然我隐隐地觉着这部长篇小说并不就恰恰充分地契合于对应于他的艺术趣味、精神气质，但《丝路摇滚》无疑是文兰目前的一部最有分量的作品，这部作品无疑显示出了文兰艺术追求的某些重要方面，他对大西北的苦恋，他对黄土地的表情，他对困惑着人的现实问题的关注，他对时代脉搏的把握，他对历史感和当代性的体悟，等等。

尤其值得提出的是，在艺术上和艺术之外的原因导致人们对当代的热情发生锐减的情况下，在人们普遍忧虑与对生活的近距离观照是一个不易把握的课题的情况下，文兰却知难而进，以饱满的激情投入了对当代改革生活的记述，这中间当然有生活积累和文学观念的因素，有作者对长篇小说与时代的关系的基本的认识，但却无法否认文兰对现实主义基本精神的体认，也无论如何排除不掉艺术家的勇气这样一个主体向力的支撑作用。

如果把视野放得大一点，如果考虑到近期小说的普遍状况，我们便会明显地看到，《丝路摇滚》的出现，是在曾经被命名的"改革文学"——实际上是说反映变革的现实题材陷入低谷的时候，是在文学普遍地关注庸琐环境中人的生存状态和心理状态的时候，是在许多作者借助于个人经历使文学和公众生活遥遥相望却不握手的时候，是在把当代热情转化成温文尔雅的时候。我们便会比较强烈地察觉出这部直面现实、切近时代、反映改革的作品的出现所具有的独特意义，它不仅以激昂悲壮的色彩、鲜活直率的姿态给近期小说创作的总体格局增添了新的话题，而且，它也可能是一个信号，潜在地反映着文学需求、文学心理的某种愧疚、某种冲动。

《丝路摇滚》是一部充满浓烈的时代气息的、以对现实进行同步观照同步思考为特征的长篇小说，它的背景是80年代中期到90年代初期改革开放的中国现实，是无法回避的大西北与南中国之间经济上的差距、观念上的差异所带来的反差图景，是历史进程中必然要面对的传统与现代、开放与封闭、进步与落后的更为严峻的选择，再往远点，它的背景还包含着隐隐传来的曾经辉煌过的历史雷声和像绵延沉重的黄土地一般的历史阴影。《丝路摇滚》的故事衍生于民族子孙的欲望之中，跳跃于浑厚沉重的大西北与名利躁动的南国之间，主舞台却设置于黄土高原。这是一个具有特殊意味的地域，它曾经是古丝绸之路的发源地，而"丝绸之路"所标识的时代，曾经显示着中国古代经济文化的兴盛繁荣，曾经显示着中华民族兼容并蓄、海纳百川的广阔气魄；它也是中国传统文化积淀极为丰富的地方，中国的十几个王朝在这里建都，黄土地上堆积着不易数清的帝王家陵，显形的事实都构成了象征，人们自足自乐，生活方式世代相袭，意识观念长期趋于保守、封闭。而在另一方面，这里又潜藏着民族苦难历程中最为强悍的生命力，它的冲动和爆发，也常常以偶然的形式反映出历史的必然要求。而只有在上世纪80年代改革开放的大潮中，这里才开始了变落后为先进的艰难进程。看得出来，作者的意图，是通过对古丝绸之路上的一个古老乡村人们生活方式、思想观念的艰难蜕变的描写，来喻示延续了数千年的中国农村在80年代的历史进程。透过作品中人物强烈的意志愿望和命运的起伏变化，人们不难感到，作品总体上表现的是处于变革时期的时代和民族的内在要求。杜勃罗留波夫曾经说过："衡量作家或个别作品价值的尺度，我们认为是：他究竟把某一时代、某一民族的追求表现到了什么程度。"（《黑暗王国里的一线光明》）杜勃罗留波夫这里所说的时代和民族的追求，可以理解为代表历史进步的时代意识和时代情绪，代表渴望生活进步民族繁荣的普通民众的理想和愿望。《丝路摇滚》反映的是丝绸之路上一个古老乡村男男女女在社会变革的历史大潮中所产生的生活波澜，展现了一幅广阔而充满着矛盾和艰辛的生活画面。作者把笔触伸向现实的同时也把思情连通了历史，作者在展现斑驳纷杂的生活画卷和民风民俗的同时也注重对人的精神世界的挖掘。在《丝路摇滚》中，有沉重的黄土地的象征意象，有对旧情怀的缱绻和对这种情怀的旋风般的冲击，有守旧者抱残守缺的挣扎，有青年一代生命潜能的唤醒与不无曲折、不无失误、不无迷茫的追求，有改革者革新抉旧的奋斗，还有人物之间的种种喜怒悲欢、生死恩怨……《丝路摇滚》有一个具体象征的载体，但切不可以为它是对生活表面的描述，它绝不是致富之路的曲折复杂的简单演绎。《丝路摇滚》中的男女主人公的经历富有一定的传奇性，但传奇性只是表层，在作者笔下，人物的强烈的行动性、人物那不乏豪迈和痛苦的情怀都包含着较大的思想深度和意识到的历史内容，涌动着生活的内在要求。《丝路摇滚》以饱满的浓度传达出的是作者对现实人生、历史趋势和人性理想的体验和理解，由于作者思考的深入和直感的敏锐，由于作者有意识和无意识的艺术追求，《丝路摇滚》在凝重和粗犷、悲壮和幽默、雄浑和单纯、驳杂和明朗的整体氛围中蒸腾出一股社会人生和时代走向的浓重意蕴，蒸腾出历史演进的苍凉和现实嬗变的悲壮。

由于主题创作和客体对象的纵横交错的互为因果，陕西作家的创作大都深沉厚实，他们大都具有较强的社会责任感和历史使命感，在他们笔下，倾注着对故土的厚爱，对普通劳动者淳厚善良的美德的讴歌，同时，他们也无法回避那些传统文化中积淀的历史惰力，于是，在他的笔下历史演进过程中的沉重的痛苦和农民艰难的蜕变新生过程就成了他们常常无法回避的主题。尽管《丝路摇滚》对于改革的描述已经到了一个新的文学阶层，尽管作品传达的生活信息已经似激流汹涌，但文兰仍没有放弃或者说无法放弃对历史深层的挖掘，当然，这与他对作品深度的理解分不开。且看狼娃创办现代化水泥厂的过程，可谓举步维艰、困难重重，这里有封建迷信的泛滥成灾，有出去培训的男女青年被南方的现代生活所吞噬、所锤炼，有野蛮的民风险些酿成的惨不忍睹的械斗，有大背景上国家经济政策的调整的影响，有整体科学文化知识的欠缺……然而，最大的阻力还不是这些，而是那种积淀着的"集体无意识"，是那些混杂着传统心理和"革命"习惯的精神阻力，是恩格斯所指出的那种创造历史过程中所必然要"直接碰到的、既定的、从过去承继下来的条件"，是那些"像梦魇一样纠缠着人们头脑"的"一切已死先辈们的传统"。不妨看看在狼娃心目中一直是亲爸的狼山贵，狼山贵在品质上绝不是个坏人、恶人，恐怕他内心深处也有富裕的愿望存在着，然而他却总是把自身的命运和几千年来的传统思想，和古老的土地观念，和逆来顺受、安贫乐道、不思变革联系在一起，另一方面，他又紧跟着新中国成立以后一个接着一个的运动转，接受着曾经是先进的革命的因素而后来又不符合农民的愿望追求的政策的熏陶，在旧体制规定的路线里思维，于是自足保守，于是安于贫穷，于是将狼娃们的行动视作离经叛道。狼山贵的忧虑、愤怒和困惑无疑具有悲剧色彩，这个悲剧纳入历史前进的总体进程中来看，便有了比个体生命更广阔的内容。恩格斯说："历史可以说是所有女神中最残酷的一个，她不仅在战争中，而且在'和平的'经济发展时期中，都是在堆积如山的尸体上驰驱她的凯旋车的。"①狼山贵的命运，一方面反映了不可阻拦的历史脚步对阻力的克服，另一方面，也喻示历史的无情，历史前进中所要付出的包含着人性痛苦代价的内容。这个代价同样也体现在枣树沟砖厂厂长猴爸狼争福的形象中。在这个被作者塑造得几乎要呼之欲出的人物形象身上，同样有着比其性格更为浓厚的历史的时代的内容，他可以说是一个历史过渡的象征，是一个农村向现代化前进过程中的一个前现代性人物。在这个古老的身躯里，旧有的传统尚未完全消亡，生命的枝丫已经开始抽出，然而他身上终究还背负着无法摆脱的重负，还有着他先天具有的无法克服的缺陷，他的屈辱和忧愤、他的命运历史中的慷慨悲歌，反弹于狼娃身上，变成了艰苦搏斗中的豪迈，变成了肩负历史重任的信念和力量。

在长篇小说《丝路摇滚》中，作者浓墨重彩描绘、倾注感情的人物是西北莽汉狼娃和秀丽的南国女子海风，狼娃是那么雄健，那么具有雄性的气度，海风是那么开朗，那么具有浪漫的激情。海风从对大西北古老神秘、雄浑壮阔的文化景象的向往到和狼娃的相知相恋，具有符合人性本身要求的内容。事情的必然性在于，这个南中国开放地区的知识型女性与北中国封闭地区的莽汉是在80年代的时代轨道上相交的，这样，两种反差色彩巨大的意识观念和生活方式以及其相同的创业雄心、情感欲望在极不协调的环境中碰撞、摩擦，生发出了超越于性爱之上的更为广阔的内容。在作者那里，海风显然具有一种象征意义，她在狼娃身上感应生命活力的同时又给了狼娃以信念和力量滋润，她带来的是一种全新观念，一种古老车轮开始行进的启示力。在狼娃的强悍而坚忍不拔的精神气质中，渗透着初步明确的历史使命感，渗透着对新的物质生活和精神生活的憧憬和追求，他的人生戏剧、他的命运起伏，包含着超越个体际遇本身的深刻意味。作

---

① 马克思、恩格斯：《马克思恩格斯全集》第39卷，人民出版社，1956年，第40页。

者在这个人物富于行动性的后面，宣召的是民族欲望的隐秘，表现的是中国农民在争取生命实现的艰苦搏斗中那抑制不住的生机和希望。《丝路摇滚》的成功在于，已经意识到了应该把改革者放置于新的层面。人物是80年代中期的具有新的色彩的形象，他们的性格可能相对单纯、明朗，却积聚了历史动态链条上的新内容，闪射着新的时代色调，升腾着人与历史的又一轮较量。

《丝路摇滚》总体上给人以雄浑激越的感觉，作者在艺术上有着自己的追求，它的叙述视角别出心裁，读来有一种共时性和历时性交错的感觉，如果作者把握对象的过程中，多一些更深的冷静和细致，这部作品是会达到更高的境界的。不管怎么说，《丝路摇滚》在当前小说创作的总体格局中是特色鲜明的，它无疑会在显性和隐性的层面上给人们带来思考和冲击。

原载《小说评论》1995年第2期

至情至善的理想主义者

——读常智奇《哲思灯下的意蕴》

我在一篇文章中曾经说过，常智奇的主体身份是作为一个优秀的批评家而存在的。新时期以来，陕西有三代批评家：以胡采为代表的老一代批评家；以刘建军、畅广元、王愚、李星等为代表的第二代批评家；常智奇则是第三代批评家的突出代表。上世纪80年代初的时候，常智奇就以一个批评家的身份参与到陕西的文学运动之中，他的评论已成为陕西文学批评界有力量的声音之一，在第二代批评家占据主导位置的时候，常智奇已经登上了批评的舞台。可以说，新时期陕西文学的每一个阶段，常智奇都以自己的才华、热情、智慧、积极的介入意识和独特见解参与其中。而如果论兴趣的广泛，如果论积累的深厚，如果论建树的丰富，常智奇无疑是突出的一个。也许是因为常智奇作为批评家的身份自我遮蔽的缘故，人们忽略了常智奇的多才多艺和多套笔法。其实，常智奇也同样是一位优秀的散文家。他会在不同的时间、空间里进行批评写作和散文写作的选择和转换，他的批评文字要求他必须是理性的，面对批评个体进行客观评判，即便如此，人们也能在他的批评文字里读出难以掩饰的抒情性诗意。他的散文写作则使他回归感性、追寻自我，进行内心情感世界的抒发，而他追怀或者抒发的时候，总能让人读出哲思意蕴的底色。多年前，贾平凹就说过："陕西文学界有几位国内著名的评论家，常智奇是最有学者气的，我读过他的一些学术著作，曾对人说，常智奇是能写散文的，从他的行文中看出，他除了理性的判断外，形象思维的感觉也很好。"在给常智奇第一本散文集所写的序中，贾平凹说："他的散文是他写作的一种展示，却对于散文写作有另一番启示。常智奇得益于搞评论、弄学术，再写散文，能写到这种地步，确实值得专门散文家深思。"贾平凹评价说，常智奇的散文是"显精神，见风骨"的。多年以前，我就有一种根深蒂固的看法，那就是：好的散文，常常不在专门的散文刊物上发；优秀的散文、令人眼前一亮而铭记长久的散文大多不是出自专业的散文家之手；能够给文坛奉献出好散文的，往往是非专业的散文家。现在，常智奇的这本《哲思灯下的意蕴》又一次强化了我的看法。我想，贾平凹所说的常智奇的散文写作，"却对于散文写作有另一番启示"，也有这方面的意思。

新时期的散文，经历过几个阶段，有不同的现象发生，似乎每一个阶段都有变革、创新的冲动和实践，然而放在更大的历史长河中看散文的流变，写景、抒情、议论三元素是哪一个路径的写作也无法丢弃的，原因在于，它们是散文的本质构成。比如写景，恐怕就不是一个观察力和照相机的问题，而是一个关涉散文家以怎样的审美情趣把握世界的问题。我读《哲思灯下的意蕴》首先感慨的是常智奇的写景能力。他写七月的阿坝："阳光消融了高山上的冰雪，清凌凌的水溢满草原上的大河。小溪、湖泊、水潭，清凉之风吹开了漫山遍野的鲜花，幽香袭人。蓝天如同用牛奶洗过一样，白云悠悠，各种鸟儿在天空自由飞翔，草木葳蕤蓊郁……"（《七月，我在阿坝草原上唱歌》）他写梅州："山连着岭，岭托着原，原延伸成川，山川一片锦绣；水绕着山，山拥着林，林连着湖，山水分外妖娆。"（《梅州，民族文化建设的高地》）

他写南国的武夷、西部的高原、家乡的秦岭、秀美的庐山、神奇的月牙泉，高天流云和雨巷幽情，无不体现出作者观察的细致、感悟的细腻，下笔描述之时，又显示出了极强的对客观对象的把握能力。在常智奇笔下，景色是如此神奇美丽，宛如一幅幅画卷，或工笔，或泼墨，山情水韵，浑然天成，令人向往。然而，"一切景语皆情语"。优秀的散文家，绝对不会仅限于景象的描写，不会局限于修辞格上的为写景而写景，他会追求融情于景，在对客观景象或情景的描述中投入自己的感情。余光中说："一位作家若能写景出色，叙事生动，则抒情之功已经半在其中了"，接下来则是要"因景生情，随事起感"。常智奇的散文有部分可宽泛地归入游记体，但远远超越了游记体，真正是"因景生情，随事起感"。他写阿坝的自然、美丽，在纯净的大自然中发现了"自我"。置身于天地之间，"我有一种灵魂回归肉体的安魂感，蓝天上的白云流动，草原上的流水远去，各式各样的蝴蝶在草丛中五彩纷飞，我心中情感之花自由地开放，精神之鸟在任意翱翔，一个生机勃勃的草原世界，把我生命深处的情感世界复活"。他写武夷山品茶，"一杯清茶饮完，顿觉神清气爽，如坐云端。此时，耳畔的潺潺流水伴着声声鸟鸣，与心灵深处茶香浇出的那股心旷神怡的意绪交融在一起，物我两忘，主客一体，悠悠忽，缥缥缈缈"。他写山间的溪流，顿悟出的是"一种积蓄，一种酝酿，一种寻觅，一种期冀"，一种弃绝于轰轰烈烈、一鸣惊人的平平淡淡和从从容容。对一棵铁甲树的观察，唤醒的是他对一种精神品格的敬畏和敬佩，是一种对自然生命的崇拜，对天人合一境界的向往。而他游历梅州，深深沉醉于景象营造的精神氛围之中，为梅树、梅花的品性所感染，心中升起的是"岁寒三友"，是"隐者的高标"，是"独立的君子"，是一种襟抱和志趣。从这样的文字中，一个不了解常智奇的人，也能读出一个超越功利名利之累的超凡脱俗的心灵；了解常智奇的人，必能读出作者性情深处的真实、灵魂深处的向往。本质上，常智奇是一个至情至性的浪漫主义者，是一个至美至善的理想主义者。在自然的怀抱中，常智奇无拘无束地打开了自己的心灵，让自己的浪漫情怀和审美理想进行了一次自由自在的遨游。梁实秋说得好，"有一个人便有一种散文"，在论述过散文文体的自由开放性之后，梁实秋又说，"一个人的人格思想，在散文里绝无隐饰的可能，提起笔便把作者的整个性格纤毫毕现地表现出来"。见性格，显性情，袒露灵魂，在至情的抒发中发现或唤醒灵魂深处的憧憬和向往，正是现代散文最珍贵的传统，正是散文写作最宝贵的品格。常智奇的散文写作，追寻传统的路径，他对散文品格的追求，也是对传统的践行。而常智奇的性情，从他散文选择的意象中也可读出。他的选择是什么？是山水，是草木，是自由的飞鸟，是充满悟性和禅意的茶，是坚韧的柳，是高洁的梅，是远离庸俗的天地自然。

优秀的散文，必须有作家自己真挚情感的流露，必然是作家真情实感的结晶。常智奇是一个非常重感情的人。友情、亲情在常智奇内心里弥足珍贵。这一方面的描写，集中体现在这本集子里那些描写故乡和人物的篇什里，它们构成了这本集子里最质朴、最感人、最深沉的地方，也是最能体现作者性情的地方。他写张乐苏和郑玉林两位先生的两篇文章，虽然为书画评论，但勾起作者记忆的、打动作者心灵的，首先是一种绵长的友情和友谊。"张乐苏先生是我的朋友，几十年来，顺逆人生境遇，都未冲淡我们的友谊"，"在秦岭南麓，陈仓古城，有我的朋友——郑玉林蛰居在那儿，……在那儿，我与他相处了十八年的时光，他画画，我作文，画得心源，文出心声，常常来往，交情笃深"。朴素叙写，但一种岁月沧桑自然流出，一种纯真的友情似陈年老酒，令人品味不尽。《永远盛开的紫藤花》是作者对自己曾经求学深造的母校的回忆，作者选取记忆最为深刻的场景，一片深情，反复咏叹。定格在他脑海中的是浓浓的学子情怀、师生之谊和同学之情。在这本集子中，有《一份遗憾之情的追思》《香花拥魂哭王愚》《梦别三载情依依》三篇文章我一直不敢阅读，我知道，文章所追忆的路遥、王愚、白冠勇三位逝者，他们是智奇的长者和朋友，多年来他们共同营造着一种文学生活，建立了深厚的友谊，智奇叙写和他们的交往和情谊，笔调一定是浓重的怀恋和伤逝，一定是饱蘸感情，笔下流淌着深重的哀思和歌哭。令我特别感动的是智奇的《"三宝"树下思故乡》和《普集街，我魂牵梦绕的故乡》等回忆故乡风土人情的文章，在这些文章里，处处都可以感到作者对故乡民俗强烈的眷恋情结和深切的思乡之情。作者对故乡的历史、文化、民俗,淳朴的乡情和自然的美景,童年的记忆和如烟往事,真个是浓墨重彩,满含深情。而叙写行文之中,又贯注着深厚的文化内蕴,流露出历史的文化的体悟和把握。不仅如此,这些朴素优美的篇什,可以视作智奇内心世界的打开。他叙写故乡的三月放风筝的季节,在幻想、浪漫和美好中放飞着一颗童心,"我爱我的故乡,是因为那里有我放飞童年理想的风筝。我爱故乡的一草一木,是因为那里的青枝绿叶是我用鲜血和汗水浸染过的生命之物"。"我老家的旧屋里,有我一箱箱的存书。在我的一个书箱中,有我儿时放飞的风筝静卧其中。我珍藏那只风筝,不仅因为它曾给予了我无限的乐趣,更主要的还在于它曾使我的想象飞扬在宇宙之间,使我幻想在瑰丽的云霞间尽情地伸展、铺陈。它,给我思维的大田里种下了一颗诗情的种子,使我的心翼在理想的高空飞扬。"故乡,是割不断的记忆,是作者成长的原点,是一种启蒙,是想象力的刺激,是一个人赖以生存和发展的世界。智奇在这里抒写出的是他和故乡建立起的精神联系,他所珍藏的是影响他一生的记忆和情思。智奇用这样温暖亲切的笔触写到了儿时的记忆:"我家门口有一棵千年古槐……从我记事起,这里就是村里人抽烟、吃饭、谝闲传、聚会、说事、拉家常的地方。古槐树下是我们村民的俱乐部。儿时,我们最喜欢围着古槐捉迷藏,四五个孩子绕着树跑,一个捉一个,竟然一个看不到一个,小腿跑一圈下来,累得满头大汗喘粗气。"这样的文字,朴素得近乎白描,却至情至性,回归本真,宛若得现代散文大家的神韵、承传。他写到了小学的两位老师,至今还保持着联系,充满感恩之情。作者浓墨重彩于故乡的历史、文化和人文地理,细致地描写乡俗和风情,然而最打动人心的却是关乎家族、血脉、个体命运的描述。以许多朋友对常智奇的了解和认识,常智奇对朋友热情似火,慷慨仗义,同时,他又是一个极坚强、极自尊的人,倔强和敏感也构成了他人格的一部分,这里面,又表现出一种坚韧和深沉。生活和事业的喜悦,他愿意和朋友们分享,个体生活中的酸甜苦辣、生命内里的苦涩和缺失、对情感和爱的渴望,他宁愿深埋心中,化作生命的能量，他极少流露自己的感伤、自己内心世界里隐秘的疼痛。因此，当我读到智奇叙写家族命运和个体身世的文字的时候，有一种难以言喻的感觉。"我的生身母亲就出生在普集村的一个张姓的大户人家。我的外祖父叫张起鹏，我的大舅叫张宗良，我的二舅叫张宗霖。我出生不久，因生母张明玉病逝，我的外祖父和我大舅负责把我以每月三斗麦的支付寄养给常家。""我的养父去世三周年之后，我就很少回家。"这样的文字，追往思亲，叙写的是母爱、亲情的缺失，是情感深处的忧伤和隐痛，是生命深处的乡愁。但作者的表述，质朴而蕴藉，不发一句抒发和议论，不见情字却令人感伤唏嘘，流露出浓浓的复杂情感。故乡给予了他欢乐和营养，故乡，也给予了他无限的生命之殇、无限的惆怅，这些，虽然淡泊叙之，读来却令人倍加动容感动。

我读常智奇散文的另一个突出印象，就是它的知性特征。何谓知性？并不能把它理解为一种知识形态，它是介于感性和理性之间的一种认识事物、把握世界的方式，它兼有理性和感性二者之长。余光中在《散文的知性与感性》一文中说，"不以理绝情，亦不以情蔽理，而能维持情理之间的某种平衡，也就是感性与知性的相济"，许多优秀的散文，知性和感性是难以分开的，"就像一面旗子，旗杆是知性，旗是感性"。贾平凹对常智奇散文的评论，实际上已经指出了常智奇散文写作的知性特质，贾平凹说："我最喜欢，也多有感触的是那些论说文和抒情文。他的论说是真正的以说为论，因为他是搞评论的，大局观强，见解独立，颇有智慧，这一切又经他家常似的说来，就有了别样的趣味。"常智奇的散文，寓理于情，由具象而抽象，又能化抽象为具象传达着真挚的人生感悟和深厚的哲理色彩。《七月，我在阿坝草原上唱歌》一篇，作者将对自然的体悟上升到了一种美学思考和人类忧思，而这种忧思又何尝没有反思意味和时代的色彩："人类的知性成长只有时时不断地回归于自然的怀抱，在自然的律动中不断汲取原始生命的营养，在审美感受和审美创造中不断地纠正错误的判断和做法，人类的知性才能引领文明创造走向灿烂的明天"。作者对梅州的观感完全是身心的进入，是一个观察者向思考者的深入，他从那"屈曲虬枝、青枝绿叶、蓬勃向上"的梅树上读出的是一种"卓尔不群、遗世独立的风采"。进而，又深入到对客家人人文性格的形象解读，"梅花的自然形态与他们内心寒冷、凄凉、孤独、寂寞、迎雹怒放、艰苦奋进的情感发生了共鸣"，"因而，他们慕梅、爱梅、喜梅、赏梅，借以感物抒怀、托物寄志、种花言情、咏梅讽喻，以慰情思"。还有作者对茶文化的解读，对先哲朱熹思想所受到的武夷茶文化滋养，对柳树人格化的联想和抒写，都超越了平面、直观的视角，超越了具体的局限，上升到了对一种历史品格、文化品格的书写。一棵古树的被伐，会使他"泪流满面，像失去了一位旧友"，一只兔子的被追逐，被虐杀，会使他陷入感伤。这样的场景和情景，引发出的是作者对人和自然关系的思考，对人类家园和命运的关切。智奇的散文，无论抒情或叙事，多有着开阔的思考，体现着忧思情结和现实关怀。他的《陇西行》《七月七日鹊雀飞》和《中秋月下话中秋》，在叙事和议论中，进入了历史文化的思考，体现出了强烈的知性特征，而他的《望星空》《夸父的梦》《周公庙朝圣》等篇什，则表达了对一种文化美德的追怀，对一种眼界和胸怀的向往，一种浓烈的理想主义追求。智奇的主体身份，是一个评论家，一个学术人，他的散文充溢着文化感和历史感，但我以为，他散文文化感和历史感的获得，不仅是因为他的身份，更在于他的情感积淀和人文积累，以及由敬畏、热爱、珍贵、向往所构成的审美向度和人伦理想。这些使他的散文写作贯穿着一种文化精神、一种哲思意蕴。超越具象的世界，超越个体生命的享乐，进入人类存在和命运的思考，而表现形式上用知性整合理性和感性，正是智奇散文最突出的特色。

选自《哲思灯下的意蕴》，三秦出版社，2013年

饱含深情的故乡回望

——评陈玺《塬上童年》

我对陈玺的认识，始于朋友介绍。朋友说陈玺是广东作家，陕西籍，特别强调了他作品的陕西特质，陕西元素，质朴、厚重、浓烈的乡土情感和深挚的道德关怀。我对陈玺作品的认识始于阅读他的长篇小说《一抹沧桑》，这部作品一下拉近了我们的距离。我们都是60年代生人，都经历了乡村的70年代，他的小说唤起了我的感情，浓重的泥土气息，童年的苦涩或甜蜜，少年的忧伤和成长。他的小说，是如此纤毫毕现地写出了一种文化地理，一种文明的生生不息。陈玺并不是一个职业作家，但他是一个有相当学养和阅历的人，他此前的身份是大学教师，后又以工商政务为主，他站立于社会科学的前沿并且多有建树，职业要求他理性，职业又使他对现实、对充满活力的社会运动有着更直接的感知。陈玺的创作，实际已有相当的积累，在两个向度展开，一个向度是他现在工作的改革开放前沿，一个向度是生养他的故乡。

第一个向度书写他从职业获得的体验和感悟。《暮阳解套》是陈玺第一部长篇小说，2017年由作家社出版发行。作者浸润在行政体系多年，不像好多作家，用旁观者角度解读官场，他似乎想用小说题材，呈现对行政体系深入的思考和独到的观察。小说没有惊心动魄的官场争斗和厚黑渲染，将主人公方志儒放在现实的权力体系中，探寻他的困惑、焦灼、不解和人性的挣扎。开篇"午夜连串的闪电，就像医学影透下人体胸前的血管，在天幕下粗的牵着细的剧烈地抖动着"，语言富有张力。方志儒就是个活生生的官员，对于老板的围猎，他从警觉、提防和应付，到无奈地顺应和同流。在自保和戒惧漩涡中，他对上攀附，对同僚提防，对下属笼络，心力交瘁中，想到已到暮年，他决然地从套中走了出来。

陈玺写作的另一个向度，是塑造了他基本价值准则的故乡。陈玺写作的时候一定有他对生养他的，用他的话说，给他以"人生底色的文化地理的浸润、体认"。我把陈玺这一向度的创作，看作故乡对他的馈赠，又看作他对故乡的回报。书写故乡情怀是好多作家写作生涯的起点，陈玺少年离乡，他对故乡的印象定格在十八岁的界面上，就像人的初恋。几十年过去了，陈玺的魂游离在故乡，故乡情愫蕴藏在他的记忆内核，在时序流转的长廊中发酵。在现实的背景突变中，记忆中的故乡在遗失，莫名的伤感涌上心头，他的故乡之忆变得更加浓烈。近八十万字的《一抹沧桑》是他的深情之书，这种在世事巨变中，亦如对留存在生命中的初恋一样，反复磨砺，不断淘洗，永不褪色的生命感怀是弥足珍贵的。

《一抹沧桑》以上个世纪70年代中期为记述起点，随着"文革"后期政治氛围的舒解，龟缩在槐树寨的各式人物，松开了紧绷的甲胄，作者徜徉在现实的空间中，间或用游离倒叙的方式，穿插着一组人物的历史往事，构筑了百年塬上沧桑的村寨群雕。小说中人物众多，每个人皆有独特的性格，活灵活现。陈玺似乎恐怕丢失了什么，对渭北乡村的习俗和农耕生活，做了全景式的记述，笔墨间浸含着对故乡浓烈的爱。每一个群落人与人，与那块水土、气候、耕作方式和基于对自然索取的生存方式，都有着内在制导关系。通常的小说叙事，可能由于作者对于主人公的生存环境的自然性没有一个透析的把握，叙事集中在人与人的关系上，陈玺的这部长篇小说，给了一群人物生存的自然之基，将人物浸泡在日常的农事活动中，给当代乡土写作提供了别样的路径。

陈玺的小说叙事中，间或贴着人物的命运和故事起承转合，适时有些感怀。这些感怀不是斜插式的高高在上的道德教化和突兀的人性感悟，他是对故事的适度延伸和扩展，是在自然层面对辛劳在这片黄土地上的生灵的悲戚叹问。写到陈老四的天水恋情时，当陈老四知道情人难产而亡，雪夜来到坟冢间，他写道："当人们拒绝死亡，恐惧死亡，逃避死亡的时候，墓地是个令人忌讳的地方。当人们看清了死亡，顺从了死亡，甚至盼望着死亡的时候，成群的坟冢却是令人向往的地方。凄厉寒风中摇曳的枯草，狂风顺着坟冢，迂回穿行发出的飕飕的吼声，空气中飘浮着的茅草穗穗的绒绒，那是生的尽头，更是死的开始，是生死对话的道场。"

《一抹沧桑》的人物众多，有以成老五、麻娃和俊明为代表的老一辈；有以智亮、大省和金尚武等为代表的中年一辈；有以小军、醒民和共产等为代表的青年一辈；也有以孙蛋、夕娃和栓和为代表的少年一辈。陈玺好像就是文中的孙蛋。《一抹沧桑》的叙事宏大，陈玺奔着对故乡的魂牵梦绕的挚爱，力图展现槐树寨这个渭北塬上村寨百年的沧桑变化，孩童视角的童年追忆，仅仅是小说的辅料。《塬上童年》这部小说，陈玺站在孩童的视角，似乎要将记忆中的童年，在四季流转中记述出来，因此，它可以看作《一抹沧桑》的姊妹篇，其间的根脉是相通的。

陈玺离开家乡几十年，童年的记忆就像酵母一样，一直隐埋他的心里。《一抹沧桑》在《中国作家》刊发，系列中短篇小说被《北京文学》《作家》等杂志刊用后，童年的情怀就像一根嫩藤，从《一抹沧桑》的根系蹿出，他用甘醇浓烈的故乡之爱，将自己的童年摆放在四季轮回中，用大量实证和细密生活细节，勾画出了那个年代渭北塬上一群孩子的童年生活。陈玺的记忆和回忆能力是惊人的，作为60年代生人，阅读《塬上童年》，一下子回到童年的生活中，一切历历在目，处处仿佛置身其中，读到伤情处，掩卷沉思，不觉鼻根发酸，眼眶湿润，感怀生命的易逝。

《塬上童年》是陈玺在童年记忆的困扰和憋闷中，不书不快的饱含深情的奔涌之作。作者能够将平常琐碎的孩童生活，写得如此传神，这样细致绵密，靠的是这份酵解了的情怀。这本书对童年视角的把控很到位，无论是对转眼、民权等人物的塑造，还是对植物和动物等自然景观的描写，都是在孩童视角上展开，没有抖动，没有成年理性的深度介入，带着青涩和孩童的幻觉。这部书没有主干性故事的起承转合，就像一幅水彩画。他致力于对那个年代童年生活背景的描述，在这个丰富多彩又富有时代印记的背景下，展开了孩子间故事。如果没有大量细致入微、能与读者的记忆高度叠合的背景，仅靠一群孩子青涩的轶事，这本书就会显得单薄。大量能牵动读者心绪的背景叙写，看似简单，却需要用细致的生活观察、挥之不去的故乡情怀，对童年生活进行不断淘洗和揣摩。

陈玺的小说创作，继承了陕西关中文学的诸多传统，带有浓郁的关中色彩。我一直在思考一个问题，出生在同一个地域的作家，没有生活轨迹的交合，成长环境互不相同，当他们在文学舞台上亮相的时候，他们的作品在内在质地上，总是有相通的地方。这只能归结到成长地域环境和文化洗礼，就像磁铁的磁力线，在社会化的起始阶段，对他们做了相同的序化。陈玺虽然一直在外工作，他的心和情始终萦回在故乡，他对家乡的情怀，浓缩在他的血脉中。《塬上童年》可以看作故乡对陈玺的馈赠，又可以看作他对故乡的回报。

路遥的《平凡的世界》，写刻骨铭心的记忆、历史社会的变化、从北京传过来的遥远的雷声，这些都必须经过人物内心的感受和情感的折射，才可以写出来。陈玺小说也是将那个时代的氛围投射到孩童心境中，通过儿童视角，反映时代微澜。有一类小说，有着另一类的美学风格，以还原生活为主，在日常的生活当中表达对文明的挽留，我借用一个词，叫作低调，比如说刘亮程和付秀莹的小说就是如此，陈玺的小说也是如此。在陈玺小说中我们可以读出细腻之外的厚重，他的小说是那种服从于召唤的小说：少年的召唤，故乡的召唤，内心深处的召唤。他的写作是有功力的，对乡村生活的叙述凸显质感。这个小说可以给我们带来一些思考和启示，显示出了他的文化地理意识，非许多职业作家飘忽游移所能比的。比如《一抹沧桑》的开篇，有一点大手笔的意味。他在文本中更注重具象而不是抽象，经常在不动声色中，写出了苦涩的良善和善良的苦涩。他的作品不是不写政治风云，不是纯粹静态的中国画、农村图，他只写遥远的背景人生，经过亲情乡情乡村伦理折射之后在乡村的回响，通过少年的眼光，传导出淡淡的忧伤，写出心智的成长。比如麦客一节，如果我们细读，会读出力透纸背的感觉，作者写如黄土地上候鸟般的麦客的自尊和德行，写爷爷和麦客的对话，细微的动作，难言的表情，都传导着生活的艰辛和人性的良善，从小孩悠悠的感伤中，又传导出少年品性的成长和对运动的关切。

  这部作品没有乡土叙述的断裂感，没有激烈的争斗，没有仇恨，更多的是对亲情乡情植物情土地之情的书写。这部作品也有批判性，总体是暖色调的。陈玺这两部乡土题材的作品是感恩之作。如果将这两部作品当成一个整体看，有一个命题他没有写出，但是几乎呼之欲出，那就是改革开放。作者的经历，佐证了这一点，70年代乡村生活也有这个命题。这部作品是怀旧之作，但是怀旧里面有作者对中国社会的整体感受、整体判断。

原载《长篇小说选刊》2019年第1期

与孤独共情的书写

以小说创作闻名的弋舟近期出版了这样一本书——《空巢》，它的副题是"当代老年群体生活现状实录"，就是因为这个缘由不得不又得阅读，又有点畏惧。有些让人无能为力的东西、注定无解的东西、无法救赎的东西，我不知道如何打开和面对。事实上，弋舟在触碰这个生活领域、生命现象，并且要直接面对之前，也颇费踌躇，尽管他关注"我国老龄化社会所面临的诸般问题"，尽管他"自己的家庭也有切身的体会"，但"这个问题所隐含的那种几乎不用说明的悲剧性气质，也令内心不自觉地予以规避"。

弋舟是一个在小说世界里展开想象、虚构的成熟作家，因此，"这本书在我的写作中由此成为一个例外"。非虚构写作，弋舟此前没有，此后，可能他也不知道什么时候有。弋舟没有预料到的是，这本书完成之后在豆瓣网上遭遇热烈的共情、呼应和讨论。虚构和非虚构，此命题和彼命题，其实深层的动因还是同一的——来自对人的命运的关怀、人间伦理和文学责任。弋舟曾说，"孤独这一命题，早就是驱动我个人写作的基本动力"，但是这一次书写，增加了弋舟超越个体的对孤独的共情感受。

老年、孤独、空巢，是一种生存景况、社会现象；黄昏、晚景、对老之将至的恐惧，甚至对自然生命消失的恐惧，是挥之不去的生命现象。伴随着空巢和晚景的孤独是一个心理问题，也是一个社会问题，它受贫困、自足或其他的生活环境的困扰，但又非外部世界所能完全解决，对这一领域的关注、书写，近年来成为一种文学现象。普玄有《五十四种孤独》，采写的是农村孤寡老人的状况。周大新有《天黑得很慢》。天黑得很慢，但终究要黑了，周大新着笔于天黑之前的最后一道风景，给晚年的人生风景带来一抹温暖。我印象深刻的还有邵丽的《天台上的父亲》，是虚构，但有浓重的非虚构的共情，作品写"父亲"由身体之老、生命之老、历史之老到恐惧绝望的复杂心理，犹如弋舟《空巢》中那位自杀的老人，"独守空巢，害怕孤独而失去了生活的勇气"。

  弋舟的《空巢》引用了里尔克的诗《我在这世上太孤独》，可能是为了强调自己在这一命题上的共情感受。但是在《空巢》的具体叙事中，孤独并不是一个高远、高冷的哲学命题，而是回归它的日常生活世界，回归普通人必须承受的生老病死的个体命运。弋舟的叙事，像阎连科写他的父辈一样，"文字间没有震撼的跌宕，也没有大喜大悲的起落"。弋舟笔下的老人，背景、身世、经历、晚景各有不同，有的更艰难一些，有的会舒适一些，有的寄托少一些，有的向往多一些，但都遭遇共同的境遇——生命境遇，风烛残年、生命的黄昏，内心里都不同程度地生发着寂寞、不安、疲惫甚至悲观。交往变少了，世界变小了，身体的衰退磨损着精神的尊严，社会结构中边缘化的位置放大了内心世界和外部世界的冲突。弋舟在采写过程中，有难言的滋味、感同身受的感情，甚至不能处理的困境、不能驾驭的心境。对许多不忍的场景和心境他并不回避，比如那位在别人家过年张灯结彩的时候愈显落寞的郭婶，比如那位与狗做伴儿的何婶，比如那位因身体疾病而陷入精神困境喝下大量安眠药的老杜，还有再婚遭遇重重阻力的王姨和刘老师……但弋舟也注意到在采写对象身上发现的生命的闪光，他书写桑榆晚晴的正能量，为生命的黄昏投射温暖和亮色。那个在城里做保姆的原大妈，用质朴和勤劳养护着自尊的气度。当有好心者建议郭奶奶隐瞒子女的情况，以便申请五保供养的时候，郭奶奶说："人家真的五保户都觉得靠政府救济不是件光彩事，我怎么能硬往这里头挤呢？""不是我觉悟高，认为不能骗国家的政策，是我不能骗自己。"弋舟在以敬意之笔书写着普通老人的执着和尊严的同时，也从书写对象身上印证和扩展着自己的思考，他以纤细的感受体味生命的况味，从采写对象"瞬间的语言或者神情中，感受那无所不在的忧伤"，又从这些老人的经历和遭际中忧患乡村伦理的分崩和疗救，他也意识到了社会结构、环境差异带来的道德标准、情感判断的差异，还有生命伦理、社会伦理如何在情共此理、人共此情的基础上新建立的可能。

　　普利策奖获得者约翰·卡普兰说："很多成功的摄影家只是把拍摄对象作为实现自己野心的工具，他们并不是真正地关心或者对人有同情，这一点让我觉得很羞愧，虽然我不是这样的人。我在给不同的人拍照的时候，会自然而然地想到，如果我在他们这样的处境，会是什么样的感受。我每次看到那些在农村的非常贫穷、辛勤劳作的人们时，都会教自己脚踏实地、谦卑地做人。很多人说你获得了那么多奖，应该目标很明确才对，他们根本不相信，我的心里经常充满了同情和怜悯。"弋舟在面对采写对象、倾听对象，完成整本书的过程中，遭遇的最大问题就是写作的伦理问题。虚构写作有一个写作伦理问题，非虚构写作的伦理问题似乎更突出，一方面，弋舟不能背离真实性的原则，"不会背离非虚构的宗旨，用心去面对一个个活生生的老人"；另一方面，弋舟把这一次写作看成一次庄重的"领受"，"领受老人们个体心灵的交付"，"我必须自始至终在这部书中坚持恳切与顺应，就像一个晚辈在长辈面前应有的那种态度"。因此，这本书的完成，还有一项回访工作，弋舟让那些作为书写对象的老人成为第一个读者、听者或审者，进而再次聆听、"遵嘱"和确认，遵伦理之嘱，尊重对象的确认。落实到叙事之上，弋舟要处理的是谁说话、谁是说话人的问题，《空巢》实际上也是让说话人参与到创作之中和作者共同完成的关于人世表达的一本书。

　　放下作家、他者的身份，以普通人的身份共情普通人的感情、心境，并不意味着作家不在叙事方面进行介入，弋舟的介入方式是在口述实录与描述叙事之间找到平衡的同时，让故事本身体现伦理内容，它的背后应该是作者的情感态度。读《空巢》，能够读出弋舟复杂难言的心绪，他不愿用同情和怜悯这样的词，仿佛这样就是对生命的亵渎，但是在他平静的文字里，又可以感受到无处不在的伤怀和温热，可以感受到他和普通生命深厚的共情。

原载《文艺报》2021年4月12日，原题为《弋舟非虚构〈空巢〉：与孤独共情的书写》

儿童世界里更广阔的生活

——评孙卫卫《装进书包的秘密》

在儿童文学创作领域,孙卫卫是一位已有相当创作成绩,但又低调、谦逊、内敛、沉静的作家。这样的气质和态度从这本《装进书包的秘密》也可以读出。这里应该有一份对文学的理解和对文学所描写的世界的感怀和敬重。孙卫卫《装进书包的秘密》是一部已经经过社会、市场、读者检验和肯定的文学作品,并且已经取得了许多荣誉,它理应得到文学评论的评价和再评价。

孙卫卫在《装进书包的秘密》的后记中透露了一点他和家乡以及家乡出版社的秘密,这是割不断的地缘、亲缘和情缘。那么,孙卫卫大概不会拒绝,我们说,孙卫卫是一位从陕西走出去的作家、儿童文学作家,如果说孙卫卫的家乡陕西的文学有着自己的文学传统,那么,陕西的儿童文学创作则是这个传统的有机组成部分。由孙卫卫我想到了李凤杰,由孙卫卫的《装进书包的秘密》想到李凤杰的《针眼里逃出的生命》,这两部作品所写的时代、表现的生活内容、儿童少年成长的环境、人生起步阶段的课题都不一样了,但两代作家的创作里都体现着能够使作品变得深刻、宽广,具有持久生命力的现实主义精神。我不能说,它是一种影响,一种传统,它更多的是孙卫卫的乡村背景、生命体验。对生活的理解、对文学如何表现世界的态度赋予了孙卫卫作品的忧伤和温暖,使他的作品具有了扎实的生活内容,有了关于成长的咏叹。

孙卫卫《装进书包的秘密》里，书包，那是符合儿童身份的标识；秘密，那是秘而不宣的世界，是脆弱而敏感、苦恼而甜蜜的关闭着的心扉。书包里有两个笔记本：红账本、黑账本。一是积极的，一是消极的；一是肯定的，一是否定的；一构成了主人公成长中的正面价值，一构成了主人公不能接受的负面价值。两个账本所记录、所叙述的大多是童年人生的第一次遭际，两种体验，两种判断，有时不知所措，有时情绪鲜明，在主人公心里开始冲撞，从正面和反面构成了主人公成长的动力。《装进书包的秘密》的主人公是小学五年级的少年儿童，那么他的生活内容和生活环境是书包、教室，是学校，构成典型环境的则是他的同桌陈晓晨，是吴老师、袁老师、黄老师，是"创新杯"作文大赛和田径场上的百米赛跑，是老师的关爱，是老师的敬业，是老师对儿童敏感的自尊人格成长的尊重和呵护，还有老师打开的纯粹、有趣的知识和苦涩、坚韧、消解苦难的心胸，以及对美好生活的追求。

好了，如果这样，《装进书包的秘密》应该也是一部优秀的儿童文学作品。但是，显然，作家孙卫卫不这样认识，也不满足于这样表现，他要拓展儿童文学疆域，他要赋予当代儿童文学书写更厚重的内容，所以，作品不光设置了作为情节核心的妈妈所遭遇的车祸，突发的变故，心灵的重击和对重击的承受，还书写了乡村的背景，城乡的历程，创业的艰苦，奋斗的动力，教育的理想，爸爸身上的军人的正直的血液，妈妈勤劳节俭、爱美的品质，还有杜叔叔身上折射出的商业伦理。这些伴随着主人公成长的脚步，体现着时代精神的普通人的奋斗、传统伦理的传承，是作品自然而浓重的背景，构成了小主人公成长的更为典型的环境，使作品焕发出了鲜活的时代感和历史感。作品是在主人公遭遇苦难、承受打击、打开视野、迎接温暖和希望的过程中丰富了性格，强健了心灵，融入了更为广阔的生活内容。《装进书包的秘密》是典型的、纯粹的儿童文学书写，又使儿童文学书写有了丰富的容量、厚重的品格。

原载《中国出版传媒商报》2022年6月16日，原题为《〈装进书包的秘密〉：儿童世界里更广阔的生活》

转型时期的乡村雕像

　　黄朴这位作家，也许人们还不是很熟悉，但这是一位扎实、内敛，有严肃的艺术思考和艺术追求，对自己要求严格的作家。最近一个时期，黄朴在《芳草》《当代》《钟山》《中国作家》《江南》《青年文学》《山花》《大家》《延河》等刊物上发表了大量中短篇小说，也有若干小说集出版，他的小说创作正呈整齐稳健的上升之势，引起创作界和评论界的关注。迄今为止，人们对黄朴小说的评论，基本上都以陕西的文学语境为切入口。这毫不奇怪，陕西是文学大省，现实主义、乡土叙事是陕西的文学传统，人们自然会在这个大背景下考察黄朴的小说创作；另一方面，近些年来，陕西的新生代作家创作是一个薄弱环节，人们欣喜地看到，因为黄朴等作家的登台亮相、实力展示，这一文学传承、队伍结构方面的短板已大有改观。具体到黄朴的创作，黄朴的文学观不能离开这一片文学土壤，他的创作，有着深厚的文学传承的影响。黄朴说："文学应该给时代造影，守望脚下这片丰厚的土地，拥抱火热沸腾的生活。"这是有历史感、时代感的文学认知，这样的认知一直贯穿在黄朴的创作中。另一方面，面对整个文学世界的小说创作，黄朴也意识到："小说写作的难度越来越大了。小说艺术发展到今天，似乎穷尽了一切技艺。你所谓的创新或实验，都能从经典作品里找到源头和影子。但时代的场景在变，因而小说艺术又有着无限的可能性。"许多人都注意到了黄朴小说创作的新质，例如他超出传统现实主义的对物象描写的想象、变形，魔幻、荒诞手法的巧妙运用，这实际上体现了他对生活的一种理解方式、把握方式。他的作品大都具有整体象征和寓言的效果。以这篇《雕像》为例。《雕像》所写的生活是我们经历或正在经历的历史生活和时代生活，充满着现实内容和实感的气息，但我们读《雕像》又能读出，黄朴已不满足于或回避了对生活现实的描摹和堆砌，而是追求对现实生活和日常经验进行重组、提炼，从中升华出意义。这样说吧，我们从黄朴的小说中能读出他对先锋小说的继承，又能读出现实主义的主色。在中国小说经历了多种思潮的冲撞、接受、吸收消化之后，小说创作应该呈现出不同的面貌。我们说黄朴的小说有严肃的艺术思考和艺术追求，正是在这个意义上言说的，也正是有这样的艺术思考和艺术追求，黄朴的文本叙述才呈现出了耐人寻味的艺术高度和思想深度。

现在让我们进入对《雕像》的阅读。我读完《雕像》，陷入了一种难以把握的境地，我想这种感受来自作品所呈现的复杂丰富的图景，来自作者在一个有限的文本叙述中尽力容纳历史内容和当下乡村生活的努力。这部乡村叙事的作品不像我们读的许多乡村故事那么顺溜，那么舒服，尽管它从始至终都闪耀着抒情的特质。它在社会学意义上提供了一个乡村变迁的样本，又在人性的维度上叙写出了乡村人群的喜与愁、善与恶；《雕像》不像别的乡村小说那样有一个单线条的家族故事或生活故事，但读完之后又分明能感到它写出了一个完整的具有历史感和当下性的乡村故事；《雕像》有着浓烈的人性批判、伦理审视，但透过叙事人对一群乡村人和走出乡村及往返于城乡之间的群像的雕刻，在对一个具象的黄村叙述中，又透视出了作者的大伤感、大温暖、大关怀。

《雕像》第一、二节，写到具有传说性的神话般的景象，既是遥远的生活，又是现时的梦幻或想象，它存留于黄村后山娘娘庙里的壁画之上。一个垂着长须的老者，带着先民，来到一片新的土地，开山，填壑，盖房，狩猎。"另一面墙上我看到了一座沧桑的都城，那飘扬在城楼的旗帜上书着一个黑黑的黄字，讨价还价的商贩，浅唱低吟的旅人，川流不息的人群。我还看见了海洋，一艘艘航行在海上的大船，一群海鸟越过鼓胀的船帆。"作者借助叙述人发问："莫非，这就是这片土地曾经的过往？"这具有神话般的图景，并不借助于也无法借助于史料的求证，它是想象、虚构，传导着作者的情思。沧海桑田，前世今生，实际上寄寓着人类生存繁衍、建设家园的内容。作品第二节"电来了"非常有意味，从煤油灯松树枝到电的抵达，既有着传奇色彩，又铺垫着深厚的社会内容，电抵达黄村那一天，也有了时代的象征意义。"整个村子亮堂堂的，每一家亮闪闪的，每个人的脸上亮着一盏白亮亮的太阳。"电是那么神奇，那么令人惊异，那个被雕刻的活灵活现、栩栩如生的柱子，怎么也不能相信，那么细弱的电线，怎么能藏得下这么厉害这么威武的电呢，于是他要把躲在塑料皮和铜丝里的电揪出来。他成了黄村第一个被电击倒的人，也成了黄村第一个敢和电作斗争的人。乡村历史通过人物传奇的行为，上演着好奇、欲望、试错、向未知探寻的悲喜剧，上演着从蒙昧、封闭向启蒙、打开的变奏曲。在柱子那里，他对电的体验，宛如梦幻；在作者笔下，这一段描写，则有着魔幻的色彩。黄朴就是这样善于虚构和想象，由于扎根和来源于中国的乡村现实、作家曾经生活过的土地，想象和虚构并未破坏真实感，反而更加形象生动地传达了真实感。黄朴通过对乡村的感官经验的逼真叙述，写出了既魔幻又现实的曾经的乡村历史、乡村的现实生活。电的抵达，实际上揭示出了特定的历史阶段社会进步、乡村变迁的历史，通过对电的感官经验的逼真雕刻，又展现了人的观念的进步和对外部世界的想象的现实化过程。如果说以上两个场景、情节蕴藏着作品有关乡村历史、乡村文明的记忆和思考，那么，作品对三代村长的雕刻则有着深长的历史内涵。作者笔下的黄村第一代村长李书旺，是黄村在任时间最长的村长。李书旺执政黄村的年代，显示出了相当的气魄，构筑了一个黄村的乌托邦。他给黄村做了远景规划，设计了叫作上海大街、北京大街、长安大街的三条大街。这三条大街的命名和设置，实际上富含着一个乡村权威现代化、城市化的想象和欲望。李书旺还制定了黄村历史上第一部村规，这村规里对黄村人有行为规范，又有上升到意识、精神层面的道德守则。当然，最重要的是他在黄村建立的绝对权威，还有他因为动机和目的相悖而营造出的近乎恐怖的氛围。第二代村长李大兵是李书旺的儿子，李大兵继承了老村长的权力和权威，"他像一个监控，花草树木，猪牛羊人，被他都收尽了眼底"。在黄村，他训导村民的是，"关键你要懂得规矩，懂得路数"，"你要是不报告，不请示，不汇报，那你就会麻烦，很大的麻烦"。第三代村长李学军是李书旺的孙子，李大兵的儿子，在李学军身上，作者赋予了时代变化的色彩，着重写出了他乡村人格里缺失人性的功利动机和功利目的。这三代掌权者贯穿了乡村权力掌握者是如何承传的，作品的重心并不在这里，而是着重把他们作为一个乡村历史现实的标志，映照出乡村政治的典型样板。实际上，作者刀凿般的文学叙事，对三代村长形象的雕刻，映照着曾经的生活现实和乡村现实中的典型人物。黄朴以现实主义的冷峻笔法，揭示出了乡村社会具有宗法血缘关系的权力纽带，在纵向的对历史的穿透中，揭示出了古老乡村的精神内核，透过乡村权力的三代传承，深刻剖析了相当一个历史时期中国社会政治文化所蕴含的秘密。《雕像》中另一组有血缘亲缘关系的人物是德宝、德林、德华、德军们，这是一组和社会变革期、社会转型期相平行的人物，这一组人物的关系呈现出鲜明的时代特征，他们之间鲜明的标识是金钱、权力和欲望。德林和德宝之间，我们看不到情感的纽带，他们的关系以金钱和权力的交换为纽带，德林和德宝的命运是缺失了伦理传统后人性之恶膨胀的结果。而面对母亲的疾病，德宝和德军的冲突，完全没有亲情人伦的惜痛，冷漠来自金钱腐蚀和财富观的扭曲。德林也有宏大的理想，但这个理想只局限于物质层面："要发展就得有点破坏，不破坏能发展么？"他的所谓发展观以破坏自然生态为代价，亦是膨胀的欲望让他远离了个人理想。《雕像》中的德华应该是社会转型时期走出乡村的底层人物形象，他先是在城里捡破烂、擦皮鞋、发传单，最后专门组织人碰瓷，还让他年迈的父亲大栓做碰瓷者，以极端的恶的方式寻求命运的改变，结果当然受到了命运的惩罚。当然,《雕像》也写到了一群走出乡村、走入城市的顽强生存者、奋斗者,"士元组织几十个人跑摩的,宝珍组织几十个人做家政,亚倩召集了十八九岁的十几个人搞娱乐,至于保洁、卖菜、卖包子、拉着三轮车卖板栗核桃苞谷煎饼的黄村人,多的啊"。这样的群体,走的是乡村固有的生活方式受到冲击、改变之后,乡村农民寻求生存空间的普遍道路,折射着城镇浪潮中乡村历史的变化历程,也折射着乡村人告别家园、告别土地之后心灵的痛楚和顽强的生活追求。我们看到,在对这一组和社会转型相平行的人物的雕刻中,作品呈现出了传奇的、荒诞的、善恶交织的人情世态,人性的扭曲和闪光。而作者通过文本叙述,关注乡村伦理秩序崩塌与重建的同时,也关注着乡村的现实生活。《雕像》中,呈现着这样的鲜明特征:作者已不在意或者着意一个人物完整的故事,不着意人物性格的外在刻画,而是把重心转移到了对乡村、乡村人物生存欲望和精神世界的挖掘,进而达到对转型时期乡村的精神形态、乡村农民精神特质的把握。

《雕像》具有写实和写意相结合的特征,作者雕刻出了社会转型期千奇百怪的世相和荒诞传奇的世态人生。《雕像》有着鲜明的价值取向,除了对负面的欲望膨胀持批判态度之外,作品也塑造了执守传统道德、教喻世道人心的正面形象。我们看那查老师,"涨水了,他把学生一个个背过河",在查老师身上,有着质朴的闪现着这个时代特征的正义感;我们看那个查医生,在物欲横流、人心不古的时代,恪守医德,悬壶济世,"患了肝癌的查医生临死前对海娃说,收费能低就低,不要挣昧心钱"。查医生的修行和作为,是千百年来乡村传统伦理的坚守,也是乡村文化秩序重建的精神资源。还有那个令人感伤的德辉,最后一个搬离黄村的那天,他检查了家里的锅碗瓢盆、柜子板凳、锄头火盆,德辉在陌生的居所,整夜整夜睡不着,"他索性一个人回了黄村"。再后来,"德辉每天走十几里路回黄村睡觉",他和老牛告别的时候,老牛眼里满蕴着泪水,而德辉,也选择了魂归黄村。《雕像》对德辉老人的雕刻,具有生活现实的穿透力和打动人的情感力量，他当然不能阻挡社会转型、城乡变革的大潮，但是他独守荒瘠的土地、破败的黄村，表现出了一种逆潮流的价值取向、具有悲剧感的精神力量。

像许多作家一样，黄朴的写作，也有自己的精神原乡，在黄朴的作品中，经常会出现的地理坐标是柳庄或柳镇。黄朴说，"那并不是一个具体的地理所在，而是一个文学虚构的地理图景"。这一篇《雕像》，黄朴把他的地理图景再向下延伸，延伸到了他记忆中、想象里的黄村。黄村像他笔下的柳庄或柳镇一样，虽然是一个虚构的地理图景，但是在大时代变革、城乡变迁的背景下，却成为一个具有真实感的存在，成为一个现阶段中国社会乡村现实的缩影。我最要提及的是，作品中雕像集群的完成，是一个和黄村同在的民间艺人，他是黄村变迁史的见证者，也是一个黄村精神世界消亡的质疑者。在质疑中，这个雕刻艺术家表达着自己的痛苦思索。他是黄村历史的叙述者，这个文学叙述人身上，也寄寓着作者深长的忧思，寄寓着创作者对变革的时代大背景下，乡村伦理、乡村的文化精神重建的思考。

原载《芳草》2021年第5期

直面灵魂的写作

我和东篱的文学缘分,要感谢孙见喜先生。孙先生介绍说,铜川有位女作家东篱,已出版几部长篇小说,新近有长篇小说《香》,嘱我读读,写点文字。二十九年前,我写过一篇文章,叫作《铜川的小说力量》,那时候,东篱还没有开始创作。最近一段时间,阅读东篱的几部长篇小说,也注意有关铜川文学创作的述评,寻找东篱的名字,隐隐有失落感甚或不平感涌出。

也许并不奇怪,职业评论有职业评论的尺度,文学有某种惰性的秩序,对真的探求并无中心和边缘的限制,东篱有自己的文学生活方式,但是不是有误解或误读?东篱是怎样一个作家?她是业余的,但无疑显示了一位业余小说家对文学真挚的理解和创作实力。她对生活的反映也许太直截,但是她直面生活的勇气并非许多作家所具有。她也许永远进入不了主流的视野,但却以和盘托出的生活真相和真实的情感赢得了文友的尊重和读者的共鸣。文如其人,言为心声。我读东篱的作品,会幻化出一个真实率性、尖锐泼辣、敢爱敢恨、直面灵魂、大胆歌哭者的形象。

东篱的创作,给人以复杂的感受。有黄金,但黄金被泥沙包裹着。有严肃深刻的生活揭示,但偶尔又在向难度挑战时退却,向人们习以为常的通俗滑去。她的作品有时并不重视形式技巧和叙事节奏,有时又能让人读出良好的文学修养和经典的影响。东篱对小说的认识,多来自自己的感性阅读和创作实践,她的成功,得力于对表现对象强烈的感情。她有时候可能分不清情节和事件和情感和心理深度孰轻孰重，但是她打破了文学和生活的隔膜，打破了我们对生活概念化的想象。她作品的一些情节和细节，生动，带有生活的质感，仿佛大山和煤岩的肌理，因为叙写生活的艰难和命运变故，读来催人泪下。她的一些文字，的确充满生活质感，人物生存的坚韧和对爱的渴求，从艰难时世中流出，常常令人难以分辨，哪些是体验实录，哪些是虚构想象，多少是作者的构思剪裁，又有多少是亲历者的感情投射。

东篱的长篇小说《生父》是本分的现实主义叙事。读长篇小说《香》，仍然可读出沉重和悲凉，但如果从小说叙事的角度看，这篇小说前面的章节给我留下了较为深刻的印象。作者的叙事，流露出一些文人气质，体现出文字的优美和可赏性。叙事追求从容不迫，情节追求大开大合，注意意境和氛围的营造，笔下生发春意，纸上多见温情，使人在痛苦和忧伤、绝望和希望中读出诗意的情怀和美好的情愫，读出无情世界的感情、野蛮时代的修养、对知识的崇尚，读出坚韧和美好的生活态度。虽然，《香》后面的叙事，趋于紧张和急迫，浪漫主义的灵光一现让位于生活的苦涩和沉重，但是整部作品，我们还是可以读出对真善美的追求、精神力量的支撑。

东篱的创作，多采用第一人称独白和回忆性的叙述方式，最明显的是都有一个铜川的矿区背景。这是一个城乡交叉地带，黄土文化和工业文化碰撞相容的区域，有着被抛弃的历史内涵和生离死别的人性内容。曾经的贡献和奉献，曾经的艰难和牺牲，曾经的崇高和辉煌，以及支撑这一切的底层劳动者几代人的付出，被埋于坑道的许多人的生命，作者都有塑造和表现。我们读《生父》和《香》会读出几代人的人生故事、善恶挣扎、向下的沉沦和向上的攀升，实际上跨越了整个共和国的历史进程。作品通过对卑微的、破碎的、分裂的、和死神搏斗的、顽强向善的人物命运史的勾勒，折射出了一个大历史的背影。东篱书写的重心，则是20世纪90年代到新世纪社会的转型期，一个老工业矿区无可避免的命运。老工业矿区和矿区人的命运主动或者被动挣扎着，随着大时代的脉搏一起跳动，身份失重，阶层重组，物质和精神、劳动和骄傲、迷惘和救赎等社会现象、矛盾的价值问题，在作品中都有真实的呈现。东篱笔下的家庭变故和个体命运，便是这时代变迁的亲历者和见证者，他们的爱恨纠葛、挣扎与痛苦较为深刻地折射出时代与社会变迁所带来的沉痛，而这个沉痛的承载者，东篱给出了真实的答案。

如果我们忽略东篱小说中的一些交代、一些内涵不是很充足的情节，应该会留意到作者对同苦难抗争、彰显生命意志的底层劳动者的塑造，对向上的、向善的坚韧精神的肯定，以及对充满复杂成分的人性形成的社会、经济和文化根源的揭示。在东篱的作品中，有一种悲悯的情怀在流动。她在书写矿区家庭和个人诸多的爱恨纠葛、艰辛的上升之路中，实际上无法回避罪恶，不能无有所批判，但是文字内里，却深藏着同情和悲悯。

东篱的叙事，多采用女性视角，女性是东篱重点表现的对象，可以从她的作品中读出与土地相融的勃勃的生命野性，亦可以读出老工业矿区这个文化土壤里生发出的爽直性格。她是如此大胆地表现女性的原始欲望和生命激情，表现过程又是如此地坦诚和富于激情。纯真与放纵、肉体和灵魂、性与爱、迷醉本能与责任担当、沉沦与救赎，既可以单纯放在人性层面解读，亦可以放在一个社会空间里，解读出家庭和环境的影响，解读出童年短暂的纯真快乐和创伤性记忆，安全感的匮乏和温暖感的缺失，解读出特定的矿区环境生活所强化形成的沉重的男权社会的背景，还有用极限或伤害的方式表达的对温暖和爱的渴望。东篱笔下，灵与肉的合一所带来的快乐、灵与肉的分裂冲突所带来的苦痛和磨难，还可以放在这个急剧变化的社会秩序所带来的伦理认知、情感认知、身体认知的变化层面来解读。东篱对人性的书写，是不是可以这样看：安全感和温暖感、爱和被爱、宽容和慈悲、欲望和困惑、身体快乐和情感伤害，都与广阔复杂的社会层面纠结一起。在东篱的作品中，修复与治愈的方式不一样，寻找的答案不一样。在《香》中，她让人物寻找一种澄明和宁静的资源，回归一种自省的心理状态。

《香》的最后，为主人公寻找灵魂的乌托邦，找到了宗教。其实，东篱的长篇小说《生父》已经涉及宗教话题，那个话题更多地融入作品的情节、人物的情绪之中，那是人物在经历了生与死、爱与恨之后对生活信念、人生温暖的感悟和寻找，洋溢着浓重的悲悯意识和大爱情怀。东篱的创作，并非宗教题材，当代大多数作家在书写宗教问题时更多地也是写作品人物的宗教意识而非宗教信仰。宗教意识意味着用爱对现实艰难的承担，用忏悔对灵魂困惑的解救，用悲悯和宽恕对罪恶的包容。当现实不能有效解决人们的生命之痛、灵魂之惑时，人们就会不自觉地向宗教寻找救赎之道。宗教有可能为人们打开另一扇人生的窗户，使人们获得精神慰藉和心灵的安妥。

《香》的主人公，经历了艰难坎坷、人间不平、情感创痛，但她有着坚忍不拔的生之欲求和直面人生磨难的勇气。作品题为"香"，是有寓意的，是要让人物的生命之香、俗世之香获得仁爱、恩慈、节制的圣洁之气。但我感觉，作品最后的走向，似乎还有更深一层的意思，似乎并不是单向地走向彼岸世界，而是要在对真善美的理想境界中寻找改造现实、塑造美好生命的力量。东篱创作长篇小说《香》的时候，已积累了相当的生活经验和文学经验，她对世界对人生的判断已经不是简单的俗世标准，她一定对世界多了一份同情和悲悯，生命经历一定使她能更平和地看待世间人物的命运悲欢、升降沉浮。我是希望她的创作一如既往地保持激烈、尖锐、厚重的同时，增多一份民间的智慧、大地的哲学，寻找更有效的救赎。作品中主人公的归宿，无疑也传导着作者的人生态度。如果将这种认知再内化于自己的创作中，将人生认知和艺术认知达成统一，东篱的创作会上升到新的艺术境界。

原载《延河》2017年第4期

打开另一个世界

我和张艳茜是校友、同事和朋友，我们曾同在陕西省作协供职，我早来几年，随后张艳茜也来到了这个被她描述为近乎破败却精英荟萃、葳蕤着雄心和神圣的作协大院里。她在《延河》，我在《小说评论》，两个编辑部，同一职业身份，同一工作性质。

张艳茜从第一部散文集《远去的时光》到《城墙根下》《从左岸到右岸》《心中有她就属于你》，再到现在的《走在西安大街上》，已经出版了五部散文集，从这多少有点阅历和感伤的书名，了解和理解作者的人，从中也许能读出伴随着作者编辑年轮的文学的起伏和挣扎的侧影，从中也许不难读出职业的脚印、生命的成长、心灵的惆怅和执着。

事情可以追溯到20世纪80年代，那也是一个适宜于文学生长的年代，"文学还处于鼎盛阶段"，就是从这个年代开始，命运锁定了张艳茜的编辑身份。从此，编辑成了她精神生活的重要组成部分，张艳茜在这个工作岗位上几乎投入了全部的热情。在和作者的交往中她显露了真诚和坦率的性格，燃烧自己使她的心灵充实，意外收获和失之交臂的喜怒哀乐成了她的情感维系，漫长的阅读生活磨砺了她敏锐的文学鉴赏力和判断力。这是张艳茜之所以在陕西文学界乃至全国文学界人气颇高、被广泛认同的原因。这期间，也许有焦虑，也许有苦涩，肯定有无奈，还交织着人生的烦恼和曲折，但这丝毫都不能消弭张艳茜对工作的投入。文学的外在环境和个人的际遇似乎像一个反推力，在增长着张艳茜对职业的坚守，在催发着她的坚韧和乐观。作家京夫说，张艳茜满怀工作热情，这些年来为了办刊物，她不仅奉献了自己的青春，也在奉献自己的生命。这个评论，起码我们陕西的许多同行、作者，感同身受。据我所知，张艳茜大面积写作还是近年来的事，在不长的时段里，张艳茜在全国的报刊上发表了许多散文，似乎有大器晚成厚积薄发之势，收在这些集子里的，就是张艳茜创作的大部分。

作家陈忠实说，我们选择文学而不是选择其他职业，是因为我们对文学有一根敏感的神经。张艳茜的这根神经曾经专注于和作者的对话交流，专注于编校的案头工作，现在，它在个人的写作世界里跳动。张艳茜说，每一个写作者一定是依赖于自己的个人经验的，这些经验，与写作者的生命、生存、生活体验密切相关。这是张艳茜的文学认知，也是她的写作体悟和动因所在。她的写作，不追逐流行的散文时尚和散文思潮，不故弄玄虚，不哗众取宠。她舍弃的是外在的文化符号，忠实的是自己的内心体验。她的散文突显的特质在于真诚，真诚地传达自己的生命感受。

张艳茜的散文在多个向度上展开，她追述自己的生命历程的文字，在不经意间表现了极强的刻画性格、探究灵魂、描摹时代的能力。我们读她的《想象父亲的样子》等篇什，可以从一个人的性格刻画中，从一个普通家庭的悲欢中，不仅读出一个人的成长，而且读出一个时代的压抑的背景。她对日常生活的书写毫不掩饰地展现自己的生活态度，字里行间散发着一种关怀和感恩的人间温情和善良、坚韧、明朗、乐观的精神向度。张艳茜还有一组散文，是通过对自己和好友生活历程和生命体验的抒写和解析，执着地在探询着这个社会镜像中的女性情感苦痛，而又逾越了性别的界限，抵达人性和人生意义的探询。

在张艳茜第一部散文集《远去的时光》里还有一个重要的部分，这就是作者个人视角下对陕西文学氛围和人物的素描或塑像，在我看来，张艳茜对许多作家的把握，不仅显示了相当的见识，而且是一种感性氛围中对文学现场的还原。它是个人的资源，也是文学历史的鲜活参照。

散文，是自我心性的表露，我们读散文，实际上就是在读一个人的心路历程，读一个人的精神面影。我常常自觉不自觉地留意着张艳茜的写作，许多朋友都感到欣喜的是，张艳茜打开了另一个精神世界。这个世界，会变得愈来愈宽阔和丰富。

选自《远去的时光》，中国文史出版社，2007年

短线时论 卷入今天

——读李浩《行水看云》

朋友转来李浩要结集出版的散文集《行水看云》，并传达李浩的指示，说，请看看，提提意见。我感谢李浩兄的器重，人尽其用，我这个几十年的编辑阅读校样再合适不过，我也知道这是李浩一贯的谦逊品性使然。前几年曾读到李浩的随笔集《怅望古今》，又看到这本《行水看云》，我当然是由衷喜悦和亲切的。

我最先读的是《走进圣彼得堡》一文，因为恰有一个机会使我很快就可以追随李浩的足迹踏上俄罗斯的土地，又因为李浩写到了我的朋友、圣彼得堡大学的罗季奥诺夫先生，我们都叫他罗流沙。朋友的亲历记叙，让我对俄罗斯有了点先行的感知，又多了几分紧张和亲切。《双飞翼》这一篇让我怦然心动。《双飞翼》记叙作者中学时代的老师，抒写那个蛮荒、封闭时代的文化氛围，特殊环境下形成的独特的教育环境、文化传承和文化风景。作者笔下饱蘸感情，流露出深藏的感伤、浓浓的感念情绪和深挚的文化情怀，又以亲历者的身份考察了这个民族不灭的文化传承的民间形态。这篇文章一下子勾起了我遥远的记忆，拨动了我深藏的心弦。《双飞翼》写出了一种少年的憧憬、一种生命的生长、一种文化的顽强、一个时代的场景和时代场景在同样怀着梦、冲动、理想的师生心中的投影。这又何尝不是一代人的记忆，一代人抹不掉的情结。

我和李浩是同龄人，又都就读于西北大学，近些年接触较多。我有时想，我和李浩这一代人，成长过程不乏苦涩和美好，幸和不幸都很难说，优点和缺点都很鲜明。我们夹在两代人之间，被两个时代冲撞，性格里不由自主多了一层矛盾，想洒脱一点行水看云，但又不能摆脱责任义务怅望古今。具体到每一个个体，又常常遭遇事业和工作的矛盾。我印象中的李浩永远是温和宽厚的，讲话也始终是温和婉转的。他本质上是一个学人、书生，但谁又敢说他内里没有滚烫的心灵，没有世俗的情怀，没有创作的冲动。我能感受到他的压力和辛苦，这些年来他以一介书生的身份主政西北大学文学院，宏观的背景，并不乐观的现状和努力后的蒸蒸跃升，人所共睹。他和同事们一起，营造了一个良好的文化生态，不仅在人和事上，而且更在教学氛围和学术共同体的构建上。这都和一种牺牲精神，一种情怀和胸怀有关。李浩的专业是中古文学研究，他的《唐代关中士族与文学》《唐代园林别业考录》等著述早已远播海内外。他的学术造诣、学术建树我不敢置喙，但是他这几年的担当和无法拒绝的"旁骛"让他有多少懊恼、多少苦恼、多少欣慰，我想治学者会体味得到。

这本集子，李浩谦虚地说，是"教书或者专业写作之余的边角料"，我看也可以这么理解，我们把它当成一种"玩票"一种"旁骛"，被动的和主动的。按我的理解，学人的著述往往是在学术著作规范之外的文字，会流露出真性情，会不吐不快，表达自己的真知灼见。学人的著述，往往也是一种戴着镣铐跳舞，但是一旦将镣铐暂搁一边，舞步也会轻盈飞扬起来。

李浩的这本《行水看云》，在我读来，有这么几个感触。一是形散神不散。这本集子就内容和文体而言，或品书香，或写人，或记行旅，或论文坛，或谈世相绘浮世，有类"雪泥鸿爪"，有类俞平伯先生的《杂拌儿》，但都有着自己的感知和经验做支撑，贯穿着一种文化精神，流露着一种文化情怀。二是表现出了丰富的学术修养。作者恰切地将学术知识和理性思考融入了自己的形象表达之中，作者的文字，发乎情止乎理，节制而有所蕴藉，表达富于理趣与智情，但又让人能看出文字底下深藏的情感、丰富而微妙的心绪和不能化开的文化情结。三是有相当的文学感知力和穿透力。阿莹的《俄罗斯日记》我们都写了文章，唯有李浩，坦直地指出了中国和俄罗斯这一对欢喜冤家剪不断理还乱的复杂纠葛。我们谈《俄罗斯日记》，都是直线条的，唯有李浩，敏锐地发现了阿莹面对俄罗斯的过去、今天所流露出的矛盾心绪。谈论保勤的诗，说他的诗作植根于古典，受郭小川、贺敬之、李季、闻捷的影响，这是一般的追踪，而李浩一眼就看出了作者取资于戴望舒、卞之琳、何其芳的地方，指出这样的传承，可见李浩的文学修养之深、视野之广。他谈马玉琛的《金石记》，评论安黎的创作，既有对作品深切的感知，又有超乎文本的评说，都表现出了相当的识见。时下，谈及大学的现状，梅贻琦的大师、大楼论几乎无人不晓，无人不谈。这个常识我们当然认可。可是李浩出于自己的直接经验，并不满足于泛泛而论，他对大学构建、大学性格的解读要比我们多几个层次。四是具有宏观的文化视野和胸怀。讨论一部电视剧，李浩参照的不是狭窄的主旋律，不是实用的功利思维，而是大文化观、大历史观。他不仅注重历史真实，而且注重艺术真实，"将主人公陷入这样进退维谷境地的并不是历史本身的事实，而是主创人员缺乏大智慧。他们以为只要给一部作品贴上主旋律的标签就可以使其成为主旋律的大片，殊不知却恰恰偏离了历史的主旋律。这一导向说明该剧……不仅忘却了历史上中华儿女共同抗日的主旋律，同时也忘记了当前祖国统一的主旋律"。克罗齐曾经说过：历史照亮的不是过去，而是现在。这样的评论远远超越了对一部作品的评论，实际上显示了作者宽广的历史视野和对当代文化的深刻思考。

第五，我读《行水看云》，最强烈的感触是一种强烈的介入意识，是一种浓郁的介入文化的现场感。学人散文，各式各样，但如果囿于一种把玩和自赏，则自降一格。学人散文最可贵的品格在于它的现实感、现场感，在于参与当代文化建设的眼力和勇气。朱学勤先生曾经有过这样的表述，"左手写长线学术，管它春夏秋冬，右手写短线时论，不妨卷入今天"。我以为，李浩的散文随笔，正是这"卷入今天"的一类，他的言说，不仅参与当代陕西文学运动、当代陕西文化的思考和构建,而且,他持的是一种具有普遍意义的文学观、文化观、价值观。讨论《百家讲坛》,李浩说:"中国当下最迫切的不是普及古典文学知识,而是普及民主、正义、宪政、权利、义务这些公民社会的基本构件。"这是一个具有独立品格的思考者的言说,表达出了一个学者对我们整个社会文明进程的思考和参与。这是一种文化情怀,更是一种知识分子品性。李浩的散文写作是一种学人写作,也是一种贯穿着知识分子精神的写作。这是这本书的血脉和骨髓。这样的精神内质撑起了他的散文格局。

原载《美文》(上半月)2011年第11期

1966年的散文

——读刘小荣《冬夜如香》

我和刘小荣认识较早，但交往不多，粗略的印象，和千里青先生描述的差不多，说得夸张点，可追溯到上个世纪的某一段落。那时候，刘小荣在高校任教，理着平头，戴着眼镜，镜片后面是固执的聪明和不太令人放心的诚实，结实的躯体里似有躁动的欲望噼啪作响，像抽穗的庄稼一样。眼镜是书生的符号，而且它的一切皆来自普通的劳动阶级。我猜想他会伺候学问，因为那是一个便捷的路径，职业和事业互不冲突，也知道他在摆弄小说和散文一类感性的东西，但不留意。后来刘小荣去另一个有历史感的城市深造，似乎一头要扎进学问堆里了。后来他又进了传媒领域，见面时只是简单地彼此打个招呼，这印象就像千里青先生说的，"充满活力"，"诚朴气质却透出一股江湖的精神强悍劲儿"。

忽然接到刘小荣的散文集《冬夜如香》我还是强调觉着有点突然。若说刘小荣写过一批批评性研究性文章并不奇怪，若说他因为职业要求写过大量的快捷性的东西也属正常。令人有点惊异的是《冬夜如香》尚未带上太多或者说本能地拒绝了他那一行当里许多文字的技巧和庸俗，也许他还有先天的本钱，也许健康的躯体快要被侵蚀了。我想说的另一个意思是刘小荣的一些文字让我怦然心动，突然让我感伤的泪滴打在了干枯的灵魂里。《1966年的早餐》是童稚的心灵的一段感受，是对苦难岁月的苦涩的刻骨铭心的记忆，普通劳动者的生存的艰辛顽强和饥饿感是巨大的时代投影。那简直是我的童年，我们的童年。《菠菜与杂志》记述的是1976年间一个少年和父亲之间的事情，那种细小的描述，会使人感到巨大的时代场景，父子俩心灵中物质需求和精神需求的冲突，会使你想到男儿血管的偾张和时代的冲动。那个默默中闪射着顽强生命力的父亲，简直就是我们的父亲。还有《茵陈》里那个善良质朴的母亲，简直就是我们的母亲。

刘小荣的另一篇散文《美好岁月》以少年的眼光、以个人的心灵传达出了对那个特殊的"暧昧、凶险或者艰难的"时代的记忆。社会底层的情绪，令这个少年的心灵悸动不安，那歌者沙哑而凄切的声音，仿佛夹杂着命运之神的呼吸，充满感伤，人生感、命运感怦然敲动心灵。

刘小荣的这些文章，令我想起路遥的《在苦难的日子里》，想起陕西另一个散文家朱鸿笔下敏感朴素的农村少年对大时代的感应，令我想起都德笔下阿尔萨斯省一个小孩的自述——《最后一课》，它们都拥有质朴的叙述，都是个体心灵对时代的咏叹，常常，包括读刘小荣的文字时，你会在质朴无华中看到性格、场景、情愫的凸出，你会感到生命欲望的冲动。刘小荣有好几篇散文，可以放在这样的精神品格的天平上称。真的。当然还不能在散文大潮的背景中寻找刘小荣，但是他拥有或者说曾经拥有过天然质朴的文学财富，他较少传染病们的庸俗的市民心态对文字的侵害，也许，他还不知道对怀旧的津津乐道的玩味，他真应该警惕，也应该庆幸。放大点说，谁不知道杨朔的价值，谁不知道《心灵史》和《文化苦旅》的落差，真和伪、悲剧和喜剧，生命感、历史感是有个性的。

再说几句刘小荣，我们是同龄人，曾经我在朱鸿笔下读到了我自己，这一次，刘小荣又使我和1966年、1976年的我相遇。我们是同龄人，但不是因此我就喜爱他的文字。这不太出息的在苦涩和美好生活中生长起来的一类，夹在两代人之间，被两个时代冲撞，脸上涂着复杂的油彩。否则刘小荣就不会提醒现任台北市文化局局长龙应台："一个作家愈国家化，愈该理解公理、道义与良知的普通意蕴与特殊含义。"刘小荣的散文，伸展着多种枝叶，比如他对社会公共事务的议论，无意中纠正着日渐滑坡的传媒的品格。他的《美好岁月》真好，但是在爬坡的时候他忘了充足油料，也许他也意识到了锤炼一气呵成更深厚、大气象的能力；他的一些游记体，是大散文的追求和构架，但是他不知道怎么就妥协了，也许他也应该警惕职业带来的习惯。

原载《陕西日报》2001年3月16日

大学教育与文学创作

　　大约是两年前，西安财经学院文学创作与文体研究中心挂牌成立。这个中心，以本校的学人、作家为主体，吸纳校外若干作家、批评家加盟，形成了一个丰厚的、立体的、大学和社会互动的结构。它的缘起，呼应着通识教育，超越学院，变革思维，为学科生态注入活力的形势，为文学创作专业的设置和文学创作课程的开设、改革践行一种探索，提供一个平台。更远的构想，则是合力打造一支以"人文西财"为内在风骨、在陕西乃至全国有一定影响的特色鲜明的文学创作与文学研究团队。不长的时间里，"中心"已有许多动作，学术研究方面，课题、论文、项目已取得了相当的成果。这一辑《神禾文丛》由本校的学人、作家的创作合力构成，汇为五种，色彩各异，或为随笔化的文学品评，或为与历史、文化、古人的对话，或为对文学创作的体悟与发现。哲理小品、生活感悟、描人忆事、介入现实、探测心灵、追踪进程，突显着自我精神探索的印记、思考感悟人生的心迹，趣味难掩学养，率性而不失雅致，自由而贯穿着智性，师友师生，温情厚义，薪火相传，宛若"西财"的一个侧影，又分明是"西财精神"的呈现，构成了"西财文化"的别一道风景。

　　校园文化与通识教育，近年来讨论多多，梅贻琦的大师大楼论广有影响，深入人心。德国思想家雅斯贝尔斯说："大学是研究和传授科学的殿堂，是教育新人成长的地方，是个体之间富有生命力的交往，是学术勃发的世界。"沈从文曾在西南联合大学有个演讲，他强调什么？强调"生命要有个深度的修行与养成，除了社团、文体活动、师生交往诸多感性形式外，端赖于文学的管道、文学的温润和感染"。说到"西财文化"，除以经济和管理为主干，英才培养、输出栋梁外，它还有着浓厚的文学教育传统。这个传统，在"西财"这一代学人、作家这里塑造成型，巩固发扬。这个传统，得益于院系建设，又超越于院系建设，关乎改革开放的胸襟，关乎价值、责任的精神担当，关乎社会关怀的情怀，在更深的层面，诠释着大学精神。所以说，"西财风采""西财风骨""西财文化"，这应是一笔宝贵的财富。

"西财"文学创作与文体研究中心的运行，《神禾文丛》的出版，一定有他们的长期从事文学教育的体悟。现代以来，大学的文学教育已成体系，文学史教程，知识传授成为主导，技术性写作、规范性写作训练成为主流，文学教育的技术含量不断强化增长，而精神含量日益降低，对生动的母语的把握能力、创造力的培养成为一个严重的问题。晚近几年，如何让文学院回归文学，成为一个热点话题，所以，作家驻校，蔚然成风。文学教育，除了知识的体系性外，更重要的一方面，恐怕在于将应用性写作、规范性写作，延伸到感悟性写作、心灵写作、生命写作，延伸到人格塑造、社会关怀，延伸到独立思考、批判能力的培养和创作能力的增长这样的领域。在这方面"西财"的文学朋友们身体力行，走在了文学教育思维变革的前列。点燃文学的火光，刺激想象力的生长，"西财"这一举措的践行与落实，不敢说是范本，但肯定提供了讨论大学教育、文学教育和文学创作关系的生动的第一手参照。

西安以南，潏水之滨，距古城二十余里，绵延横亘的神禾塬，历史久远，景色秀美，文化底蕴深厚，历史遗迹众多。1936年，"西安事变"发生前夕，黄埔军校第七分校在这里创设，上世纪50年代，著名作家柳青扎根神禾塬，写出了传世经典《创业史》。仿佛是结缘相会，西安财经学院就坐落于此，得天地之灵气，承文化之气脉，赓续传承，这使《神禾文丛》顿然有了历史感的浸润。《神禾文丛》的编辑出版对于

"西财"来说是一开先河之举措，相信不远的将来，薪火相传，与时俱进，师生偕行，会形成传统，《神禾文丛》也会有第二辑、第三辑的刊行。

是为序。

选自"神禾文丛"《斯世佛坪》，西安出版社，2014年

跨越国界的纽带

参加第五届中澳文学论坛勾起了我的记忆。我不是一个职业写作者，我的工作是编辑文学刊物，文学出版物是架设在作家和读者之间的桥梁。我更多的是一个文学爱好者、文学阅读者、文学欣赏者。今天，我带来一本书，大家看到这本书有些发黄了，有历史了，它是澳大利亚作家考琳·麦卡洛的长篇小说《荆棘鸟》的中文版。今天，我带着它回到母国，回到家乡。

上世纪80年代，我还是一个二十多岁的青年，有两本书在我们国家最有影响力、传播最广的广播电台连播，这两本书吸引了无数听众，打动了成千上万个听众和读者。一本是我们国家的作家路遥的《平凡的世界》，他的这本书写的是我国改革开放初期中国青年为改变个人命运，通过劳动自强，寻找美好生活的奋斗历程，至今，仍然是许多人生活的教科书。另一本，就是澳大利亚作家考琳·麦卡洛的《荆棘鸟》。我现在回想起来，当时每天收听这部小说的情形，仍然扣人心弦，如在耳边。《荆棘鸟》的背景设置于澳大利亚的德罗海达，通过描写克利里家族简单、朴实、淡泊的生活态度及其与大自然的和谐相处，描绘出了一幅田园牧歌式的风景画。考琳·麦卡洛对德罗海达自然的描绘，以及她的主人公们对人与大自然生命的热爱都体现了她的生态思想。这部作品表达了作者对人类中心主义、人和自然关系的思考，赞美人与自然的和谐，提倡构建文明生态的智慧，深情表达了作者对人类美好未来的憧憬。

在文学意义上，《荆棘鸟》既是史，又是诗。它从20世纪初叶，一直写到半个世纪以后的70年代，整整讲述了克利里一家三代的人生经历和情感历程，其中最主要的是梅吉与拉尔夫神父刻骨铭心的爱情。小说流畅生动的语言，跌宕起伏的情节，凄美温暖的人生故事，矢志不渝的情感追求，堪称一曲美好的爱情绝唱，尤其是最后一个段落，打动过千千万万个听众和读者，也击碎了我的心。我愿意把它读出：

　　鸟儿胸前带着荆棘，她遵循着一个不变的法则。她被不知其名的东西刺穿身体，被驱赶着，歌唱着死去。在那荆棘刺进的一瞬，她没有意识到死之降临。她只是唱着，唱着，直到生命耗尽，再也唱不出一个音符。但是，当我们把荆棘刺进胸膛时，我们是知道的，我们是明明白白的。然而，我们却依然要这么做，我们依然把荆棘扎进胸膛。

　　我们就是我们，就是这样，就像古老的传说中胸前佩戴着荆棘的鸟，泣血而啼，呕出血淋淋的心而死去……

访问澳大利亚，和澳大利亚的文学朋友交流，唤起了我这样的情结，这是《荆棘鸟》情结，也是澳大利亚文学情结。这是我文学接受、文学营养的一部分，相信也是许多中国文学人文学接受、文学营养的一部分。收听和阅读《荆棘鸟》也使我对大洋彼岸的澳大利亚第一次有了感性的感知，使我得以想象澳大利亚人民的情感性格和生活方式。文学就是这样，通过阅读，我们所达到的对一个国家、一个民族的了解和理解程度，任何历史的、政治的、经济的读物都难以相比，因为它有情感的、人性的感染力。文学的互联互通的作用在于，它会用情感的力量、形象的人物，带领我们不同国度、不同民族的对生活的热爱者，穿越太平洋，穿越地理的千山万水，唤起我们共同的人性、共同的向往，在沟通世界上不同文化背景的人们的情感的同时，也打开一个国家和民族独特的文化和传统，不断丰富我们对世界的认识，不断增进我们的情感和想象。

中国当代文学的发展，有一个宏阔的背景，就是积极地汲取世界的文学资源，借鉴各国、各民族的优秀的文学成果。我们通过阅读，通过交流对话，向世界各国的优秀文学传统和优秀作家学习，关注他们的表达，吸收他们的经验。今天的世界，随着科学技术的高速发展，一体化的经济、相互交错的文化融合与沟通交流，使人类进入了真正的共同体时代。在这样一个信息高度连接的世界，正如我读《荆棘鸟》的原初感受，世界文学给我带来了异国的知识，又冲击着我的心灵。我想，我们有必要强调一下文学的独特性和它地域文化的特征。每一个民族、国家的文学都有它的土壤、传统，每一地域的文学都呈现出各自不同的形态，构成了我们文学世界共和国的版图，它们彼此有相互融通的接驳点，比如共同的对人性、人道主义的关注探索，但是也有不可化约、增进了解、相互启发之处，比如生活方式和伦理传统等等。我想，世界再开放、再发达，文学也应该有自己独特的表达、独特的思维，通过文学我们增进了解，了解对方的地方性知识，包括思维方式、社会状况、生活习惯、风俗人情等等，从了解与认知中求同存异，共同丰富我们的精神生活，共同谋求精神共同体的建构。

我们中澳文学论坛本单元的讨论主题是"展望未来，互联互通"。当今世界，时代变化，科技发展，共建共享，交流互鉴互联，是人类社会的一个大命题；互联互通，是一个技术概念，更是一个人文概念。未来互联互通的目的，应该是由工具理性通达更高层向的价值理性。文化与文学交流与融合是更有人文内容的互联互通，它可以让各个文化主体互相影响，相互借鉴，在共同交流中形成多元、开放、包容的精神气度。文学的永恒性就在于，它能跨越海洋和大地，跨越历史、地理、风俗和心理的距离，呼唤人类心意相通，促进人类和谐进步。互联互通是人类社会亘古不变的追求，也是每一个文学人阅读写作中表达的记忆和憧憬。今天，我们谈论互联互通这个命题，一定有更高的层面，文学，是一个国家、民族的血脉，也是跨越国界的纽带，是增进了解、体现进步文明的对话，是加强友谊的重要桥梁，是构建和维系"精神共同体"的重要根基与源泉。当今世界，文学以其强大的渗透力和长久的影响力，在拉近国家、民族之间的距离，尤其是在情感交流方面发挥着别的交往方式不可替代的独特的重要作用。

最后，我想引用英国学者雷蒙·威廉斯的话作为我演讲的结语。雷蒙·威廉斯是研究文学共同体的学者，他为我们提供了一种思考文学未来的方式：

> 一个好的共同体，一个有生命力的文化，不仅会容纳而且会积极鼓励所有的、任何能够对人们共同需要的意识的进步作出贡献的人。无论我们的出发点是什么，我们都有必要聆听从不同立场出发的其他人的看法。我们必须全神贯注地思考每一种依附，每一种价值，因为我们不了解未来，因为我们永远无法确切知道是什么东西会使未来变得更加丰富：我们现在只能聆听并思考任何提供给我们的东西，从而吸收我们所能吸收的东西。

选自《澳洲随想——〈澳洲情思〉第六集》，澳洲华人作家协会出版社，2023年

现象级的写作

——评《牵风记》

在瑞典学院的演讲中，莫言向世界说，徐怀中是他的恩师。他当然是在文学意义上说的。徐怀中纠正说："要说恩师，他的恩师应该是中国的改革开放。"莫言在特定的场合作的是感情陈述，徐怀中的跟进则是具有历史感的陈述。徐怀中说，中国作家要感谢上世纪七八十年代中国蓬勃兴起的思想解放浪潮。新时期的中国文学打破禁锢，迎来世界文学的八面来风，各种文学信息、各种风格的文学作品让莫言等一批作家开阔了视野、激活了灵感。徐怀中说的是"莫言等一批作家"，也说的是他自己。

在中国当代军旅作家中，徐怀中具有标识性。当然不是因为他曾经是解放军艺术学院文学系第一任主任，从他手下成长起了一批军旅的和非军旅的作家，构成了当代文学的主力，而在于他的创作实践和文学思考。新中国的军事文学创作在一个历史段落里借助于强烈的单一的话语表达，建构起了崇高、壮美的文学风格和英雄主义、理想主义的审美范式，其中难掩一个如何广阔的问题。如果说有所突破，军事题材创作也应该关注作为生命存在的个人命运。在历史层面，在血与火的战争背景下探寻更为广阔、更为丰富的人性空间，恐怕徐怀中的《西线轶事》具有开拓性和标志性的意义。将空洞的历史化为真切鲜活的生命遭遇，情感、心理、人性的叙事呈现具有感染力和震撼力的人性之美和人之高贵，恐怕应从创作于上世纪80年代的《西线轶事》开始。如果我们回到现场，复原氛围，《西线轶事》引起的反响、带来的启迪、开拓的空间是现象级的。现象级，事情就是这样的，只是我们当时不用这个词罢了。从《西线轶事》和可以被看成《西线轶事》姐妹篇的《阮氏丁香》，到90年代末的《来也匆匆，去也匆匆》，到本世纪初的《底色》，再到这部《牵风记》，徐怀中的创作，在保持着统一的美学追求的同时，不断进行着探索，不懈地追求着创造。我完全认同首刊《牵风记》的《人民文学》对作品的评价："《牵风记》是一部具有深沉的现实主义质地和清朗的浪漫主义气息的长篇小说，也是一部具有探索精神、人们阅读之后注定会长久谈论的别样的艺术作品。"当然，我相信人们也会认同《人民文学》对徐怀中作的评价："作为以里程碑般的《西线轶事》开启了当代军旅文学新时期、以底色对非虚构创作做出突出贡献的著名作家，徐怀中为中国当代文学已经留下了足够深刻的印记，而《牵风记》将是这些属于他自己、更属于文学史的印记之后的一次新的镌刻。"

　　我所说的现象级还有某种现实性。近年来人们谈论较多的是，军旅作家队伍的散落，电视剧等诸种具有商业意味的行为的诱惑，更重要的是，军事题材创作似乎陷入了停滞，人们已经读不出前进和新质，打开的道路有重新封闭之虞，作家的创作和思考有倒退之象，在这种态势下，《牵风记》的出现是否意味着新的层面上更好的出发，是否意味着创作的新局和思考的开启？在历史和文学的坐标中，《牵风记》给当代军事题材创作、给当代文学创作树立了高标，提出了命题。

　　说来令人不可置信，一部并不是百万字数的大部头的长篇小说，而是一部精致而大格局的长篇小说，用去了作者多少时间？将近六十年时间。作者遭遇的问题，并不是文学上的精雕细刻、结构上的精巧完美等技术问题，而是如何把握描写对象的创作方法问题、思考方法问题、文学观念问题，这些问题又连接着时代的变革，连接着人们对文学的认识的递进、深化与提升。徐怀中创作《牵风记》，历时将近六十年，经历了三次否定。第一次发生于上世纪60年代初期，因为社会运动，是被动的否定。第二次否定则发生于上世纪80年代初期，他创作《西线轶事》之前，改革开放之后，徐怀中又重新开始《牵风记》的创作，"几次动笔又几次辍笔，写不下去"，发生了否定。这一次否定则是主动的，源于整个社会精神认知的促动、个人文学认识的变化，这个变化又是整个新时期文学认识深化的结果。"整个读者界对社会的认识深入了，对于文学作品需求不同了，欣赏兴趣也不是停留在某些方面，一般的一个有头有尾的故事，恐怕难以满足读者的需要了，生活在前进，反映生活的艺术也必然要求摆脱。多年来束缚它发展的桎梏，为与现实生活相适应，在内容和形式上面临着一场突破，这一突破是文学艺术发展的必然历程和本身规律所决定的。"徐怀中对自己创作的思考和上世纪80年代文学现象化同步发生，既有着浓重的时代印记，又有着个人的深切体验。他一定意识到了诸如公式化、模式化、脸谱化，甚至空泛空洞的弊病，已经开始思考，重启自己的生活经验、重新审视自己构筑的艺术世界的时候，如何打开空间，如何注入更多的元素，如何给现实主义底色注入人道主义和共通的人性内容。不能说《西线轶事》就是他创作《牵风记》的前奏，但可以说，《西线轶事》的探索和尝试，可以看作徐怀中一个阶段的思考成果。第三次否定则发生于《牵风记》文本的完成过程中，贯穿于徐怀中后期写作的整个过程，是一个历史进程，也是一个逻辑过程。这方面徐怀中也有表述："我是老一辈作者，最大的挑战在于把头脑中那些受到局限束缚的东西彻底解放，挣脱精神看不见的链锁和概念的捆绑，抛开过往创作的窠臼，完全回到文学自身规律上来"，"我决心回到小说创作规律上来，跟过去那种概念化政治化的方法划清界限。有人说，写小说当然要按照写小说的规律，但是在我们这一代人身上，这个观念就像是曲水流觞一样，只能在规定的河道里流淌，多少年才找到了出口"。这一次否定，我称之为否定之否定，否定之后的升华。徐怀中的三次否定是自己创作实践的经验结论，又应和着当代中国文学的思潮，映照着当代文学之探索前进的轨迹，凝结着当代文学的珍贵经验，坚守和巩固着改革开放以来中国文学形成的优质传统。

徐怀中创作《牵风记》的时候，还有一个标记，他已年届九十，名副其实的高龄创作。中国五六十年代起笔，甚至新世纪开始创作的作家大都经历了创作的若干阶段，现在的创作某种意义上说都有着晚期的意味。但是如果我们谈论徐怀中的《牵风记》引入晚期作品、晚期创作、晚期风格的概念，恐怕更为典型，更为合适。萨义德在他的著作《晚期风格》中讨论经典作家、艺术家的创作，有过多向度的描述和考察：有的呈现出和世界剧烈的冲突，从无神走向有神，世界不能满足我的思考，我的灵魂也无法安顿，作品走向难以解读的复杂和晦涩；有的趋向于一种智慧和平静，智慧和平静再往下去，再往负面走，则会变成一个庸俗的老人。成熟意味着圆满，也意味着止步，意味着和解、安宁。另外一种，我觉着正可以用来解读徐怀中的创作，这一种晚期创作，意味着不妥协不安宁，和自己不妥协，对世界的思考不安宁，仍处于活跃状态、激烈状态。他并不想要假想的平静和成熟，也不讨好世俗或者一时的倡导，作品并不以圆润平庸的风格出现，而是努力创造瑰丽开阔的世界，赋予作品深刻的光泽。徐怀中的《牵风记》应该是这样的作品，它融注着创作者一生的阅历，贯彻着创作者经过否定之否定而获得的文学观念，呈现出对世界、对人的更深入的理解，完成着关于文学创作规律的抵达通彻的觉醒。

《牵风记》写的是什么？我无以言说。作品叙写女主人公汪可逾的命运，说她"如同一个揉皱的纸团。被丢进盛满清水的玻璃杯，她用去整整十九个冬春，才在清水浸泡中，渐渐展开来，直至回变为本来的一张白纸"。极具洁净的寓言性。一千个读者就有一千个哈姆雷特。《牵风记》2018年在《人民文学》第12期首发，不长时间里已有许多评价解读，作品在写实与写意、情和理、轻与重、工具理性和价值理性、宏大叙事和生命哲学，诸多方面都提供了解读的空间。而一进入解读，难见拆分肢解。许多评论都表达了难以究尽其意的余绪。它以历史为载体，突显人性的光辉，赋予人以礼赞，咏叹源自战争又独立于战争，源于人类又超越人类的生灵感应和生命奇观。相信读者会有多方面的感应和共鸣。

原载《解放军报》2019年8月21日

（收入本书时有修订）

极致环境下的极致爱情

我与严歌苓有一面之缘，在一次会议上比邻而坐，没有多少交谈。我宁愿猜测她的写作，宁愿通过作品阅读一个激荡的心胸。我知道她长期旅居海外，低调，对读者还有点神秘。这情形使我想起了陈晓明的描述："有一次作品讨论会上第一次遭遇她，隔着会议桌，很难看清她的面目，给我的感觉，就像在北京看着多伦多或洛杉矶一样。我真不知道我何以有这样的感觉，她那么抽象，如同历史或未来，就是不在此在之中。很可能是她长期旅居海外，她始终与另一个时空场域有关。"这似乎标示出了她的身份、她的坐标和透视世界的视角。严歌苓的写作总是充满想象和传奇，却又非常充足地融进了个人的经验和体验；她的优势在于跨地域的文化背景，更在于跨文化的价值理念；她打通了雅文学和俗文学的界限，在她笔下，传奇性的情节背后总有惊心动魄的灵魂冲突；她的写作令人惊异的并不是跨文化的题材，而是对漂泊灵魂的探析。

长篇小说《寄居者》鲜明地体现了严歌苓的写作风格。《寄居者》以宏阔的时代为背景，以爱情为故事核心，以人性为贯穿主题，书写了边缘人的命运，撕开了小人物幽暗的精神世界的大门。在作者笔下，有人类史上残酷的事实框架，有跌宕起伏的情节，有关乎命运的悬念设置，表面的醉生梦死、灯红酒绿和关于尊严、正义的抗争构成了时代冲突的画面，在这幅画面之下，则演绎着身份认同和灵魂救赎的戏剧。战争与和平，生存与道德，爱情与信仰，忠诚与背叛，高尚与卑鄙，欺骗与忏悔，事关良知、伦理、正义的大义大德混合着渺小和罪恶都在极致的时代画布上浓重地呈现了出来。

严歌苓曾说:"我的写作,想的更多的是在什么样的环境下,人性能走到极致。在非极致的环境中人性的某些东西可能会永远隐藏。"[①]严歌苓的创作,很容易让人想到茨威格,他们共通的是在宏阔的背景下、在极致的环境中剥出漂泊者、边缘者灵魂的搏杀和战栗。严歌苓在写作中,非常注重特殊环境中的人性的"极致"表达。她喜欢在非正常的环境中来表现人性中"隐藏"的东西。严歌苓也非常重视一部作品的创新。她在接受一次访谈时说:"我认为作家要不停地创新才有生命力,我自己到美国后,用新的价值观念重新思考了很多问题,这是我创作的基础。"因为严歌苓所处的特殊的国际化的环境,所以,她很喜欢从跨国家、跨民族、跨文化的视角来构思故事。因此她对民族性的差异十分敏感。她曾十分形象地说起自己的移民感受:"像一个生命的移植——将自己连根拔起,再往一片新土上栽植,而在新土上扎根之前,这个生命的全部根须是裸露的,像是裸露着的全部神经,因此我自然是惊人地敏感。"[②]现在,她专门写了《寄居者》来诠释这种敏感的心灵在不同文化、宗教、地域上的体验,也是第一次正面袒露这种敏感背后的哲理反思。从这个角度看,《寄居者》就是严歌苓作品中的里程碑作品。

的确,严歌苓的作品跨文化的痕迹很明显,但是,我们仍然不难读出她创作的根源,诚如《寄居者》中的玫在犹太教堂的感触:"没有国土也没有关系,信仰是他们流动的疆土。"严歌苓的作品——任何一部——都有反思的精神,都有历史感、命运感和人性的追寻,都在追寻一种思想深度。她在作品中审视中西方文化冲突,对东方文化的魅力作出了独特的阐

---

① 转引自舒欣:《严歌苓——从舞蹈演员到旅美作家》,载《南方日报》2002年11月29日。

② 严歌苓:《少女小渔》,见《严歌苓文集》第5卷,当代世界出版社,2003年,第271页。

释。但在《寄居者》中"载道"的使命感更加强烈。比如在这部作品里,她非常重视"家园"的追寻。中国的传统重视宗族利益,"思乡"是自古至今的写作题材,"日暮乡关何处是""举头望明月,低头思故乡",中国古人的"故乡"当然也不是简单的具象的出生地,它也指代精神的栖息地、灵魂的安歇处。《寄居者》反其意而用之。因为移居国外,失去了文化背景的依靠,所以,玫、彼得、杰克布都成为没有"家""根基"的人。丧失文化背景的支持,才使他们惶惶不可终日,以寻求文明的"人类"基准来支撑自己的生活信念。而"人类文明"的拆解,才开掘出深刻的思想内涵。"真正的好要看作家的人文素质,要看思想,要看分量,要在体现结构和语言美的同时,把思考也体现出来。"[1]所以,这种"载道"意识,这种"寻找归属"的心理动机,既是中国传统文人的忧患意识,也是《寄居者》思想性、哲学内涵的基础。

作为一位旅美作家,严歌苓往往试图从西方文化的角度审视东方文化和从东方人的角度理解西方文化,描述中西方文化间的碰撞、融合。但在《寄居者》里,她完全超越了过去的视野,把思考的范围从泛泛的东西方文化交流,开拓进对人性本质的思考。她的艺术感觉也非常适合这种跨文化领域的哲学思考。她说:"我在哪里都有一点漂泊感,回北京也有点找不着北。不过我喜欢这种感觉。做主流有什么意思呢,主流往往失去看事物的独特角度。主流人物的生活千篇一律,而边缘人物有千奇百怪的活法。我很满意我现在的居住方式,北京、旧金山,这样我感到自由、清醒、局外,利于独立思考。"[2]漂泊感带来的是自由、清醒、局外的空间,赋予作者以新鲜的视角和艺术陌生化的创作,追求创新和作品的思想性,以及漂泊的游离感,使严歌苓的作品在移民身份认同、种族歧视、文化冲突和创伤记忆等方面有了长足的发展。《少女小渔》《小姨多鹤》都是这方面的杰作。但是,《寄居者》是近年来严歌苓选择的"极致环境里"的

---

[1] 祁建:《在海外写作——严歌苓访谈录》,载《中华合作时报》2004年12月2日。
[2] 严歌苓:《少女小渔》,见《严歌苓文集》第5卷,当代世界出版社,2003年,后记。

"极致思想"表达，是作家长期以来在跨文化写作的一个质的飞跃。

在《寄居者》中，她力图贯穿她在创作中的终极目的——极致环境中的文化差异"隐藏着的内涵"的展现。为此，她设计了逃难到上海的犹太人彼得和寻找文化归属的玫，同是"寄居者"的彼得和玫相爱了。故事展开于这样一个"非正常的环境"——日本占领上海出现了强势日军对中国人以及犹太人的歧视和折磨。玫爱上了彼得。她爱他的高贵、雅致、正直、富有才华（这些人类文明史上最值得赞美的品格）。然后，玫为了拯救彼得（让他离开战乱的上海到美国去），想出了用杰克布这个"人渣"去拯救彼得的主意（偷走杰克布的护照给彼得，使他取得到美国的机会）。最后，当这个计划要成功的时候，玫发现彼得要用杰克布的护照换取自己的生存（他甚至都不肯追问一下，杰克布丢失护照后如何存活的问题），甚至，当他给新四军医治伤员的时候，也没有人性平等互爱的精神，而是趁火打劫，索取财物。在发现清洁工受伤时，也不去医治。霎时，人类文明中被认为高贵的、美好的、雅致的高尚，也充满了对"人渣"的歧视和侵权。作者的穿透力在于，当爱情实现的时候，玫背弃了爱情："我向着岸跑去，……最重要的是岸上有一个灰暗的地带，那儿藏着杰克布·艾得勒。"惊险、艰难、充满传奇浪漫的爱情终究被朴素的良知、正义、公理所取代。

作者就是这样一步一步把"极致的环境"刻画出来，再突出"极致的"文化差异，再突出"极致环境"下拷问的灵魂抉择。

不仅如此，作者在刻画"极致文化"的时候，非常尖锐地提出了人类所谓的"文明"的整体概念的幻灭。严歌苓曾经参过军，接受过严格的价值观念的训练，后来她到了美国，曾经有一段价值观"幻灭"的经历。她说："从我的整个人格来说，这段经历（当兵的经历）是非常非常重要的，可以说是最重要的一段经历。部队的建制是当时中国社会的一种状态，它浓缩了中国社会当时的理想主义价值观，那种价值观在部队这个环境更加显著。所以，我经历了从开始被那种价值观吸引，到最后对它感到幻灭的过程，如果不是在部队的话，这个过程不会那么明显、强烈。"并且，她还在一次访谈中谈到，初到美国，很为美国的价值观念痴迷。但是，走访多个国家，接触了多方面的文化熏染后，严歌苓不仅对美国价值观念持怀疑态度，甚至对整个人类建构的"文明"的基准也开始反思。《寄居者》就是对人类"文明"的反思结果。这部作品描写了一个唐人街的女孩玫，在上海长大后，和两个犹太人的恋爱故事。表面看，这两个年轻人，一个完美无瑕，一个破烂不堪，但是都深深地爱着玫。但是，玫的爱情是不平等的，她爱彼得，彼得高贵、优雅、多才多艺，"彼得不仅是我的理想，也是我父亲、我伯伯们、我姑妈们的理想"。他代表着阳光、完美、真诚和善良。她利用杰克布。"我这时的心理是这样的，杰克布任何带刺伤性的语言，都让我舒服。我要对他大大地造一次孽，等同于置他于死地……我真希望他在我心目中坚守住他人渣的地位，千万别变，对一个人渣，我可以心安理得地榨取价值，然后践踏，然后摒弃。人渣假如还能有点可榨取的价值，用于一个高贵的生命，这该是人渣感到有幸之处。"在这里，高贵者优越于人渣的价值判断以公理的符号再现。主体和客体，高贵和卑贱。卑贱要为高贵牺牲乃是对卑贱者最高贵的价值体现。——这些观念尖锐地表达着"文明"需要的方向，并且因为"文明"而获得道德的通行权。

更加极致的追问来自爱情。玫明明知道彼得的爱不及杰克布，但是，为了"伯伯们，姑妈们"的"理想"——"这是我们中国人家认为最拿得出手的晚辈"——在爱情上，她也摒弃了杰克布。本来，在传统的价值观念中，爱情是拯救人类精神堕落的最佳视角，但，严歌苓却完全抛弃了这样的"拯救"，她叫玫因为崇尚"高贵"而贬低杰克布的爱情尊严。爱情也成为参与"歧视—被歧视"的帮凶。

在这种"歧视—被歧视"的结构中，传统上建构的"文明""知识""高贵"都被打上了令人质疑的问号。文明成为一种阴谋，高雅成为变态的侵略犯，正义、优秀、完美、崇高都是在非"极致"环境中的蒙蔽思想，是为另一种罪恶开脱的借口。于是，任何民族、任何文化、任何道德的基准，在严歌苓的《寄居者》里变得界限模糊，令人生疑。

　　对人类已经成型的道德的质疑，从来就不是文学创作的新鲜主题。有的时候，跨文化的道德会在某个点不期而遇，比如《茶花女》就和中国的《李娃传》有很多相似之处，都涉及妓女和高门贵族子弟的爱情。但是，能够就"人类文明走向"来发问的作家，严歌苓是首屈一指的。毕竟，这是一个太大的命题，不是一个民族、一个国家、一种文化的症结。这个命题的揭示，在某种程度上是"人性恶"的现代阐释，也是"文明是一把双刃剑"的尖锐指证，它的思想性、哲学内涵都不是泛泛的文学作品可以比拟的。寄居，是在寻找安置身体的物理空间，也是追问民族文化差异的跨民族思考，更是呼吁人类最佳精神归宿的"极致"。从"极致"环境中探求"隐蔽"的人性内涵，我想，《寄居者》是严歌苓作品中最成功者。

原载《江南·长篇小说月报》2010年第1期

中正大气之作

读欧阳黔森《看万山红遍》，尚未进入绿色万山，仿佛有一种幻觉，置身于万山的现实景象之中。我们常说，文学作品的互文现象，许多已经成为一种想象，不能互证，今天这个互文性，是现实与文学的互文，是现实与文学的互相印证、对话。可以想见，如果置身于万山，一定会有置身于生活现实又置身于欧阳黔森的文学文本中的感觉。欧阳黔森一定有许多感念，感念万山的历史沧桑、万水千山。今日重逢，我觉着万山也有感念，欧阳黔森是万山养育的，是从万山生长和走出去的，又是心系万山的，是万山的书写者。所以，这个互文性，又是欧阳黔森这个万山之子向万山的人文地理、万山的父老乡亲的一次致礼。

我读《看万山红遍》有一直观感受，叫一气呵成。这些年来，我们关于报告文学、纪实文学、非虚构写作有许多讨论，其实概念、定位的边界往往在文本这里略显苍白，往往需要修正。《人民文学》"新时代纪事"专栏，两个关键词"新时代""纪事"，并不强调文体的特殊性和绝对性，而是着眼于内容和态度。关于《看万山红遍》，我有几点更深的看法。一是万山红遍，会唤起历史情结，几代人的记忆；二是这个文本，会令人自然想起传统的、经典的报告文学的基本和典型范式，具有文学性、纪实性和给予报告文学以思想、以力量的政论性。它是纪实的、非虚构的，来源于现场的第一手采写。它是以小见大的，看似写一个区域的变化，实际辐射的是中国大地。万山红遍的这个"万山"，"一语双关，不仅仅是我脚下的这块土地，万山这个概念，还是祖国大地的万水千山，千山万壑"。从这个意义上说，它亦实亦虚，构架宏大，是为宏大叙事。它是激情饱满的，这个激情，和时政性相结合，又有浓重的政论性特征。这个《看万山红遍》又有小说叙事的笔法穿插其中，偶有闲笔，其实不闲，甚或有札记笔法，有强烈的"我"的进入，这个"我"，是万山人，是对万山的历史考察和现实感受。甚至再进一步，它是有个性的，有写作主体思想情感的强烈进入。因此，它是打破边界的，是有立体感的，诸种叙事抒情方式的运用，丰富了对现实的表现力。

欧阳黔森所选取的这个题材，可称之为有难度的写作。难度之一，在于万山是他的家乡，他的生命根源在铜仁，他和铜仁有深刻的人文地理关系，他虽然离开故乡，但和故乡千丝万缕的联系和信息关切不能割开。这本来不是难度，反而成为难度。因为，写作本身、题材本身又要求作者尊重事实、尊重科学，理性地处理感情、理性地表达，作品读来，能读出浓浓的情怀和科学理性。难度之二，这个题材站位很高，连接着祖国边栅的万水千山、千沟万壑，要求书写者有很高的思想水平和政治把握能力，对时代命题、民族发展命题有准确的感知和把握。将对大政治、大走势、大时代的理解把握贯穿于文学化的书写中，是对写作者的要求。这个文本显示出作者欧阳黔森有驾驭大题材、书写大主题的能力，整篇激情贯穿，一气呵成，有中正、大气之象。

书写新时代、新事象、新经验、新人物、新思维，必须有一个关注，关注上，即关注高端思维、顶层设计；同时也要有另一个关注，关注下，即关注地域、政治、经济、社会的整体运动，这个运动过程往往包含着中国基层前沿生活的新动向、新愿景，老百姓的喜怒哀乐和心理诉求，这是欧阳黔森写作中一贯的基本理念。而在这部《看万山红遍》中，作家在某些方面有天然的优势，他的精神谱系和万山的精神谱系具有同一性，书写者的精神世界和描写对象双重对象化。《看万山红遍》完成了两个关注，既关注上，又关注下，并达成了上和下的统一，既追求高度，又讲究落地。这当然来源于作者对民情民意的了解和对整体的国家愿景和民族走向的把握。

我借一个词，叫"文明的冲突"，这是西方人描述地缘政治常用的一个概念。读《看万山红遍》能读出作者关于社会文明的思考，这个思考的形成，离不开作者青年时代职业的熏染，对大自然的感受，包括忧患，离不开作者对书写对象变迁史所作的考察，所得出的结论，更离不开整个国家发展大理念的照亮。从遥远的古代到上世纪五六十年代到今天的历史梳理，从封建时代皇权的物理、生命认知到新中国成立后的一段辉煌，又经历枯竭衰落，再在新时代发奋崛起再生，从大自然的代价到万山几代人的奉献与执着，从历史的必然要求和因为环境背景而发生的这一要求实际上不可能实现的冲突，到民族现代化道路的选择与曲折历程，作品触及了不同社会状态下、不同认识状态下的时代命题。

作品强调一个"绿"字，突出生态，突出对生物生命世界的认识、社会生命和非社会生命相互维系的现代文明观，以及人类社会与生态环境大循环的理念。因为有地质经历培养的人文素养和自然观、文明观，在《看万山红遍》中隐性地铺展着，这个文明观的演进，又扣着近现代以来我们国家民族的道路抉择和精神历程。

原载《贵州日报》2018年10月12日

熊育群的"大心脏"

读完熊育群的《己卯年雨雪》，一时无以表达。这是一个有冲击力、感染力的文本，是一个丰富的包含着诸多理性思考和丰富感情的文本，既具有历史感，又有人性深度，在史与诗的结合方面，在自然美学和暴力美学的奇异结合方面，强烈的纪实性和强烈的修辞性，都显示出鲜明的特色，为战争题材的书写做出了可贵探索。

我用几个关键词表达我的感受：

一、大心脏。熊育群有一颗大心脏。这个大心脏，一是他对暴力、血腥、杀戮等惨烈景象、残忍场面的写实性的正视。人们觉着不适应的、不接受的、生理逆反的许多逆生理接受、生命伦理，反人类感情接受的历史景象、杀戮场景，在熊育群笔下，都还以历史真实。阿多诺说："奥斯维辛之后，写诗是野蛮的。"一方面在说现代社会艺术的某种虚妄性，一方面传导着人们面对暴力的恐惧，同时，也号召人们，经历过第二次世界大战之后的现代理性社会寻找面对暴力的勇气。在这方面，熊育群显示了大心脏。二是，抗战是一个鲜明的主题，熊育群对这场战争的思考，进入了新的层面，给这场战争的书写带来了隐秘的新质。他给予理性层面理解的对立双方，非丑即美，非恶即善，善恶冲突，以非二元化的丰富理解，赋予抽象化、符号化、记忆化的历史以感情、以血肉。由国家的战争观、族群的战争理解进入了人性、身体、灵魂层面，进入了对战争的生命感知层面，从而显示了对战争理解的深刻性。三是这个大心脏，自觉不自觉地感应着现代的思维成果，我们可以读出阿多诺、阿伦特、阿斯曼一些反思性思维奇异地在一个中国作家这里得到了同步呈现。对战争创痛的思考、忏悔和赎罪，制度性的反思，思潮性的反思，是现代思想家和文学家不懈探索的主题。不同的是，在中国作家这里，不是以抽象的方式呈现，而是以感性的田野调查取得实证、史证的方式，以让见证者说话的方式呈现。所以，《己卯年雨雪》既呼应了世界性的现代思想思潮，又是历史冲动、现实触发的产物。五六十年代有五六十年代的战争表达，90年代有90年代的表达，我们也看到过何顿式的表达。而只有在今天，才能出现熊育群式的表达。

二、史传，史志。史传是中国小说的重要传统，在《己卯年雨雪》中能读出熊育群对传统的尊重。熊育群是具有强烈史传意识、史志意识的作家。我们读他以前的散文，亦能读出史志感来，而且，他给予史传、史志以文学、人文、诗化的理解和表达。这部长篇小说的基础是史传、史志，升腾的意蕴也是史志意蕴。在这个基础上，作者以史入诗。这个史又是心史，心史里又浓缩着文化基因。

三、熊育群的"菊与刀"。《菊与刀》是美国人本尼迪克特对日本文化、日本国民性的研究成果，考察了日本民族的多重性格，它发生于第二次世界大战之后，显然也具有反思特征。在当代中国作家里，为一部小说的写作，对一个陌生族群、异域民族所做功课如此之深、之广，包括实地体验考察、亲历访谈和已有研究资料的占有与思考，目前我们知道的就是熊育群。他对人物心理的展开，看似想象，但都有坚实的文化考察、精神分析做背景依托。作者对异族文化性格的动态描述，缩略于一女性、一男性的性格之中、意识深层，典型地呈现出了它的世界观、价值观、战争观、族群观的演变逻辑，有内在说服力地描述出了它是如何由一种国家指导、主流主导进入了普通民众的意识深层，然后又呈现出认同、怀疑、否定等诸种矛盾的冲突。这是熊育群对日本文化、日本心理、日本人性的解读，具有感性的、文学化的甚至人文性的深度，可以称之为熊育群的"菊与刀"。

四、对话。《己卯年雨雪》充满着对话性。对话意味着冲突，无冲突的对话不叫对话。这个对话，呈现出三个层面：一是自我和自我的对话，这是内心的冲突；二是双方的对话，这个对话有激烈的冲突；最后上升到两种文化的对话，这个对话赋予了作品以厚度和深度，也使作品对战争、对世界的思考上升到了新的高度。

原载《南方日报》2017年1月11日

郭文斌的"安详说"

除了郭文斌，我也是西北来的，算是亲友团成员，主要是来学习。复旦对西北文学特别关照、关注，我知道开过贾平凹讨论会、徐兆寿讨论会，这次又研讨郭文斌的创作，这让人特别感念。不管怎么说，中国幅员辽阔，东部和西部人文地理差异大，可能文学认知上也有小差异，特别想听听东部评论家如何看待西部的作家作品，获得启发。

郭文斌有两种身份。在文学上他以《农历》《吉祥如意》作为标识，郭文斌是一个标识性、辨识度非常高的作家，有独特性的作家，他在小说里要表达的生活方式、对生命的理解、对时间对世界的理解，的确有着人文地理之上养成的哲学。同时，他又是一个文化工作者，甚至教育工作者，我这里不用文化学者这样一个称谓，他的安详命题、安详提倡，或安详主义也罢，有相当的影响，拥有自己的影响力和粉丝群。

同时他又是一个身体力行或知行合一者，对安详的实践、修为是一个层面；另一个层面则是他的生命思考、文化思考和文学思考是合一的，他的思考在他的文学世界中有着鲜活的呈现。

讨论的对象，西部会成为一个关键词。其实郭文斌是非常西部又超越西部的，也可以说西部原先的大部分界定在他这里是失效的。上世纪80年代的时候，有过西部文学热，这里实际存在一个身份认同问题、边缘和中心问题、文学自信问题。那个时候，西部文学就像一个小孩张大嘴巴在寻找抚慰，寻找拥抱。过度强调西部，实际折射出的是对消除身份焦虑的渴求。

宁夏作家曾经以张贤亮为标识，新时期之后第一代西部作家以流散作家为主体。第二代作家则以本土性为主体，但是他们的创作具有鲜明的人文地理之外，又力图有所超越。我举几个例子。到复旦求学的徐兆寿，从一个具有愤青色彩的作家现在走到了哪里？他的《荒原问道》是在精神层面思考问题，《鸠摩罗什》则将思考转向了中国的古典文化、精神家园的重建，寻找传统的现代启明。刘亮程作品呈现的东西和郭文斌有一致性，在生存方式方面，在对时间、对生命的认知方面，都有一种生发于人文地理之上的哲学。刘亮程主要用作品、用文本说话，文本之外，并不多说。更年轻一点的作家有我们欣赏的李娟、郭文斌的学生马金莲等。马金莲的《长河》等作品都有自己的生命哲学、文化哲学。

这是一个现象、一个新变。这一代作家现在意识到了什么？就是作家不能以我的风光、我的贫困、我的广阔和荒凉、我独特的人文地理作为作品的符号了，作家必须有人文向度的追求，这应该是西部作家意识到的一个命题，也是当代作家创作到这个时候，要成为大作家、好作家共同的一个命题。在这方面郭文斌具有代表性。

我注意到那本书附录里有一句话，说郭文斌像西部作家的南方叙事者。我同意。当被问及是否受比如汪曾祺的影响时，郭文斌答：我倒没意识到。当被问及哪些作家给了他影响时，他不会说鲁迅，也不会说汪曾祺，他说的是"农历"。问外国作家的影响，他也回答"农历"，说是"农历"中的父老乡亲，还有生他养他的那片大地。郭文斌当然知道问题是文学资源和文学影响，他为什么要这样回答？郭文斌强调的是人文地理，是人文地理之上生长出的对世界、对生命、对存在方式、对信仰的认知。

这种认知影响到了他的心性的形成，影响到了他的文学表达。内向、内敛、质朴、节俭，有一份宁静、从容，其中内敛和质朴是典型特征。其作品由文字之美到叙事之美，不像西部作家那般粗粝，倒像江南作家，但又比江南作家多了一份刚健，多了一份质感。

"安祥"是近年郭文斌的核心思考，又近乎悄然的文化宣言，又近乎具有宗教意味，追寻信仰高端的身心修为。还原到文学上，显示了他的一种人文向度、人文气象的充盈。

我这样描述它，它是有立体感的，有方法、有章程的，典型的读本形态；是健康专业的，治愈系的；是工具理性和价值理性互补的；是日常生活和精神修炼互长的；更重要的是，或隐或显或明或暗地呼应着某种思潮，往近说，近些年的国学热，往远点说，是儒学或新儒学的潮汐或余绪。

所以在郭文斌这里，它的发生是个体的体悟，但它一定关联着某种学术思潮、思想思潮、文化思潮，个人修为和整体的氛围往往不可分割。

郭文斌的"安详说"涉及许多组概念或矛盾，快和慢、动和静，这是人生方式和生活态度的；城市和乡村、西部和东部，这是人文地理的；农业文明和工业文明或后工业文明，则是文明向度的；自足的安详和放任的欲望是人性层面的；身体和灵魂、此岸和彼岸、现实和未来、信仰与救赎则是精神层面、灵魂层面的。它会引发很多判断、很多思考，并非非此即彼的，并非敌我分明的。

郭文斌的"安详说"，发生于一个作家的文学体悟，渐渐生成为一个基本的文学信仰。他又深入基层，身体力行。我们读他的读本，感觉他是有他的边界的，主要在身心修为的层面上展开典籍、案例、体验、践行，并不延伸到社会思想层面，精神生态层面。郭文斌的用心非常令人敬佩，我要把我的感悟、我的体验、我的修为、我对"安详"的理解追求，让渡给社会，让渡给世界。郭文斌不会认为自己是一个全知全能者，但他的"安详说"意义是发散性的、开放的，会给我们带来许多启发。传统中国，皇权社会，有没有安详？有，更多的是消极安详，当你顺从了，归顺了，或者逃避了，或者无我了，或者无思考了、无灵魂了，你就安详了。

近几十年来的社会发展，安详是一个重要命题。那么安详的底线是什么？安详的条件是什么？除了身心修为之外，有没有积极的、良性的精神秩序？我觉得这是郭文斌带给我们的思考，也是对马克思主义积极进取昂扬向上精神哲学的补充。

安详是一个很高的命题，还有没有和它等量齐观的命题？比如乡愁？乡愁是郭文斌文学书写的主要内容。以赛亚·伯林说："乡愁是所有痛苦中最高尚的痛苦。"那么痛苦呢，求真的知识的痛苦呢？智慧的痛苦呢？知识包含着质疑、不驯和不羁、不从，这个时代深藏着知识的痛苦，又似乎在告别知识的痛苦。

这是文斌的命题带来的思考，它有一个逻辑链，叫积极逻辑和消极逻辑，也有一个意义链，叫积极意义和消极意义。

原载《文学报》2019年4月23日

超越命名的写

　　集中阅读了深圳新生代作家陈再见、程鹏、傅关军、李双渔、唐诗、西西、庄昌平、毕亮等的若干作品，一时无语，多少有些惊异。他们被称为新生代打工作家。追溯底层写作思潮、打工文学现象，如果把周崇贤、安子、林坚等为代表的打工作家称为第一代，把以王十月、戴斌等为代表的打工作家称作第二代的话，那么，这个创作群体则可以称为第三代打工作家。这个群体的写作，已经显示出了较高的起点和相当的层次，我这个地处偏僻西北的读者阅读前沿地区的文学并无陌生之感，这个共鸣源于他们的作品中传达的人类普遍的情感诉求。我隐约感到，这个群体的写作，体现着某些文学规律性的东西。

　　一、打工文学是深圳文学的一支重要力量，是引人注目的文学现象。全国不同文化地理区域间或有作家群出现，这不是深圳所独有，但打工作家作品群体现象始于深圳，兴于深圳，承传于深圳。这是一个现象，这个现象依赖于积极的开放的文化提倡，依赖于良好的文学氛围，依赖于良性的刺激，这个刺激既来自外部的环境，也来自创作群体内部的砥砺，还有对文学承传的重视和养护。深圳虽然是一个特别文化区域，可是，一旦有健康的文学生长出来，它就珍惜它的承传。曾经享誉全国的陕西作家群、山西作家群，现在的宁夏作家群，莫不拥有这样的质素，共建着这样的文学认同和文化背景。

　　二、打工文学是一种命名，这个命名曾经存在着争议，某些占据主流者以文学的名誉质疑他们的合法性。啊哈，如果考察现在成名的、一线的、一流的作家的履历，他们曾经的身份，与现在打工作家们何止相似乃尔。打工者文学的命名来源于创作者主体的身份和创作者的描写对象。这个并不重要，重要的是文学执着和文学虔诚。而且，我们得允许创作者在不同阶段有不同的写作动机和目的。曾经的陈忠实、路遥们最初的写作包含着改变身份命运的色彩，当然也包含着时明时隐的文学理想。这个理想构成他们的生存方式是后来的事情。陈忠实写出《白鹿原》之后喊出"文学依然神圣"的口号，此前他为什么不能喊出？是写作抵达的文学认知的程度不允许他喊出。文学虔敬、文学理想是一个通过写作体验的过程、认知的进程、提升的过程、执着坚守的过程。

三、文学是怎样发生的？文学写作是怎样发生的？理论家可以谈出许多高深的理论，但是，它们有着最质朴的道理。文学写作，需要游戏，需要表达欲望，需要精神补偿，需要情感寄托，需要心灵安妥。它来自最本质的内心冲动。深圳这一批作家的写作，在某种意义上，是他们的青春祭。在本质意义上，是内心的呼唤。他们的文本，透现出的是和某种夸饰明显有别的本真，在他们的创作中，能阅读出文学的发生学、生长学、成长学。

四、在什么维度上看待打工者文学？在社会进步、在民主自由精神进程的维度上评估打工者文学。今天的时代，出现了前所未有的自由写作者、边缘写作者、非体制内写作者，文学书写的合法性、文学的话语权，再不由少数职业者、专业者所垄断。这是这个时代的文学冲突之一。当越来越多的自由写作者、边缘写作者、民间写作者，冲击传统的写作体制，反映的是文学的活力，也是社会的活力和进步。这个文学的潮涌发生于、发展于深圳，非思想的解放和前沿不能解释。

五、我注意到，深圳这一批作家创作起点之高令人惊异，他们的许多作品都发表于《人民文学》《作品》《天涯》《文学界》《鸭绿江》等国内知名和前沿的文学期刊上，有的还被《小说选刊》等一流选刊类杂志所选载。主流文学期刊，被视为文学的门槛，这个门槛的真实含义是它的文学含金量。而且我注意到，他们注重文学的基本训练，这是一种健康的创作态度。文学是一个累积的过程，一是在既有的文学经验上的累积，二是在自身创作实践基础上的累积。我不知道，我阅读的作家们，意识到这一点，是自觉的还是非自觉的。

六、曾经对打工者文学的争议之一是谈他们的写作局限于题材层面，局限于经验层面，的确，深圳打工者作家书写的是自身这一群体的悲欢爱恨，有些甚或有自身浓厚的影子，这不可避免。可是如果我们深层阅读，不仅会在他们的作品中读出经验，而且会读出创伤性经验。书写创伤性经验的文学，恰是有含金量的文学、有深度的文学、有感染力的文学必备的质素。放大点说，如果谈经验，中国的前行，得益于创痛性经验的促动，农村改革的发生源于此。阅读这一批作家的作品，明显可以读出他们超越题材层面抵达人情深处的努力，明显可以读出文学现实主义的骨力，这是他们超越身份和命名最可贵的质素。在当今的文坛，如果充分重视会发现一种微弱而顽强、感伤而清新的文学气息。

原载《特区文学》2011年第6期

答姜广平先生问（代后记）

姜广平：先请您介绍一下《小说评论》办刊以来二十多年的发展历程吧！我搜集了一些资料，但不太充分，再说，我想，读者还是更想听听你的叙述。

李国平：《小说评论》酝酿于上世纪80年代初期，1983年6月开始筹备，1984年7月陕西省委宣传部和当时的陕西省出版总社批准出刊，1985年元月创刊。《小说评论》的创刊有几个背景：一是当时的语境，批评刊物已经风起云涌，除了老牌子的《文学评论》《文艺报》等之外，一批新的批评刊物如《当代文艺思潮》《当代作家评论》《当代文坛》《当代文艺探索》《文艺评论》等已先创刊，综合性的文艺理论批评杂志当时已经不少。再创办一个同类型的，必然引不起注意，但是，你起名叫《小说评论》应该会引起业内和读者的注意。这是一个朴素的考虑，参照了当时的理论批评刊物格局，寻找自身的定位，也是从生存、特点、发展的角度上考虑的。更深的背景是，当时的筹办人、办刊人有一个思维，自上世纪初现代小说形态和小说批评在中国萌芽发展之后，以发表小说为主的文学期刊构成了中国文学期刊的主干，小说创作突出地代表了中国现当代文学的实绩，新时期的小说创作也是一马当先、思潮迭起，呼应了社会诉求，甚至成为社会变革的先声，但是，大西北乃至全国从来没有一个专门从事小说理论批评的专业刊物，于是决定创办《小说评论》，有意无意中有形无形中填补一下空白，这是创办《小说评论》的原始思维之一，不管怎说，这个原始思维还是有点厚度和深度的吧。再一个现实的背景是，上世纪80年代初期，陕西有一个民间文学研究团体，叫"笔耕"文学研究组，聚集了一批文学批评力量，在全国也造成了相当影响。考虑到虽然有一支文学批评队伍，但是，没有阵地，难以巩固，难以发展，从1982年起，就有人不断地呼吁创办一个专门性的理论批评刊物。1984年，全国当代文学年会在西安召开，创办《小说评论》的欲望得到了与会专家、批评家的呼应和肯定，于是《小说评论》顺乎时势，应运而生。

创刊时确立的办刊宗旨是：坚持"二为"方向，"双百"方针，以马克思主义、毛泽东思想为指导，研究小说作家、小说作品、小说理论，传递小说创作和理论批评信息，发展和建立马克思主义的小说美学。确立的主要栏目有小说形势分析、小说作家作品研究、小说理论研究、小说艺术谈、西北小说研讨、小说新人、小说家谈小说、域外小说理论及创作研究等。在创刊号的编者按中，编辑者申明："本期发表的文章，在'二为'方向大旗下，观点各有异同，写法多种多样，我们本着'双百'方针精神，适应当前的改革形势，凡属学术性的问题，只要顺理成章，言之有物，都予以披露。文章中的观点，并不都代表编辑部的观点，这一期是这样，今后也仍然是这样。"创刊时的定位和设计，奠定了《小说评论》的基本品貌和办刊思路。

《小说评论》的创办人是胡采、王愚、李星、我，还有一位老编辑解洛成。胡采当时是陕西作协主席，老一代文学评论家。王愚、李星和我则从《延河》评论组移植过来，解洛成从小说组移植过来。《小说评论》创刊时，由胡采任主编；1987年胡采、王愚并列主编，由王愚主持全盘工作；1993年王愚、李星并列主编，李星为执行主编，主持全盘工作；2006年由我接任主编。

《小说评论》1985年创刊时为80页，单本定价0.45元；1987年扩版为96页，单本定价为1.2元；1991年单本定价为2.0元；1999年单本定价为4.0元；2000年单本定价为5.0元；2005年单本定价为8.0元；2008年扩版为106

页,单本定价为12元。这个检索,令人有点感慨,是刊物历史的一部分,或许也折射出了些微的社会经济信息。《小说评论》的二十三年,多是在平凡的编校工作中度过,似乎无太多的波澜,这得益于改革开放的大背景,是社会变革前行的受益者,也是新时期文学的伴行者。这么多年来,最感念的是许多读者一期不差地订阅收藏着这本刊物,许多评论家关注支持着这本平实的杂志。也得到过许多肯定评价,但是,我们最想听到的还是对它的批评和建议。在办刊十周年的时候,雷达曾说,"《小说评论》是文坛上的西北之光","如果没有《小说评论》杂志,西北文坛的天空将多么寂寞"。兹引一则,作为我们自身的期许和生存的信心吧。

姜广平: 杂志诞生于上个世纪80年代中期。应该说,整个80年代,都是一个文学的时代,一本评论、研究小说的杂志理所当然有了生存的空间,但以现在的情形而论,作为一本学术性刊物,可能在生存上要比纯文学杂志更艰难。在这方面,杂志社是如何应对的呢?

李国平: 你说得很好。整个80年代,都是一个文学的时代。可能这个时代一去不复返了。但我以为,一个时代以文学为中心,这个社会是不正常的。现在圈里人有人在抱怨文学的边缘化,我说,文学的边缘化对我们文学人是一种悲哀,但对整个社会来说,它是再正常不过的现象,文学就应该居于社会生活的边缘,而且,这反映出了社会的进步。第一,现在的文学消费多元多样了,我为什么一定要在文学中寻找滋养?第二,文学应问自己,反躬自身,你反映了多少社会愿望、社会诉求,当你不能积极地回应社会诉求、时代情绪诉求的时候,你凭什么抱怨读者的冷遇,你在哪里寻找文学的时代?

作为一本具有学术性质的刊物,我们一直生存困难。生存也可以分几个层次说,比如物质和精神的,但现在出现了一个也许不奇怪的现象,就是批评类刊物反而比纯作品类刊物好生存。有批评家说,现在恰恰是批评类刊物发展的好时代。我知道这和高校的机制、评价体系有关,是需求催生了生产。可是,这并不是生存的根本,并不决定一本刊物的优劣,生存的根本之道在于质量。

我们会问作家，为什么写作？我们也会问学者、批评家、教授，为什么研究？现在许多大学老师、博士、硕士，他是为了完成学术评估指标而写作，而不是基于自己的学术兴趣。我觉得这是正常的，不能要求他只有一个纯粹的动机。同理，我们也深知我们的刊物并不理想，可是，你有什么办法？你要生存，你就得妥协，当然，必须有坚守的底线。

姜广平：虽然纯文学杂志的生存有一定的困难，然而，现在仍然可以用"卷帙浩繁"来形容当下的刊物如林的情形。这样一来，一本刊物想要在众多的刊物中脱颖而出，就显得相当不易。更何况，《小说评论》的创刊历史也不算很长。但我们看到的是，《小说评论》已经成为业内名刊。《小说评论》是如何成长成这样的呢？

李国平：首先，《小说评论》有好的传承，刊物的几位主编胡采、王愚、李星不仅是编辑人，也是八九十年代全国一线的、一流的评论家，是他们对刊物投入了思想、情感，奠定了刊物的基础和品格。第二，做任何事，起码的前提是你得敬业，你得有专业素养，做批评刊物，你就得对批评刊物有认识，你得把批评刊物看成文学建设、文学史的组成部分，它是一个时代文学鲜活的载体。你想把刊物办成一线的或一流的，得有赖于有想法或思想，你得有文学敏感和学术认知，你得对现当代文学思潮有较全面的判断和把握。说到底，刊物的品貌就是办刊人思想的体现。

一本刊物的品位、定位、调子和主编者对文学的认知有关，你也许注意到了，我们刊物比较注重建设，注重新思维的启迪，这是基于对百年来中国文学历程的认识。新时期文学三十年的几代作家，他们不能和二三十年代的作家相比，他们经历了多少社会运动和文化运动，在他们的青春成长期，又有怎样的文化传承、文化接受，有怎样的家底和资源？构成新时期文学主体的作家，包括我们陕西作家陈忠实、贾平凹在内，他们能达到这样的水准，是极不易的，我估计是耗尽了已有的积累和资源。我有时候感到，批评家指出的问题，许多严肃的作家实际上已经意识到了，但是意识到和能传达到中间还有艰难的距离。余光中曾经说，作为一个批评家，是做一个冰冷的法官呢还是做一个具有同情感、理解力的律师呢？这话不无启示。

姜广平：读者们与作者们是如何评价《小说评论》的？客观上说，我发现很多现当代文学研究的专家与名流，都在《小说评论》上亮过相了。而且，其文章不但观点深邃、新颖，且文风斐然，我们当初喜爱这本杂志也大多是因为这样一些专栏，便于我们系统地观照一个作家，从而形成自己的判断。现在，作为一个文学评论工作者，《小说评论》则更成为我的案头必读之物了。

李国平：我曾经在不同的场合说过，我们自知我们在什么台阶上，对我们刊物的评价，我们最想听到的是批评，是谈我们的不足，是指出我们的问题，指引努力的方向。

有许多批评家是从上世纪80年代开始从《小说评论》走出去的。有些人已经淡出，有些人仍然是批评的中坚。现在一些成名的、权威的博导、教授的处女作，都是在《小说评论》上发表的。但是，我强调，我们从来不认为他们是从刊物走出去的，我始终认为，是他们支持了刊物，提升了刊物的品位和影响。

《小说评论》不是一本元理论、纯理论刊物，它应是一本应用性较强的刊物，尽管如此，我们要求刊物在具象中要有抽象，形而上和形而下相结合。《小说评论》是作家协会办的刊物，不是高校办的刊物，所以它必须有现场感、鲜活性、前沿性，它应是时代文学运动的一个小小的缩影，它也必须有深厚度，有学术性。这些年来，我们试图在学术性和文学性、历史感和现场感中寻找一条出路。读者也许看得出来，我们提倡或者追求历史感和现场感相统一，学理内涵和鲜活的具有生气的表述相统一。虽然定位为小说评论，但我们还是想追求超越小说方面的东西，追求一些新思想的刺激，力争这本刊物刊载的文章能给当代批评、当代创作带来些微的刺激和启示。

姜广平：你觉得《小说评论》对中国文学的真正贡献是在什么地方？一种文学价值观的建立？一批优秀评论家的推出？或者是引领了中国当代文坛？《小说评论》和其他名刊比如说《当代作家评论》相比较，有何不同？

李国平：你前面几个问题，《小说评论》都承担不起，如果说有所贡献，那么可不可以说我们还一直站在当代文学进程的前沿，参与着当代文学的建设，构成了文学生态的一分子。

《小说评论》《文艺争鸣》《南方文坛》《当代作家评论》这四家刊物是近十年甚至是新时期以来站在中国文学批评前沿的、一线的、一流的，保持着较高品位和追求的批评刊物。批评刊物是一个时代的批评背景，学术生态链的一个组成部分，是一个时期最鲜活的批评思潮、批评时尚、学术背景的映射和参照。它不能超越什么，它是一种积累，一种建设，但是它必须有引领的追求，有理想的冲动，哪怕这个理想不能实现，但也得有一种人文理想、批评理想。

现在是一个多元化、多极化的时代，没有一本刊物能代表批评思潮的全部，反映批评的整体面貌，甚至核心区域的刊物也在失去它对当代文学的权威的解读和判断，曾经的《当代文艺思潮》时期和刘再复时期的《文学评论》令人怀念，可是那样的时代已经一去不复返了。借用一句话说，现在的批评期刊也是"块状结构""多座高原"。这是一种进步，这个进步也折射着社会文化前行的足迹。

姜广平：在《小说评论》这样的文学名刊担任主编，您是否觉得公共的时间挤占了您的个人时间？毕竟，在主编这个职务之外，我们注意到了，您还是一个优秀的文学评论家。这样就势必带来一些问题：刊物的价值立场与您本人的文学价值观是否一致？要不要取得一致？以及在不一致的情况下，如何既保持刊物的价值立场又保证自己价值立场的独立性？你更喜欢自己的批评家身份还是更喜欢《小说评论》主编的身份？

李国平：我给自己的定位是，首先是一个文学爱好者，其实这是一个不低的标准，许多作家、评论家一生都是一个文学爱好者，许多非职业、非专业的人士的文学欣赏力要比我们高得多,更具有文学敏感性,更接近文学真理。余光中还说自己在文学的道路上是"半票读者"呢。其次,我把我定位为职业编辑,从来不敢把自己定位为评论家。有朋友开玩笑说,其实我很没有出息,一辈子就待在一个单位,一辈子就干一个职业。我从学校一毕业一直干的编辑行业。这是一个职业,它和任何职业一样,底线是你要敬业,要努力把活儿做得漂亮,不说对得起别人,起码要对得起自己。当然,如果我们考察现代文学发展史,计估编辑对文学的助推作用,甚至领航作用,会得到更多的心理安慰,会有一些更高度的认识。平心而论,在编辑这个岗位上,打分的标准就是你刊物的质量、水准,在刊物上我还是用心的、投入的、花心血的。当然,遗憾、失落、懈怠等时有发生。

办刊人必须遵循一个常识,期刊是公器,是学术平台,但是刊物,包括它的栏目设置都是编者意志的载体,但这并不意味着编者的意志和作者的意志一定达成统一,所刊载的文章的价值立场和编者的价值立场达成统一。我想,这个学术思想常识已经普及了吧。

姜广平:于此,我还有一问,《小说评论》一方面发现,一方面培养,发现了很多作家与评论家,也培养了很多评论家,或者说发现了很多新人。譬如,对金理,我觉得《小说评论》在对这个青年评论家的扶持上,做出了很大的贡献。其余的,如於可训的专栏、仵埂的专栏,也非常有特色。而你们自己在文学批评上的才情则可能在一定程度上被遮蔽了。我的意思是,作为《小说评论》的编辑,可能有一种比小说评论家更敏锐、更宽阔的感受能力。可是,你们却没有走上文学的前台。你如何界定自己的意义?你曾经有过后悔吗?

李国平:《小说评论》一直致力于批评新人的发现和培养。我们没有条件搞圈子化,没有地域和身份的界限,取舍的标准以文章的质量为标准,尤其渴望那些没有名气的人写的既有学理依据又透现出锐气和生气的文章。客观地说,现在哪一个作家,哪一个批评家是你刊物独到发现的,已经很难了。尽管如此，致力于发现、推出真正具有文学追求、文学含金量的作家作品，致力对新生批评力量和批评思想的发现和推出，一直是《小说评论》的基本理念和传统。作家作品方面，我们有自己的评估，一些边缘的、非主流圈的作家的真正有文学含金量的作品，我们一旦认准，会毫不犹豫地推出，例如北京的陈行之、老村，他们风格不同，但是都是很有思想、很有担当的作家，虽然现在没有被广泛认同和热议，但是，我们觉着他们的作品不比许多名家的差，有较高的文学含金量，就会尽力推出、评论。

批评家方面也是如此。如果一定要举例，典型者如谢有顺，这个一流的评论家是从《小说评论》成长起来为大家所熟悉、所敬重的。还有你所注意到的金理，目前虽然还没有大红起来，但他很有学术实力，文章也漂亮，我们给他开辟了两年专栏，去年，他已经被提名为"华语文学大奖"新人奖的候选人。

按理，期刊是公器，是学术平台，我们非常渴望发一些没有名气但有思想有才情的作者的文章，也常常这样做，例如金理。再例如去年的徐兆寿，谁知道他？他去年在我们这儿发的《论伟大文学的标准》很难被归到哪个学科里去。但我们认为好，管它学科规范不规范，就作为头条推出，很快就被《新华文摘》转载。我们非常渴望寻求能够刺激新思想的作者的文章，但是，刊物常常被迫陷入评价体系的矛盾中，也得追求名人效应，一个博导和他的学生就某一个问题某一篇文章来说，谁的思考深，谁的表述好，不一定，但是谁的转引率、转载率、转摘率高，是不言而喻的。所以，批评刊物在某种程度上也成了高校评价体系的合谋，做着扼杀学术生命力的事情。这不是我们的本意，我们在有限地抵制，这也是办刊人的一种痛苦吧。

姜广平：但这个问题的背后还有另一个问题。在我与朱大可交流时，谈到沉闷的学院之墙究竟阻拦了什么。学院批评丧失了内在灵魂，以及内在超越的可能性；学院批评陷入了自闭的危机；学院批评家失去原创力量。依赖于乏味的知识谱系，以及复制、粘贴和抄袭的互联网技巧，从事密集无效的知识生产，由此卷入了规模宏大的垃圾化进程。然而，我们看到，占据着话语主权地位的批评家们，恰恰大多集中在学院之内。各大学术刊物的作者群，也大多是学院内的。《小说评论》似乎也不例外。学院派批评家俨然成了主流批评家。原本"在野"的批评家，也大多一一被学院"招安"。早在上世纪80年代，学院派在批评界里是少数派，那时候涌现了大批院外批评家，才华横溢，指点江山，现在的情形则相反了，学院派几乎占尽话语空间。对此种现象，您如何看呢？

李国平：一直以来，都有学院派批评和社会派批评或作协派批评或印象派批评之分之争。这是一个现象，曾经，社会派批评占据主导地位，现在，学院派则占据主导地位。这和社会体制、大学体制、大学的学科建构有关，也和社会思潮有关，它的深层背景，是"思想淡出，学术凸显"这样一个悲哀的思潮。从积极意义上说，我们肯定学院派批评的知识积累和学术建构，但是，总体而言，学院派批评的精神气象、血脉搏动还是令人失望。但我以为，还不能机械地以身份认同来界定学院派批评或非学院派批评。事情的复杂之处在于，一些身居学院的批评家仍然保有活力，许多学院之外的批评家则充满平庸和庸俗之气。要害在于，我们不管他身居何处，我们要看他的批评立场、批评表述是否具备良好的学理修养和敏锐的文学感知力。

姜广平：学院之外的一些批评家充满平庸和庸俗之气，你这一判断也许是非常正确的，也可能击中了某种要害。这里有价值观和立场的问题，当然，又不是这两点所能全面涵盖的。问题是，学院内外，这样的情形都存在，程度不同而已。如同现在文学面临着一些尴尬，既走向成熟，又处于低迷状态。您如何看这样的文学现状？

李国平：目下的文学现状，有多种评估。评估现状必须有多种参照。比如参照上世纪二三十年代，比如参照上世纪80年代，比如参照社会政治、经济背景，比如参照文化消费背景。我对现在的文学现状还是持有一种积极的心态的。我觉得如果我们把眼光从主流圈放开去，我们会发现这个时代一些包含着新质的冲突性信息。今天我们面临着许多自由写作者、另类写作者、边缘写作者、非体制内写作者，文学的生产方式和传播方式已经和貌似经典的文学垄断方式、评判方式产生了分歧，发生了冲突，而且，这个冲突会愈演愈烈。我觉得这是一种社会的进步，也是文学的进步。

姜广平：再有，文坛上现在有一些奇怪的现象，譬如红包评论吧。可能在《小说评论》这里，类似的质疑也会有。我看到一些评论家，谓自己的劳动付出很大，接受红包也是可以理解的。如果作为一个职业评论家，有这想法倒也值得理解，但如果是国家养着的教授或研究员，本身就该从事这方面的研究，为什么还要持这样的观点呢？不知你对此有何看法？

李国平：法国批评家阿尔贝·蒂博代说："文学的历史，是指残留到现在的几本书，文学的现实，是许多书，由书组成的滚滚流淌的河流，为了历史，必须有现实。……法兰西悲剧留下了什么？高乃依和拉辛。但是，为了能让高乃依和拉辛得以存在，悲剧体裁必须是有生命力的体裁，必须有几百个悲剧被创造出来，它们必须有观众，观众还必须感兴趣，不管有道理与否。此外，还需要有一种每日的批评伴随着文学每日的生命。"[①]我的理解是，文学是一个生生不息的过程，文学的成长，有赖于良好的文学生态。"红包批评"，我们姑且把它当成文学运动、文学生态的一个组成部分吧。问题不在于红包，如果你付出了劳动，你就应该获得酬劳，问题在于你能否忠于文学，能否说出你真诚的评判。为一点情面、酬劳而丧失尊严是很丢分的吧！

姜广平：相关的问题也就随之而来，一些不正当的批评方式有时候在主导着文坛，影响着文学的健康生态。客观上说，我对当代很多作家与评论家在某些方面的媾和，甚为不屑：一者，这样的做法过于偏狭，持论

---

① 蒂博代：《六说文学批评》，赵坚译，生活·读书·新知三联书店，2002年，第61页。

也必然偏颇；二者，这样一来，真正的文学必然受到伤害。如果还有第三层原因，那就是，真正具有文学操守的作家，必然会成长艰难。现在，有些人颇有些文坛盟主的样子，左右着文学与文坛的生态，他们捧红了一些人，但也阻遏了一些作家的成长。

李国平：我不敢说激赏你的观察，但深有同感。现在的许多批评方式极端庸俗化、圈子化，某些批评家和作家从来没有像现在这样紧密结盟，这实际上是批评的耻辱，是很丢格的事情。我曾经说过，这样的现象主要发生于核心地带的文学区域，带出了非常令人失望的风气，一个国家的文学评判如果以核心区域的一些人为定夺的标准，那是不正常的、很悲哀的事情。这样的事情应该抵制，这就要求边缘的批评家发出自己的真知灼见，要求有追求的刊物发出自己的声音。

姜广平：我还讲过现在的作家们大多选择了一种向下的姿态，其实，现在的批评家，也大多选择了一种向下的姿态——做一个安逸的文人。如何重振批评家们的文学精神呢？我常常在想另一个问题：批评家靠什么成立？仅仅靠阅读与记忆肯定是不行的。批评家应该有他的价值标准与哲学底座，也更应该有其文学精神的高标啊！与上述问题相关的是，很多当代作家似乎都不再是为一种精神去写作了，即没有高尚的文学精神。在关于批判现实的问题上，很多作家绕开了，当然，这也与当前文学不得不遮蔽掉一些东西有关。现在，写作更多地成为作家谋取功利的手段。对这些问题，您如何看待呢？而在这方面，《小说评论》是否有引领作家的责任呢？

李国平：曾经有人问我关于批评家的问题。我说，怀念别林斯基他们吧，追求现代先进的思想潮流吧，用公共知识分子的底线要求自己吧。其实，文学面临的问题，也是整个思想语境、文化语境的问题，文学批评发展好的时期，恰恰是思想活跃的时期，是文学界汲取思想界营养的时期。我们可以指出中国思想界在何时遭遇了分水岭，可以批评整个思想界的献媚行为——媚权力、媚主流、媚市场。但这并不意味着文学不应正视自身的问题。这些年来，文学失去了最重要的东西，那就是良知、勇气，在许多社会公共事务上，在许多精神探求上，中国作家采取的是集体缺席、集体逃避的方式。我举一例，比如现在热议的"三农问题"和"底层写作"，是首先发端于有良知的、关注中国现实的知识分子中间，发端于思想界的不断言说，然后刺激媒体，然后刺激决策层，最后才得到了文学界的呼应，才有打工文学、底层文学思潮的出现。文学不是号称社会最敏感的神经吗？不是时代的晴雨表吗？文学面对大地的脉动跑到哪里去了？怎么对社会的隐痛、社会矛盾如此麻木？文学在整个社会的文明进程中，不说是个失语者，但至少是个迟到者。

姜广平：当代文学恶谥颇多，这一问，我也问及《人民文学》和其他多位作家与批评家了。先是德国汉学家顾彬的"垃圾"之论，国内媒体与受众，片面理解，因而引发了一阵对当代文学的热议。其后朱大可认为，作品乏力，作家失语，中国当代文学沉寂到接近谷底，称"中国文坛是空心化的，它已经荣升为一个庞大的垃圾场"。朱大可对中国文坛的"垃圾场"评价，再次触动了当代文学敏感的神经。也许，这些都可能有点夸大其词，但是，文学正遭受着很多非文学因素的严峻挑战，恐怕这也是一个不得不面对的话题。最近在与黄发有的对话中，黄发有对此也有发人深省之论。您如何看待这一问题呢？

李国平：顾彬的"垃圾"说，是一个误传。回应一个没有求证的说法说明了我们批评界的虚弱和浮躁。顾彬的"五粮液"和"二锅头"说倒是形象地说出了他的学术判断。外国的汉学家也不可一概而论，有的学问很深，有的对中国文学的感知还是一个学徒的水平。但是我们必须承认，三十年来，国外对中国文化、中国文学的研究大大开启了我们的视野，影响了我们的方法，启迪了我们的表述方式。朱大可的判断也是一种判断，极端地戳到了痛处。我是一个消极主义者，在我看来，文学是一个渐进的过程，我们要追求理想，但我们也得向现实妥协。只是，妥协要有限度，要增强提升的力量。

姜广平：最近，第七届茅盾文学奖刚刚揭晓，你如何看"茅奖"？你如何看刚刚出炉的茅奖得奖长篇？你觉得当代长篇最可称道的与最不可称道的地方何在？

李国平：我觉着，必须承认，"茅奖"是我国最有权威、最有影响力的文学大奖，也必须承认，任何一种评奖都不可能完美地反映所有阅读群体的审美期待，"茅奖"也不例外，它甚至在某一个时期有重要遗失，这是历史的责任，也是"茅奖"的责任。"茅奖"中也有个案，如果它不能被文学界和读者所认可，那它应该受到质疑，这种情况是对评委的嘲讽。但我认为，任何文学活动都有它的文学背景、思想氛围、文化语境。当下，我们要追求纯粹的理想，但还得接受不纯粹的现实。茅盾文学奖的演进史就是妥协、博弈的历史，但它总体上飘扬着文学的旗帜。本届评选，我感到，茅盾文学奖的价值取向已经悄然发生了变化，这就是官方的要求和文学的诉求有趋同的倾向，它说明，"茅奖"的评选已经意识到了，它必须更多地渗透进文学精神，必须起到引领文学前进的作用。本届评选，我参加了初评工作，包括鲁迅文学奖，都有些出乎我预料之外的作品出现。有的可以接受，有的无法接受。

前几年，有关于长篇小说尊严的讨论。我觉着现在许多作家或准作家缺少对长篇小说的敬畏感，缺少对艺术的敬畏感，这导致了长篇小说质和量的失衡。如果从高端一点的角度看，当代长篇小说最缺的还是精神高度，缺失超越世俗层面的东西。

姜广平：我们还是回到杂志本身吧。《小说评论》在此后的发展中，会设定什么样的目标？为什么这样设定目标？

李国平：你会发现，我们这本刊物还是质朴的、平实的，不是有意低调，是资源不够。我把刊物看成大的学术生态链上的一环，看成一种积累，一种漫长的建设过程。一本刊物，一期办好容易，期期办好很难，长年累月都理想不可能。《小说评论》不敢奢谈目标，我想有一个基本定位吧，就是有鲜明的实践性、深厚的学术感，历史感和现场感相统一，学理内涵和鲜活的表述相统一，以后万一有人在看它的时候，仍然会把它看成有价值的鲜活的批评生态、批评思潮的参照。

原载《小说评论》2009年第1期，原题为《本刊主编答姜广平先生问》